从前，购物证那些事儿

读者丛书编辑组 / 编

读者出版传媒股份有限公司
甘肃人民出版社

图书在版编目（CIP）数据

从前，购物证那些事儿 / 读者丛书编辑组编. -- 兰
州：甘肃人民出版社，2019.3
　（读者丛书. 国家记忆读本）
　ISBN 978-7-226-05418-5

　Ⅰ. ①从… Ⅱ. ①读… Ⅲ. ①散文集－中国－当代
Ⅳ. ①I267

中国版本图书馆CIP数据核字（2019）第039132号

总　策　划：马永强　李树军
项目统筹：李树军　党晨飞
策划编辑：党晨飞
责任编辑：袁　尚
封面设计：久品轩

从前，购物证那些事儿

读者丛书编辑组　编

甘肃人民出版社出版发行

（730030　兰州市读者大道 568 号）

北京温林源印刷有限公司印刷

开本 710毫米×1000毫米　1/16　印张 15.5　插页 2　字数 229 千
2019年3月第1版　2019年3月第1次印刷
印数：1~10 000

ISBN 978-7-226-05418-5　　定价：32.80元

目　录
CONTENTS

1

　　唐代诗人王维的《九月九日忆山东兄弟》这首诗，一千多年来脍炙人口，
每逢佳节，在乡的游子，谁不在心里低回地背诵着：

　　　　独在异乡为异客，

　　　　每逢佳节倍思亲。

　　　　遥知兄弟登高处，

　　　　遍插茱萸少一人。

　　其实，在秋高气爽的风光里，在满眼黄花红叶的山头，饮着菊花酒，插
着茱萸的兄弟们，也更会忆起"独在异乡为异客"的王维，他们并肩站在山
上遥望天涯，也会不约而同地怅忆着异乡的游子，恨不得这时也有他在内，
和大家一起度过这欢乐的时光。

　　我深深知道这种情绪，因为每逢国庆，我都会极其深切地想到我们海外
的亲人。在新秋的爽风和微温的朝阳下，我登上天安门前的观礼台，迎面就

看到排成一长列的军乐队，灿白的制服和金黄的乐器，在朝阳下闪光，还有一眼望不尽的，草绿的、白色的一方方的像用刀裁出来的各种军队的整齐行列，他们的后面是花枝招展像一大片花畦的少年儿童的队伍，太远了，听不见他们的笑语，但看万头攒动的样子，就知道他们在欢悦地说个不停……这一切，从礼炮放过的两个钟头，直到我们伟大的毛主席和其他国家领导人以及贵宾们，在天安门城楼上从东到西向我们挥帽招手时为止，我的心一直在想着许许多多现在在国外的男女老幼的脸，我忆起他们恳挚的直盯在你脸上的眼光，他们倾听着你谈话的神情，他们从车窗外伸进来的滚热的手，他们不断起伏的在我们车外唱的高亢的《歌唱祖国》的歌声……我想，这时候，在全地球，不知道有几千万颗心，向日葵似的转向天安门，而在天安门上，和天安门的周围——这周围扩大到祖国国境的边界——更不知道有几亿万颗心，也正想念着国外的亲人啊！

观礼台前涌过浩荡的彩旗的海，欢呼的声音像雄壮的波涛一般起落，我的心思随着这涛声飘到印度的孟买，我看到一个老人清癯的布满皱纹的笑脸，他出国的年头和我出生的年纪差不多一样长！他是那般亲热地、颤巍巍地跟在我们前后，不住地问长问短，又喜悦，又惊奇，两行激动的热泪，沿着眼角皱纹，一直流下双颊……

我的心思，飘到英国的利物浦，在一个四壁画满中国风景、屋顶挂着中国宫灯的饭店里，那一对热情的店主夫妇，斟上一杯又一杯的浓郁的酒，欢祝祖国万岁，祖国人民万岁，勉强我们一杯一杯地喝干。英雄的人民站起来了，使得他们三十多年来抛乡离井、异乡糊口的生活，突然增加了光彩。看见了来访的亲人，更使他们兴奋，他们的眼里、身上，涌溢着如海的深情……谁道"西出阳关无故人"？我们虽是不会喝酒的人，那时是"十觞亦不醉"地痛饮了下去……

我的心思，飘到缅甸的仰光，码头上长行的献花的孩子，向着我们扑来。这一群华侨儿童，打扮得出水芙蓉一般皎洁秀丽，短裤短裙，露出肥胖的小腿，覆额的黑发下闪烁着欢喜的眼光。他们献过花，便挽在我们的臂上，紧紧地跟着我们走，我笑问他们："你们认得我么？怎么跟我们这么亲热呵？"他们天真地笑着仰头说："为什么怕生呢，你们是我们的亲人呵！"他们说的普通话，是那么清脆，那么正确，"亲人"这两个字，流到我们的耳朵里，把我们的心都融化了……

我的心思，飘到日本的镰仓，这一所庭园，经过一场春雨，纤草绿得像一张绒毯，几树不知名的浓红的花，在远远的亭子边开着。我住的这间"茶室"，两面都是大玻璃窗，透亮得像金鱼缸一样，室内一张方方的短几，一个大大的火盆，转着火盆抱膝坐着几个华侨青年。这几个青年，从我们到日本访问起就一直陪着我们，但是我们忙着访问，他们忙着工作，一直没有畅谈过，现在我们到镰仓来休息了，他们决不放过这个机会，但是他们又怕我们劳累，在纸门外你推我让，终于叩门进来了……我们转着火盆，谈着祖国建设，谈着世界和平，谈着中日友好，谈着他们各人的生活、志愿……谈得那样热烈，那样真挚，直谈到灯上夜阑，炉火拨了又拨，添了又添，若不是有人来催，他们还恋恋不肯离去……

我的心思，飘过异国的许多口岸，熨帖着各处各地在异乡作客的亲人。他们和他们的祖先都是勤劳勇敢的劳动人民，被从前的黑暗政治所压迫，咬着牙漂洋过海，到远离祖国的地方，靠着自己坚强的双手，经过千辛万苦，立业成家。在祖国悲惨黑暗的年头，他们是有家难奔，有国难投，岁时节庆，怅望故乡，也只有魂销肠断；然而他们并不灰心，一面竭力地从各方面辅助祖国自由独立的事业，一面和当地人民合作友好，鼓着勇气生活下去。英雄的中国人民站起来了，十二年之中，不但站得稳，而且站得高，成了保卫世界和平的一面鲜红的旗帜。如今，我们海外的亲人，每逢佳节，不是低回抑郁地思乡，而是欣欣鼓舞地悬想着流光溢彩的天安门。但是，他们应该会想到，在天安门上面和周围，也有无数颗火热的心在想着他们，交叉的亿万颗心，在同一节奏里剧烈地跳动。这种音乐，和我们的社会主义的祖国一样，是崭新的，它鼓舞着我们，在迎风飘扬的五星红旗下，隔着海洋，一同为祖国建设和世界和平尽上我们最大的力量！

（摘自二十一世纪出版社《冰心精品诗文集》一书）

记游桃花坪
丁 玲

　　天蒙蒙亮的时候，隔着玻璃窗户不见一点红霞，天色灰暗，只有随风乱摆的柳丝，我的心就沉重起来了。南方的天气，老是没一个准，一会下雨，一会天晴，要是又下起雨来，我们去桃花坪的计划可就吹了。那种少年时代等着上哪儿去玩的兴头、热忱和担心，非常浓厚地笼罩着我。

　　我们赶快起身，忙着张罗吃早饭。机关里很多见着我们的人，也表示说道："今天的天气很难说咧。"好像他们知道了我们要出门似的。真奇怪，谁问你们天气来着，反正，下雨我们也得去。不过，我们心里也确同天气一样，有些灰，而且阴晴不定着咧。

　　本来昨天约好了杨新泉，要他早晨七点钟来我们这里一道吃早钣，可是快八点了，我们老早把饭吃好了，还不见他来。他一定不来了，他一定以为天气不好，我们不会去，他就不来了，他一定自己已经走了，连通知我们一声也不通知，就回家去了。这些人真是！我一个人暗自在心里嘀咕，焦急地在大院子里的柳树林下徘徊。布谷鸟在远处使人不耐地叫唤着。

忽然从那边树林下转出来两个人，谁呢，那走在后边的矮小个儿，不正是那个桃花坪的乡支书杨新泉么？这个人个子虽小，走路却麻利，他几下就走到我面前，好像懂得我的心事一样，不等我问就说起来了："丁同志，你没有等急吧。我交代了一点事才来，路不远，来得及。"他说完后不觉地也看了看天，便又补充道，"今天不会下雨，说不定还会晴。"他说后便很自然地笑了。

不知怎么搞的，我一下就相信了他，把原来的担心都赶走了。我的心陡然明亮，觉得今天是个好天气。正像昨天一样：昨天下午我本来是很疲乏了，什么也不想干，但杨新泉一走进来，几句话就把我的很索然的情绪变得很有兴致；我立刻答应他的邀请，他要请我吃粑粑，这还是三十年前我在家读书的时候吃过的，后来在外边也吃过很多样子的年糕，但总觉得不如小时吃的粑粑好。杨新泉他要请我吃粑粑，吃我从前吃过的粑粑，那是我多么向往和等待着的啊！

我们一群人从汽车到七里桥。七里桥这地方，我小时候去过，是悄悄地和几个同学去看插秧的，听说插秧时农民都要唱秧歌，我们赶去看了，走得很累，满身大汗，采了许多野花，却没有听到唱歌。我记得离城不近，足足有七八里，可是昨天杨新泉却告诉我一出城就到。我当时想，也许他是对的，这多年来变化太大了，连我们小时住的那条街都没有了，七里桥就在城边是很可能的。可是我们还是走了好一会，才走到堤上。这堤当然是新的，是我没见过的，但这里离城还是有七八里路。我没有再问杨新泉。他呢，一到堤上就同很多人打招呼，他仿佛成了主人似的抢着张罗雇船去了。

我们坐上一个小篷篷船。年老的船老板扬着头望着远处划开了桨，我们一下就到了河中心。风吹着水，起着一层层鱼鳞一样的皱纹，桨又划开了它。船在身子底下微微晃动，有一种生疏却又亲切的感觉。

我想着我小时候有一次也正是坐了一个这样的小篷篷船下乡去躲"反"，

和亲戚家的姑娘们一道，好像也正是春天。我们不懂得大人们正在如何为时局发愁，我们一到船上就都高兴了起来，望着天，望着水，望着岸边上的小茅屋，望着青青的草滩，我们有说不完的话，并且唱了起来。可是带我们去的一个老太太可把我们骂够了，她不准我们站在船头上，不准我们说话，不准唱歌，要我们挤挤地坐在舱里。她说城里边有兵，乡下有"哥弟会"，说我们姑娘们简直不知道死活呢……可是现在呢，我站在船头上，靠着篷边，我极目望着水天交界的远处，风在我耳边吹过，我就像驾着云在水上漂浮。我隔着船篷再去望船老板，想找一点旧日的印象，却怎么也找不到。他好像对划船很有兴致，也好像是来游玩一样，也好像是第一次坐船一样，充满着一种自得其乐的神气。

　　船转过一个桥，人们正在眺望四周，小河却忽然不见了，一个大大的湖在我们面前。一会儿我们就置身在湖中了，两岸很宽，前面望不到边。这意外的情景使我们都惊喜起来，想不到我们今天能来到这里游湖。可是也使我们担忧今天的路程，哪里是杨新泉所说的"只一二十里路"呢。于是有人就问："杨新泉，到你们家究竟有多远？"

　　"不远。过湖就到。"

　　"这湖有多少里？船老板？"

　　"这湖么，有四十里吧。"

　　"没有，没有。"杨新泉赶忙辩说着，"我们坐船哪一回也不过走两个多钟头。"

　　"两个多钟头？你划吧，太阳当顶还到不了呢。"

　　杨新泉不理他，转过脸来笑嘻嘻地说道："丁同志，我包了，不会晚的，你看，太阳出来了，我说今天会晴的。"

　　我心里明白了，一定是他说了一点小谎，可是他是诚恳的。这时还有人逼着问，到底桃花坪有多远。杨新泉最后只好说，不是四十里，只有三十七里，当他说有三十七里的时候，也并不解释，好像第一次说到这路程似的，只悄悄地望了一望我。

他是一个很年轻的人，二十三岁，身体并不显得结实，一看就知道是受过折磨的。他的右手因小时放牛，挨了东家的打，到现在还有些毛病，可是他很精干，充满了自信和愉快。你可以从他现在的精明想象到他的多变的、挫折的幼年生活，但一点也找不到过去的悲苦。他当小乞丐，八岁就放牛，挨打，从这个老板家里转到那个老板家里，当小长工。他有父亲、母亲、弟弟、妹妹，他却没有回过家，他们不当长工，就是当乞丐。昨天他是多么率直地告诉我道："如今我真翻身翻透了，我什么都有啦，我翻身得真快啊！我的生活在村子里算不得头等，可是算中等，你看，我年前做粑粑都做了不少米啦。"

我告诉同去的几个人，他是到过北京，见过毛主席的。大家都对他鼓掌，便问他去北京的情形。他就详细地讲述他参观石景山钢铁厂，参观国营农场的感想。我问船老板知道这些事情不，他答道："怎么会不知道？见毛主席那不是件容易事。杨新泉那时是民兵中队长，我们这一个专区，十来个县只选一个人去北京参加十月一号的检阅。毛主席还站在天安门上向他们喊民兵同志万岁。几十万人游行，好不热闹……"大家都听笑了，又问他："你看见了么？"他也笑着答："那还想不出来？我没有亲眼得见，我是亲耳听得的，杨新泉在我们乡做过报告，我们是一个乡的啦！"

当杨新泉同别人说到热闹的时候，船老板又轻轻对我说："我看着他长大的，小时候光着屁股，拖着鼻涕，常常跟着妈讨饭，替人家放牛，很能做事，也听话，受苦孩子嘛，不过看不出有什么出息。一解放，这孩子就参加了工作，当民兵，当农会主席，又去这里又去那里，一会儿代表，一会儿模范，真有点搞不清他了。嘿，变得可快，现在是能说能做。大家都听他的，他威信还不小呢。"

我看杨新泉时，他正在讲他怎样的参加减租退押工作，怎样搞土地改革。他的态度没有夸耀的地方，自自然然，平平常常。可是气势很壮，意思很明确。

太阳已经很高了，我们都觉得很热，可是这个柳叶湖却越走越长。杨新泉这时什么也不说，他跨到船头，脱去上身的小棉袄，就帮助划起桨来。他划得很好，我们立刻赶过了几只船，那些船上的人也认得他们，和他们打招呼，用热烈的眼光望着我们。

还不到十二点，船就进了一个汊港，停泊在一个坡坡边。这里倒垂着一排杨柳，柳丝上挂着绿叶，轻轻地拂在水面。我们急急地走到岸上，一眼望去，全是平坦坦的一望无际的水田，一大片一大片的油菜地，浓浓地、厚厚地铺着一层黄花，风吹过来一阵阵的甜香。另一些地里的紫云英也开了，淡紫色的，比油菜花显得柔和的地毯似的铺着，稍远处蜿蜒着一抹小山，在蓝天上温柔地、秀丽地画着一些可爱的线条。那上边密密地长满树林，显得翠生生的。千百条网似的田堰塍平铺开去。在我们广阔的胸怀里，深深地呼吸到滋润了这黑泥土的大气，深深地感到这桃花坪的丰富的收成，和我们人民的和平生活。我们都呆了，我们又清醒过来，我们不约而同地都问起来了：

"你的家在哪里？"

"桃花坪，怎么没有看见桃花呀？"

"你们这里的田真好啊！"

杨新泉走在头里，指着远远的一面红旗飘扬的地方说道："那就是我的家。我住的是杨家祠堂的横屋，祠堂里办了小学。那红旗就是学校的。"

我们跟在他后边，在一些弯弯曲曲的窄得很不好走的堰塍上走着，泥田里有些人在打挖荸荠，我们又贪看周围的景致，又担心脚底下。温柔的风，暖融融的太阳，使我们忘却了时间和途程。杨新泉又在那里说起他的互助组。他说：

"咱们去年全组的稻谷平均每亩都收到七百斤。我们采用了盐水选种。今年我们打算种两季稻，每亩地怎么样也能收一千斤。那样，我们整个国家要收多少呀，那数字可没法算，那就真是为国家增产粮食啊！这对于农民自己也好呀!"

他又答复别人的问话:"要搞合作社呢,区上答应了我们,这次县上召集我们开会,就是为了这事。我今年一定要搞起来,我要不带头那还像话,别人要说话了,说我不要紧,是说共产党呀!"

有人又问他的田亩,又算他的收成,又问他卖了多少粮给合作社。他也是不假思索地答道:

"我去年收了不少。我们全家八口人有十七亩水田,没有旱地,我们收了八千斤谷子,还有一点别的杂粮。我还了一些账,把一千五百斤余粮卖给了合作社。"他说到这里又露出一丝笑容。他不大有发出声音的笑,却常常微微挂着一丝笑。我总觉得这年轻人有那么一股子潜藏的劲,坦率而不浮夸。

走到离祠堂很近时,歌声从里面传了出来,我们看见一个长得很开朗的,穿着花洋布衫的年轻的妇女匆匆忙忙从祠堂里走出来,望了我们几眼赶快就跑进侧面的屋子去了。杨新泉也把我们朝侧屋里让,门口两个小女孩迎面跑出来,大的嚷着:"大哥哥!大哥哥!你替我买的笔呢?"小的带点难为情的样子自言自语地念道:"扇子糖,扇子糖。"

这屋子虽是横屋,天井显得窄一点,可是房子还不错。我们一进去就到了他们的中间堂屋,在原来"天地君亲师"的纸条子上,贴了一张毛主席像,纸条子的旧印子还看得见。屋中间一张矮四方桌子,周围有几把小柳木椅子,杨新泉一个劲儿让大家坐。我们这群同去的人都不会客气,东张西望的。有人走进右手边的一间屋子里去了,在那里就嚷道:"杨新泉,这是你的新房吧。大家来看,这屋子好漂亮啊!"

我跟着也走了进去,第一眼我看见了一个挂衣架,我把衣服朝上边一挂,脑子里搜索着我的印象,这样的西式衣架我好像还是第一次在农村里看见。我也笑起来了:"哈哈,这是土改分的吧,你们这里的地主很洋气呢。"于是我又看见了一张红漆床,这红漆床我可有很多年没有看见了,我走上这床的踏板,坐在那床沿上。杨新泉在床上挂了一幅八成新的帐子,崭新的被单，一床湘西印花布的被面，两个枕头档头绣得有些粗糙的花。这床虽说有些旧了，可是大部分的红漆还很鲜明，描金也没有脱落，雕花板也很细致，这不是一张最讲究的湖南八步大床，可也绝不是一个普通人家能有的东西。这样的床我很熟悉，小时候我住在我舅舅家，姨妈家，叔叔、伯伯家都是睡在这样的床上的。我熟悉这些床的主人们，我更熟悉那些拿着抹布擦这些床的丫头们，她们常常用一块打湿了的细长的布条在这些床的雕花板的眼里拉过来拉过去，她们不喜欢这些漂亮的床。我在那些家庭里的身份应该是客人，却常常被丫头们当作知心的朋友。我现在回来了，回到小时候住过的地方，谁是我最亲爱的人？是杨新泉。他欢迎我，他怕我不来他家里把四十里湖说成二十里，他要煮粑粑给我吃，烧冬苋菜给我吃，炒腌菜给我吃。我也同样只愿意到他们家里来，我要看他过的日子，我要了解他的思想，我要帮助他，好像我们有过很长的、很亲密的交情一样。我现在坐在他的床上，红漆床上，我是多么激动。这床早就该是你们的。你的父亲做了一辈子长工，养不活全家，你们母子挨打受骂，常年乞讨，现在把这些床从那些人手里拿回来，给我们自己人睡，这是多么应该的。我又回想到我在华北的时候，我走到一间小屋子去，那个土炕上蹲着一个老大娘正哭呢。她一看见我就更忍不住抱着我大哭，我安慰她，她抖着她身旁的一床烂被，哼着说："你看我怎么补呀，我找不到落针的地方……"她现在一定也很好了，可是经过了多长时间的酸苦呀……

我是不愿意让别人看见我流眼泪的，我站了起来向杨新泉道："你的妈呢，你的爹呢，他们两位老人在哪里，你领我们去看他。"

我们在厨房里看见了两个女人，一个就是刚才在门外看见的那个年轻穿花衣裳的，是杨新泉去年秋天刚结婚的妻子。一个就是杨新泉的妈。他妻子腼腼腆腆地望着我们憨笑，灶火把她的脸照得更红，她的桃花围兜的口袋里插着小学课本。我们明了她为什么刚刚从小学跑出的原因了。她说她识字不多，但课本是第四册。她不是小学校学生，她是去旁听的。

　　我用尊敬的眼光去打量杨新泉的妈，我想着她一生的艰苦的日子，她的粗糙的皮肤和枯干的手写上了她几十年的风霜，她的眼光虽说还显得很尖利，她的腰板虽说还显得很硬朗，不像风烛残年，是一个劳动妇女的形象，但总算是一个老妇人了，我正想同她温存几句，表示我对她的同情。可是她却用审查的眼光看了一看我，先问起我的年龄。当她知道了我同她差不多大小，她忽然笑了，向她媳妇说道："你看，她显得比我大多了吧，我一眼就看出来了。"她马上又反过脸来笑着安慰我："你们比我们操心，工作把你们累的。唉，全是为了我们啊！现在你来看我们来了，放心吧，我们过得好咧。"是的，她的话是对的。她很年轻，她的精神是年轻的。她一点也不需要同情，她还在安排力量建设更美满的生活，她有那样小的孩子，门口那两个孩子都是她的小女儿。几十年的挣扎没有消磨掉她的生命力。新的生活和生活的远景给了她很大的幸福和希望。她现在才有家，她要从头好好管理它，教育子女。她看不见，也没有理会她脸上的皱纹和黄的稀疏的头发。我一点也没有因为她的话有什么难受，我看见了一个健康的、充满活力的灵魂。我喜欢这样的人，我赞美她的精力，我说她是个年轻的妇女，鼓励她读书，要她管些村子上的事。

　　我们又到外边去玩，又去参观学校。这个小学校有五个教室，十来个班次，有五个教员，二百多学生。这个乡也同湖南其他乡一样，一共有三个小学校。看来学龄儿童失学的情形是极少有的了。我们去时，孩子们刚下课，看见这一群陌生人，便一堆堆地跟在后面，一串串地围上来，带着惊喜和诧异的眼光，摸着我的同伴的照相机纷纷问道：

　　"你们是来跟我们打针的？""不是打针的？那你们是来帮助生产的？""我知道，你们是来检查工作的！"

　　杨新泉那个小妹妹也挤在我们一起来玩了。她扎了一根小歪辫子，向我们唱儿歌，那些多么熟悉的儿歌啊！这些歌我也唱过的，多少年了，现在我又听到了。我忽然在她身上看见了我自己，看见了我的童稚的时代。我也留过这样的头，扎个歪辫子，我也用过这样的声调讲话和唱儿歌，我好像也曾这样憨气和逗人喜欢。可是我在她身上却看见了新的命运，她不会像我小时候那样生活，她不会走我走过的路，她会很幸福地走着她这一代的平坦的有造就的大路，我看见她的金黄色的未来！我紧紧地抱着她，亲她，我要她叫我妈妈，我们亲密地照了一张相片。

我的同伴们又把杨新泉的一些奖状从抽屉里翻出来了。原来他曾参加过荆江分洪的工程，他在那里当中队指导员，当过两次劳动模范。工作开始的时候，他的劳动力是编在乙等的，我们从他的个子看来觉得只能是乙等。可是他在乙等却做甲等的工作。他的队在他的领导下也总是最先完成任务。他讲他的领导经验时也很简单："吃苦在前，不发脾气，帮助别人解决困难。我相信共产党，我的一切是中国人民翻了身才有的，我要替人民做事。我要把一切事情都做得最好。"从荆江回来，他就参加了党。

我们吃了一顿非常好的饭，没有鸡（他们要杀的，我们怎样也不准他杀），没有肉（这里买不到），只有一条腊鱼；可是那腌菜，那豆腐乳，那青菜，带着家乡的风味；特别是粑粑，我还是觉得那是最好吃的。

饭后我们又和他谈了一些关于合作社的问题，已经四点钟了，他还要去乡政府开会，我们计算路程，也该回去了。他怎么样也要送我们到河边。我们便又一道走了回来。这时太阳照到那边山上，显得清楚多了，也觉得更近了一些，我们看见一团团的、云彩一样白色的东西浮在山上。那是什么呢？杨新泉说："那里么，那是李花呀！你们再仔细看看，那白色的里面就夹着红色的云，那就是桃花呀！以前我们这里真多，真不枉叫桃花坪。不过我们这里桃花好看，桃子不好，尽是小毛桃，就都砍了，改种了田，只有那山和靠山边的地方还留得不少。现在你们看见桃花了吧。"

我们只在这里待了几个钟头，却有无限的留恋，我们除了勉励这年轻人还有什么话说呢？杨新泉也殷殷地叮嘱我们，希望我们再来。他说："丁同志！别人已经告诉我你是谁了。你好容易才回到几十年也没回来过的家乡，我从心里欢迎你来我家里，看看我们的生活，我怕你不来，就隐瞒了路程，欺骗了你。我还希望你不走呢，你就住在我们这里吧，帮助我们桃花坪建设社会主义吧。"

我们终于走了。这年轻人在坡上立了一会，一转身很快就不见了。他是很忙的，需要他做的事可多呢。他能做的。他是新的人！我虽说走了，不能留在桃花坪，可是我会帮助他的，我一定会帮助他的。

太阳在向西方落去，我也落在沉思中。傍晚的湖面显得更宽阔。慢慢地，月亮出来了，多么宁静的湖啊！四周围一点声音都没有，渔船上挂着一盏小小的红灯，船老板一个劲地划着。我轻轻地问他："你急什么呢？"我是很舍不得这湖，很舍不得这一天要过去，很希望他能帮助我多留一会儿，留住这多么醉人的时间！

船老板也轻轻地答应我："我还要赶到城里去看戏呢，昨天我没有买到票，今天已经有人替我买了，是好戏，《秦香莲》呢。我们很难得看戏，错过了很可惜。我们还是赶路吧，我看你们也是很累了。"

这样，我们就帮助他荡桨，很快就到了堤边。我们并不累，我们很兴奋，我们明天有很多的事，新的印象又要压过来，但我们永远也忘不了这一天。这里不只是有了湖南秀丽的山水，不只是有了明媚的春光，不只是因为看见了明朗热情的人，而且因为一切都是新的！一切都使我充满了欣喜，充满了希望，使我不得不引起许多感情。世界就是这样变了，变得这样好！虽说我们还能找出一些旧的踪影来，可是那是多么的无力！我们就在这样的生活之中，就在这样的新的人物之中，获得了多少的愉快，增加了多少力量啊！我怎能不把这一次的游玩经历记下来呢，哪怕它只能记下我的感情的很少的一部分。桃花坪，桃花坪呀，我是带着无比的怀恋和感谢的激情来写到你，并且拿写你来安慰我现在的不能平静的心情。

（摘自百花文艺出版社《丁玲散文选集》一书，有删节）

　　1967 年冬天，我 12 岁那年，临近春节的一个早晨，母亲苦着脸，心事重重地在屋子里走来走去，时而揭开炕席的一角，掀动几下铺炕的麦草，时而拉开那张老桌子的抽屉，扒拉几下破布头烂线团。母亲叹息着，并不时把目光抬高，瞥一眼那三棵吊在墙上的白菜。最后，母亲的目光锁定在白菜上，端详着，终于下了决心似的，叫着我的乳名，说：

　　"社斗，去找个篓子来吧……"

　　"娘，"我悲伤地问，"您要把它们……"

　　"今天是大集。"母亲沉重地说。

　　"可是，您答应过的，这是我们留着过年的……"话没说完，我的眼泪就涌了出来。

　　母亲的眼睛湿漉漉的，但她没有哭，她有些恼怒地说："这么大的汉子了，动不动就抹眼泪，像什么样子?!"

"我们种了104棵白菜，卖了101棵，只剩下这3棵了……说好了留着过年的，说好了留着过年包饺子的……"我哽咽着说。

母亲靠近我，掀起衣襟，擦去了我脸上的泪水。我把脸伏在母亲的胸前，委屈地抽噎着。我感到母亲用粗糙的大手抚摸着我的头，我嗅到了她衣襟上那股揉烂了的白菜叶子的气味。从夏到秋、从秋到冬，在一年的三个季节里，我和母亲把这104棵白菜从娇嫩的芽苗，侍弄成饱满的大白菜，我们撒种、间苗、除草、捉虫、施肥、浇水、收获、晾晒……每一片叶子上都留下了我们的手印……但母亲却把它们一棵棵地卖掉了……我不由得大哭起来，一边哭着，还一边表示着对母亲的不满。母亲猛地把我从她胸前推开，声音昂扬起来，眼睛里闪烁着恼怒的光芒，说："我还没死呢，哭什么？"然后她掀起衣襟，擦擦自己的眼睛，大声地说，"还不快去！"

看到母亲动了怒，我心中的委屈顿时消失，急忙跑到院子里，将那个结满了霜花的蜡条篓子拿进来，赌气地扔在母亲面前。母亲提高了嗓门，声音凛冽地说："你这是扔谁？！"

我感到一阵更大的委屈涌上心头，但我咬紧了嘴唇，没让哭声冲出喉咙。

透过蒙眬的泪眼，我看到母亲把那棵最大的白菜从墙上钉着的木橛子上摘了下来。母亲又把那棵第二大的摘下来。最后，那棵最小的、形状圆圆像个和尚头的也脱离了木橛子，挤进了篓子里。我熟悉这棵白菜，就像熟悉自己的一根手指。因为它生长在最靠近路边那一行的拐角的位置上，小时被牛犊或是被孩子踩了一脚，所以它一直长得不旺，当别的白菜长到脸盆大时，它才有碗口大。发现了它的小和可怜，我们在浇水施肥时就对它格外照顾。我曾经背着母亲将一大把化肥撒在它的周围，但第二天它就打了蔫。母亲知道了真相后，赶紧地将它周围的土换了，才使它死里逃生。后来，它尽管还是小，但卷得十分饱满，收获时母亲拍打着它感慨地对我说："你看看它，你看看它……"在那一瞬间，母亲的脸上洋溢着珍贵的欣喜表情，仿佛拍打着一个历经磨难终于长大成人的孩子。

集市在邻村，距离我们家有三里远。母亲让我帮她把白菜送去。我心中不快，嘟哝着，说："我还要去上学呢。"母亲抬头看看太阳，说："晚不了。"我还想啰唆，看到母亲脸色不好，便闭了嘴，不情愿地背起那只盛了三棵白菜、上边盖了一张破羊皮的篓子，沿着河堤南边那条小路，向着集市，踽踽而行。寒风凛冽，有太阳，很弱，仿佛随时都要熄灭的样子。不时有赶集的人从我们身边超过去。我的手很快就冻麻了，以至于当篓子跌落在地时我竟然不知道。篓子落地时发出了清脆的响声，篓底有几根蜡条跌断了，那棵最小的白菜从篓子里跳出来，滚到路边结着白冰的水沟里。母亲在我头上打了一巴掌，骂道："穷种啊！"然后她就颠着小脚，夯着两只胳膊，小心翼翼但又十分匆忙地下到沟底，将那棵白菜抱了上来。我看到那棵白菜的根折断了，但还没有断利索，有几绺筋皮联络着。我知道闯了大祸，站在篓边，哭着说："我不是故意的，我真的不是故意的……"母亲将那棵白菜放进篓子，原本是十分生气的样子，但也许是看到我哭得真诚，也许是看到了我黑黢黢的手背上那些已经溃烂的冻疮，母亲的脸色缓和了，没有打我也没有再骂我，只是用一种让我感到温暖的腔调说："不中用，把饭吃到哪里去了？"然后母亲就蹲下身，将背篓的木棍搭上肩头，我在后边帮扶着，让她站直了身体。但母亲的身体是永远也不能再站直了，过度的劳动和艰难的生活早早地就压弯了她的腰。我跟随在母亲身后，听着她的喘息声，一步步向前挪。在临近集市时，我想帮母亲背一会儿，但母亲说："算了吧，就要到了。"

终于挨到了集上。我们穿越了草鞋市。草鞋市两边站着几十个卖草鞋的人，每个人面前都摆着一堆草鞋。他们都用冷漠的目光看着我们。我们穿越了年货市，两边地上摆着写好的对联，还有五颜六色的过门钱。在年货市的边角上有两个卖鞭炮的，各自在吹嘘着自己的货，在看热闹人们的撺掇下，悬起来，你一串我一串地赛着放，噼里啪啦的爆炸声此起彼伏，空气里弥漫着硝烟气味，这气味让我们感到，年已经近在眼前了。我们穿越了粮食市，到达了菜市。市上只有十几个卖菜的，有几个卖青萝卜的，有几个卖红萝卜的，还有一个卖菠菜的，一个卖芹菜的，因为经常跟着母亲来卖白菜，这些人我多半都认识。母亲将篓子放在那个卖青萝卜的高个子老头的菜篓子旁边，直起腰与老头打招呼。听母亲说老头子是我姥娘家那村里的人，同族同姓，母亲让我称呼他为七姥爷。七姥爷脸色赤红，头上戴一顶破旧的单帽，耳朵上挂着两个兔皮缝成的护耳，支棱着两圈白毛，看上去很是有趣。他将两只手交叉着插在袖筒里，看样子有点高傲。母亲让我走，去上学，我也想走，但我看到一个老太太朝着我们的白菜走了过来。风迎着她吹，使她的身体摇摆，仿佛那风略微大一些就会把她刮起来，让她像一片枯叶，飘到天上去。她也是像母亲一样的小脚，甚至比母亲的脚还要小。她用肥大的棉袄袖子捂着嘴巴，为了遮挡寒冷的风。她走到我们的篓子前，看起来是想站住，但风使她动摇不定。她将棉袄袖子从嘴巴上移开，显出了那张瘪瘪的嘴巴。我认识这个老太太，知道她是个孤寡老人，经常能在集市上看到她。她用细而沙哑的嗓音问白菜的价钱。母亲回答了她。她摇摇头，看样子是嫌贵。但是她没有走，而是蹲下，揭开那张破羊皮，翻动着我们的三棵白菜。她把那棵最小的白菜上那半截欲断未断的根拽了下来。然后她又逐棵地戳着我们的白菜，用弯曲的、枯柴一样的手指。她撇着嘴，说我们的白菜卷得不紧。母亲用忧伤的声音说:“大婶子啊，这样的白菜您还嫌卷得不紧，那您就到市上去看看吧，看看哪里还能找到卷得更紧的吧。”

我对这个老太太充满了恶感，你拽断了我们的白菜根也就罢了，可你不该昧着良心说我们的白菜卷得不紧。我忍不住冒出了一句话：“再紧就成了石头蛋子了!”

老太太抬起头，惊讶地看着我，问母亲:“这是谁？是你的儿子吗?”

“是老小,”母亲回答了老太太的问话，转回头批评我,“小小孩儿，说话没大没小的!”

老太太将她胳膊上挎着的柳条篼篼放在地上，腾出手，撕扯着那棵最小的白菜上那层已经干枯的菜帮子。我十分恼火，便刺她："别撕了，你撕了让我们怎么卖?!"

"你这个小孩子，说话怎么就像吃了枪药一样呢?"老太太嘟哝着，但撕扯菜帮子的手却并不停止。

"大婶子，别撕了，放到这时候的白菜，老帮子脱了五六层，成了核了。"母亲劝说着她。

她终于还是将那层干菜帮子全部撕光，露出了鲜嫩的、洁白的菜帮。在清冽的寒风中，我们的白菜散发出甜丝丝的气味。这样的白菜，包成饺子，味道该有多么鲜美啊!老太太搬着白菜站起来，让母亲给她过秤。母亲用秤钩子挂住白菜根，将白菜提起来。老太太把她的脸几乎贴到秤杆上，仔细地打量着上面的秤星。我看着那棵被剥成了核的白菜，眼前出现了它在生长的各个阶段的模样，心中感到阵阵忧伤。

终于核准了重量，老太太说："俺可是不会算账。"

母亲因为偏头痛，算了一会儿也没算清，对我说："社斗，你算。"

我找了一根草棒，用我刚刚学过的乘法，在地上划算着。

我报出了一个数字，母亲重复了我报出的数字。

"没算错吧?"老太太用不信任的目光盯着我说。

"你自己算就是了。"我说。

"这孩子，说话真是暴躁。"老太太低声嘟哝着，从腰里摸出一个肮脏的手绢，层层地揭开，露出一叠纸票，然后将手指伸进嘴里，沾了唾沫，一张张地数着。她终于将数好的钱交到母亲的手里。母亲也一张张地点数着。我看到七姥爷的尖锐的目光在我的脸上戳了一下，然后就移开了。一块破旧的报纸在我们面前停留了一下，然后打着滚走了。

等我放了学回家后，一进屋就看到母亲正坐在灶前发呆。那个蜡条篓子摆在她的身边，三棵白菜都在篓子里，那棵最小的因为被老太太剥去了干帮子，已经受了严重的冻伤。我的心猛地往下一沉，知道最坏的事情已经发生了。母亲抬起头，眼睛红红地看着我，过了许久，用一种让我终生难忘的声音说：

"孩子，你怎么能这样呢？你怎么能多算人家一毛钱呢？"

"娘，"我哭着说，"我……"

"你今天让娘丢了脸……"母亲说着，两行眼泪就挂在了腮上。

这是我看到坚强的母亲第一次流泪，至今想起，心中依然沉痛。

（摘自作家出版社《会唱歌的墙》一书）

第一次登台

单田芳

　　我是如何从幕后走到台前的，前面我说过了。我生活虽然不愁，但全靠老婆挣钱养活，我深感愧疚，早就发誓一定早日登台挣钱把这个家支撑起来，靠老婆养活太没出息了。到了鞍山之后，评书演员和大鼓演员很多，加在一起有四五十位，既给了我广阔的学习空间，也为我早日登台创造了好条件，我岂能错失良机？所以在我到鞍山不久，就向曲艺团的领导提出我要登台说书的要求，赵玉峰老先生也极力推荐我。那时候要求登台的也不止我一个人，男女一共有几个人，为此曲艺团专门举行了一次测评考试，还请文化局艺术科的领导参加，只有考中了才有资格登台，否则就得继续学习。

　　为了顺利过关，我攒足了气力在家里备课。那时全桂已经怀上了我女儿慧莉，我每天在家摆上一张桌子，前面竖一面大镜子，对着镜子说书，全桂就成了我的辅导老师，一边听一边给我挑毛病，还有几个学员像赵书其、杨秀石、石连璧等也到我家来凑热闹，我说时他们就当听众，他们说时我们就当听众，彼此提意见找毛病，有时长辈从门前路过，被我们发现了，就把他请到我们家中做指导老师。我记得有很多同行老前辈都参与过这一活动，看来收学生就要收勤快的学生、好学的学生，懒惰是不可取的。我准备了一段评书，叫师徒斗智，这个段子是引用了《明英烈》其中的一段，为了这个段子我铆足了劲儿，可以说是倒背如流。

有道是功夫不负有心人啊！考试那天，我一举拿下了第一名，最使我高兴的是文化局的领导点评说："单田芳完全可以做准演员哪。"有了这句话，我的身份一下子变了，由什么也不是变成了准演员，当时那股高兴的劲儿就甭提了。过关之后我要求上台说书，当时鞍山有七个茶社，每个茶社分早中晚三场，可是没有位置腾出来叫我去说，怎么办呢？曲艺团就开创了板凳头儿的先例。什么叫板凳头儿呢？就是正式演员说早中晚三场评书，人家属于正场，时间又好，钟点又正，板凳头儿是晚场没开始之前和中场结束之后的那段空暇时间，后来领导批准我在前进茶社说板凳头儿。

当时正是冬天，眼看快过春节了，我开始加劲备课，曲艺团为了进行宣传，在大街小巷贴出大红海报，上面写的是前进茶社特请著名评书演员单田芳于正月初一演讲《大明英烈》，欢迎听众届时光临，风雨不误。您听听这真是忽悠，我连台都没登过，算哪门子著名评书演员？其实这就是商业运作。我走在街上看着这些海报，心发跳，脸发烧，非常不自在，压力油然而生。赵师爷知道后，鼓励我说："小子，我对你说过，说评书有三难，这就是第一难，登台难，你一定要有信心，把这关闯过去。"老人家的话对我的鼓励相当大，田荣师兄也鼓励我说："上台不要心慌，凭你那两下子肯定没问题。"虽然他们如此鼓励我，我依然是忐忑不安，老实说春节都没过好，年夜饺子是什么味儿我都没吃出来，走路说书，在屋里坐着说书，甚至连做梦也在说书。时间一分一秒地过去了。

转眼到了正月初一，那天是怎么度过的，简直难以形容。从天亮之后我的心就加快了跳动，好像一座大山压得我透不过气来，下午三点多钟的时候，我换好了登台的衣服，拿着扇子、醒木，披上棉大衣，赶奔前进茶社，一路上我还在说书，等进茶社之后，屋里头热气腾腾、乌烟瘴气。因为是春节放假，听众比平时多得多，那时正场还没结束，演员是我同门的师姑，叫张香玉。我进了休息间候场，把衣服整理好了，扇子、醒木拿在手中，那会儿我的心几乎从我的嗓子眼里跳出来，又怕时间到又盼着时间到，心里矛盾极了。正在这时候，我听见师姑张香玉说："各位都别走，下面还有评书演员单田芳给你们说一段《大明英烈》。"我还听见几个人鼓起掌来，不知道是起哄还是讽刺，这时张香玉师姑下了台走进休息室，她知道我没登过台，怕我紧张，就安慰我说："别怕，赶紧上台吧！"我说："好。"于是我把牙一咬心一横，装作若无其事、毫不介意的样子登上了三尺讲台。

现在我还记得当时的情况，我的心依然在激烈跳动，两眼发花，往台下一看，似乎每个人都长着两颗脑袋，现在已经到了背水一战的时候了，怕已然没用，我只好把醒木"啪"的一拍，朗诵了一首上场诗，接着就滔滔不绝地开始说书了。因为我对《大明英烈》这套书相当熟悉，完全可以倒背如流，所以忘词停顿的事是不存在的。但是没有舞台经验，控制不住自己的情绪，语速相当快，头一句话还没说完，第二句就冒出来了，说过十几分钟之后，我的心渐渐平静下来了，我发现很多人都在注意听，我抖个包袱也有人龇牙发笑，我的心这才平静了许多。板凳头儿是四段书，每段三十分钟，按规定，每说完三十分钟，演员就要休息一会儿，观众也好活动活动，上上厕所。可我太激动了，把这些都忘了，一口气说了两个多小时，忘记了休息，忘记了停顿，虽然是数九隆冬，我浑身上下全都是汗。正在这时，茶社的赵经理来到书台前，敲着书桌提醒我说："单先生你跑到这儿过书瘾来了，你看看都几点钟了？"一句话把我点醒，惹得听众是哄堂大笑，我急忙说："对不起，对不起，今儿个就说到这儿吧，如果您愿意，听我明天接着讲。"

这第一关终于叫我闯过了，我如释重负。散场之后，我问赵经理："我说得咋样？"赵经理开茶社多年，是个老油条，什么样的高人都会过，他说：

"还行，就是说得口太急了点儿，叫人听得心里忙叨，再说的时候你的节奏要慢一些。"我听后不住地点头。我还记得第一天登台，我挣了四块二毛钱，因为当时还没有合作，基本上都是单干，除了上交部分公基金、公益金之外，剩下的都是自己的。这四块二毛钱意味着什么？当时大米一斤才一毛八，猪肉四毛五，鸡蛋一个平均也就三分钱，如果老保持这个纪录，就说明每个月可以挣一百多元，比当技术员、工程师强多了。头一关闯下来之后，我腰也挺直了，愁云也散尽了，走路也轻快了，那个高兴劲儿就甭提了。回到家之后，我把四块二毛钱往全桂身边一放，非常自负地说："怎么样，我也能挣钱了。从今之后，你就在家看孩子吧，我可以养家了。"全桂冷笑说："你美什么，说评书这种事，得拉长线看活，不能看一天两天。"我说："你放心吧，我绝对有信心。"

任何事情都是开头难，只要闯过第一关，十拿九稳会畅通无阻。第一天演出结束后，我激动得几乎彻夜难眠，恨不得马上到第二天接着说书。第二天的效果也不错，第三天的也不错，就这样日复一日我越说越有劲儿，钱也越挣越多，终于成了板凳头儿大王，也就是说我上板凳头儿的收入超过了很多正式演员的正常收入。人逢喜事精神爽，由于事业初见成效，对我的推动力相当大，无论是备课听书还是说书，我不敢有一丝懈怠。

如果我没记错，我是1955年到鞍山的，1956年大年初一登台表演，到了1957年，我已经成了小红人了。我们家擅长说长袍书，也就是像《三国演义》《隋唐演义》《薛刚反唐》之类的书，但对武侠书很欠缺。为了弥补这个空白，我就请教田荣兄，求他认真指导，田荣说："干脆这么办吧，我给你念一套《三侠五义》和《小五义》，你就全明白了。"我一听正中下怀，这简直是一件可遇不可求的好事，于是我们哥儿俩约定好时间，地点在我家。

打那儿开始，田荣兄每天都抽出时间来到我家，不管是刮风下雨、酷暑严寒，他都准时不误，我们哥儿俩对面坐着，把房门关闭，以防干扰。他就像说书似的，开始给我讲述《三侠五义》，时不时还停下来告诉我哪些段落是重点，哪些段落可以一笔带过，这真是起到了画龙点睛的作用。光阴似箭，日月如梭，几个月的时间过去了，田荣兄也实现了他的诺言，我学到了一部精彩武侠评书。正是在赵玉峰老先生和田荣兄的帮助下，我的艺术突飞猛进，再加上年轻、身体好、精力充沛，所以演出的收入蒸蒸日上，很多老前辈和同行们无不刮目相看。赵师爷笑着对我说："小子，我说得不差吧，虽然你现在已经初见成效，可千万不要骄傲自大，还要虚心学习。"田荣兄也说："只要你绷紧这股劲儿，认真学，要求上进，将来前途无量。"

对我家来说，经济方面也发生了很大的变化，原来是靠老婆养活，现在反过来了，由我承担了家庭的主力。我们在鞍山买了新房，我和赵师爷是邻居，住在楼上楼下，这样学习起来就更方便了。那时我头脑当中只有一个念头，就是一个劲儿地往前冲！

就在那一年的春天，我突然接到一封信，打开一看，不由得喜出望外，原来是我父亲刑满释放了，他已经回到沈阳的家。我一蹦老高，跟全桂大声说："咱爸出狱了，我得赶快回家去看看。"全桂也高兴得不得了。我带了不少钱，坐上火车回到沈阳家里。

我还记得我刚进门的时候，父亲一个人正坐在屋里喝茶，我们爷儿俩几年不见了，这次相见显得多少有点陌生，我进门大叫了一声："爸，你回来了。"我爸显得不那么亲热，只是用鼻子哼一声，好半天他才说："听说你跟王全桂结婚了？你也说书了，真叫我大失所望啊，当初我发誓要改换门庭，我恨透了说书这个行当，可是老天爷不睁眼，为什么叫你也说了书？再一个王全桂比你大八岁，怎么能做你的媳妇？这个人我无法接受，你回来看看我可以，但你回去转告王全桂不准进我这个家门。"我听了之后，好像挨了当头一棒，奶奶坐到旁边一句话也没说，接下来我父亲用手捶着桌子仰天长叹："我是做了哪门子孽？遇上了这么多逆事，今后还有什么脸面活在世上！我在监狱苦盼了六年，好不容易回了家，没有一件事叫我顺心，我呀我呀，命太苦了！"老人家说着说着放声大哭，我奶奶也哭，我也哭，我边哭边心里翻个儿，不知道如何向我父亲解释，也不知道用什么法子来安慰他。

后来我想到一个主意，那时我妈虽然走了，可我三舅还在沈阳说书，他是去年刑满释放的，依然在沈阳曲艺团工作。他真不愧是个"小圣人"，跟我妈一样，鼓槌一响黄金万两，生活不成问题。我爸和我妈对我三舅一向尊重和亲热，也许三舅能把他劝好。于是我以买东西为名离开家门，找到了我三舅家。当时我三舅住在沈阳皇寺大街一所不起眼的出租房里，我们爷儿俩见面之后，我一边哭着一边向他讲述了经过。我三舅是个内向人，平时很少说话，但是说出话来极有分量。他听着我的哭诉，一句话也没说，而后站起身来，穿好衣服，拉着我就走，直接回到我家里。在我没回来之前，他跟我爸已经不止一次见面了，每次见面我爸对他都十分亲热。三舅进屋之后，把衣服脱掉，好半天没说话。我站在旁边也不知道说什么好，我爸沉着脸，眼里噙着泪水，也没说话。

在十几分钟之后，还是我三舅先说话了，他说："永魁啊，事情到了这一步，只好逆来顺受了，说句迷信话这就叫命，你再难过能改变得了现实吗？香桂走了，那是她的自由，随她去吧。传忠现在说了评书，我听说进步很大，有人告诉我，他在鞍山还是个小红人，看来啊，孩子就是说书的命，这又有什么不好呢，改换门庭不改换门庭有啥区别？你难道还想叫他当市长、省长？咱家有那份儿德吗？你有那种本事吗？既然没有，就由他去吧，他将来在曲艺圈里要成了角儿不也是一件好事吗？你何必这么难过呢？"

三舅的话句句说到点儿上，终于把我父亲说服了。半个多小时之后，我父亲长长地出了一口气，说："我认了，不认也不行啊，但是我不承认王全桂是我的儿媳妇，这点不能改变。你走吧，回去说你的书，我的事你就不必管了。"听话听音儿，看得出我爸的余怒依然未消，对王全桂成见极深，我能走吗？我爸好几年才回到家里，我怎么也要陪他住几天哪。开始我爸不同意，一个劲儿往外撵我，后来我三舅说话了，说："永魁啊，你这么做就太不近人情了，孩子大老远回来看你，有那么多的话需要唠一唠！"我爸不坚持了，我三舅在我家吃过晚饭就走了，屋里就剩下我们爷儿俩，我奶奶回西屋去了。

那时我家也发生了不少变化，我大妹妹在铁路文工团工作，已经结了婚，落户在成都，二妹妹在抚顺财贸学习，还没有回来，三妹和四妹被我妈接到哈尔滨去了，现在家里家外就剩下我们三口人。在睡觉之前，我有一肚子话想说又不敢说，但话是开心锁，不说又不行，于是我仗着胆子打开了话匣子，把我爸没在家期间发生的事情向他详细地介绍了一遍，重点是说到我和全桂婚姻的事，我说："爸，王全桂没有文化，说话口快心直，这是事实，但这个人心不坏，在咱家最困难的时候，是她挣钱养活了咱全家，没有她我也不可能在鞍山买了房子。再说她已经为咱家生下了一个女儿，也是老单家的骨肉，难道您真的就不能接受她吗？"

我说我的，我爸一句话也没说，我一看他听不进去，只好转变了话题，我说："爸，您判了六年徒刑，我二舅三舅也判了徒刑，这件事到底怪谁，为什么这么严重，到现在我也解不开这个谜团。"父亲听到这儿长叹了一声，这才打开了话匣子，他说："倒霉就倒霉在佟浩儒身上了，在我去天津找你妈的时候，佟浩儒对我说他有个表弟叫王子明，在国民党的时候混过事，现在解放了，没有了工作，你在沈阳路子宽，能不能帮着给安排一个工作。我问他会什么手艺，他说会熏肉，会开饭馆，于是我就答应下来了。哪知道这王子明是假名，他原名叫佟荣功，是佟浩儒的亲堂弟，他又在国民党里做过少将督察处长，我全被蒙在鼓里，一无所知，结果吃了大亏，受了株连，落了个窝藏、包庇反革命罪。我恨透了这个佟浩儒，是他给咱们几家带来了灾难，我也恨我自己，处事不慎，才得了这么个结果。"

我又问我爸："现在佟浩儒干什么呢？"我爸说："他被判处了无期徒刑，我在北京西什库十三号被关押期间，曾经见过他一面。有一次提审，两个人戴一副手铐子，我身旁那个人就是佟浩儒。他趁看守不备，对我说了一句话，永魁啊，哥对不起你。"我爸说到这，连连叹息，接着说："佟浩儒就是咱家的克星，事到如今，说什么都没有用了。"我又问我妈和他离婚的事，我说："爸，你怎么就同意跟我妈离婚了呢？"我爸一听气就不打一处来，他大声说："那时我正在服刑，没有自由，她三番五次找到北京，逼着我跟她离婚，说得冠冕堂皇，政府给她做主，不给我做主，我不离也不行啊。"我一看我爸又要大发雷霆，吓得我不敢再往下问了，我家虽然是个说书的，但父母对子女的要求非常严，我从小就是在棍头下长大的，别看我已经娶妻生子，可在父亲面前，我不敢犟嘴，不敢惹他生气。

我在家陪了他三天，后来父亲对我说："你还得说书，赶紧回去吧。"我临行时对父亲说："爸，现在我能挣钱了，生活不成问题，我每个月都会给您送钱来。"我爸说："过去靠的是你妈，现在经过学习了，我也明白什么叫自食其力了，今后我也要改行说评书，不弹三弦了。我还不到五十岁，我相信我还会挣到钱的，这个家用不着你担心。"

在我临走之前，又去看望了我三舅。三舅明白了我的来意，对我说："你父亲受的打击太大了，一般人承受不了，他没躺下就算不错了，有我帮着他，他会逐渐恢复正常的，他说那些气话也是能改变的，你就放心回鞍山吧。"于是我含着眼泪离开了沈阳。

坐到车上，心里边苦辣酸甜涌上心头。回到家里之后，我像泄了气的皮球，把包放到了椅子上，王全桂赶紧问我："见到咱爸没？他怎么说的？"我没好气地说："我回沈阳干吗去了？能见不着吗？爸说了，不承认你这个儿媳妇，不允许你踏进他的家门。"王全桂吃惊地睁大眼睛问我："这是真的？咱爸真这么说的？"我说："我难道还造谣不成？"王全桂是个急性子，办事情喊里咔嚓，从不拖泥带水，她二话不说抱起几个月大的女儿慧莉，一溜烟地就回沈阳去了。我以为她要回沈阳跟我爸去干仗，心一下提到了嗓子眼儿，可是又拦不住，用我三舅的话说由她去吧，爱怎么着就怎么着。

几天之后，王全桂高高兴兴从沈阳回到鞍山，二话没说，从怀里取出一张照片，递给我说："你看，这是我跟爸的合影。"我当时又激动又高兴，忙问她："你跟爸把话解释清了？"王全桂说："都是一家人，有什么解释不清的，我对你们老单家是功臣，所差者就是比你大几岁，咱俩结婚，你愿意我也愿意，难道这还犯法不成，你爸有什么理由不允许我进这个家门？我们爷儿俩唠了两天两夜，咱爸也特喜欢咱这个女儿，你看抱着她还照了相。"我听后，如释重负，长长地舒了口气。

打那儿之后，我们经常回沈阳去看我父亲，那时我父亲的情绪基本稳定住了，他每天都到茶社听我三舅说书，就像小学生听老师讲课似的，他立志要改行做一个真正的评书演员。家里的事基本稳当了，把我解脱出来，我又一个心眼儿地开始说书奋进了。

在我女儿慧莉出生后的第三年（1958年）腊月，我又得了儿子，乳名老铁，学名单瑞林。这孩子又白又胖又结实，非常讨人喜欢。曲艺团终于走上正轨，由个体变成集体，开始评定工资，文化局派专人到曲艺团任团长书记。在评定工资的时候，我被评为第五级，每月工资84元，我老伴儿是每月98元，此后我由准演员变成了正式演员。别看我在曲艺团属于五级演员，每月仅拿84元工资，但我每月的收入却遥遥领先。为此我心里产生了不平，为什么我每个月收入这么多钱，才拿区区84元，而有些老演员他们却拿着高工资，而收入却不及我的五分之一。我是牢骚满腹，难免私下议论，跟知心的朋友发泄。运动一来了，我就成了众矢之的，首先是攀比思想严重，拜金主义至上，我在会上不得不服，可私下里怨气却丝毫未减。

现在回忆起来，人家批评我是非常正确的，那真叫一个帮助。年轻人啊稍微有点小名气，就容易产生攀比思想，尤其在演艺界，更为严重。我当时充其量是一个小有名气的板凳头儿大王，与那些老艺术家无法相比，但思想里却滋生了这种恶习，所以奉劝年轻的朋友们在你们小有成就的时候，切记戒骄戒躁，应当虚心学习，不要计较名利，有道是功到自然成，强求的结果都是苦涩的。

到了1962年，文化主管部门规定，凡属传统艺术一律停止，演员必须说新唱新。这道命令使曲艺界的演员傻了眼，因为说书人都是从师傅那里继承的艺术，讲的都是帝王将相、才子佳人，从来就没说过新书，这道命令等于砸了他们的饭碗。好在鞍山曲艺团有个杨田荣，也就是我那位田荣师兄，他过去在天津的时候说过新书《铁道游击队》和《新儿女英雄传》，有一定说新书的基础，因此他就成了我们说新书的老师，平时以身示范，还开创了一个新书学习班，男女演员全都参加了这个学习班。要学习如何说新书，我自然一马当先。其实说新书对我来说并不怎么困难，因为我有文化，喜欢看小说，对许多新书也很感兴趣。经杨田荣一点拨，我马上就可以演出了，除了田荣之外，就属我说新书说得好。我曾一口气说过《草原风火》《新儿女英雄传》《战斗的青春》《林海雪原》等30多部小说，收入并不比说传统评书差多少，所以每天我家里都有同行拜访，向我学习说新书，我也把我个人的体会如实地传授给他们。于是杨田荣和我成为曲艺团说新书的顶梁柱。不久田荣被电台邀请到鞍山人民广播电台播出了长篇小说《铁道游击队》《平原枪声》等，颇受人们的欢迎。每到中午，杨田荣的声音覆盖着鞍山地区，从此他从一个茶社名演员变成了家喻户晓的明星，我羡慕得不得了，心说迟早有一天我也要登上电台。从此之后，我在说新书方面下的功夫一点也不亚于传统评书。

随着我说新书小有成就，个人主义也冒出了头，总感觉到我不仅说传统评书是顶梁柱，说新书也不含糊。那时杨田荣上了电台，随着声望的提高，各单位邀请他的人很多，再加上他每天到电台录书，所以难以保证茶社的收入，而我的收入却比他要高得多。想到这些我心里非常不平衡，84元工资对我来说太少了。不仅是我，我老伴儿比我闹得更凶，她的工资是每月98元，按她的水平以及从艺的年头，应该挣到111.5元，由于她认死理儿，不会顺情说好话，使得她的工资比别的女演员低了一等。为此她更是不平，当时又有孩子，她又闹情绪，所以说书是三天打鱼两天晒网，那时候一天不演出就要扣工资，所以她每月的工资顶多开四五十元。我们俩的工资加到一起，难以维持家里的生活，尤其我们当初单干的时候收入多花费大，现在骤然减少，难以适应，每月都往里赔，把我们几年的积蓄都快赔光了。我老伴儿实在不想在鞍山待了，要离团，可是申请了几次，领导不批，后来她一赌气带着孩子离开了鞍山，跑到外面单干去了。我嘴头上说反对她这么干，其实心里支持她，也希望她找个好的落脚地，把我也带出去。

1962年2月，她落脚到内蒙古的海拉尔市，海拉尔的曲艺团正缺演员，对这个主动上门的女演员非常欢迎，当时答应每个月给她开180元工资。尽管如此，当时粮荒还没过去，在外边生活还要花钱买粮票，一斤粮票三四元，除去买粮票之外也剩不下什么钱，所以她给我来信说："你快来吧，这儿的崔团长对人非常好，也希望你参加他们曲艺团，工资跟我一样也是180元。"我接信之后，连考虑都没考虑，立马作出决定，把鞍山的房子托人看管，坐上火车直奔海拉尔。我们一家四口终于在内蒙古团聚了。说来也怪，我在海拉尔的收入也相当可观，海拉尔属于边远地区，说新书可以，说传统书也可以，因此我就拿出拿手的绝活《三侠五义》，结果在海拉尔一炮走红。

哪知好景不长，一个多月之后，鞍山市曲艺团的副团长石富居然找到了海拉尔，要求我们回曲艺团，被我们当场拒绝，我老伴儿更是直言不讳地说："回曲艺团可以，你给我们多少钱的工资？"石团长说："这是国家规定，我无权更改，但根据实际情况可以往上调一调。"我老伴儿说："那你就回去调整去吧，调整好了我再回去，老单也是如此。"石团长赌气离开了海拉尔，通过鞍山文化局和海拉尔文化局向我们施加压力，可是海拉尔文化局根本不理鞍山文化局那一套。

又过了一个多月，鞍山市曲艺团业务团长张树岭也来到海拉尔，毕竟都是同行，我们推心置腹地进行了长谈。张树岭说："从公家的角度说，我是奉了领导的指示来督促你们回鞍山；从私人的角度说，咱们都是同行，我很想念你们，也借这个机会来看看你们。"当天我请他在呼伦贝尔大饭店吃了烤牛肉，我们边吃边聊。张树岭说："田芳啊，自古至今，私人不能跟官方斗，小胳膊拧不过大腿，这样僵持下去，你迟早要吃亏。再说现在文化局已经把你家四口人的粮食关系冻结了，粮票又这么贵，你们在这儿虽然挣的钱比较多，除去人吃马喂，也剩不下多少钱，还是跟我回去吧。"我当时大发牢骚，嫌工资太少，不涨工资我是绝对不回去的。张树岭没有办法，只好叹了口气，离开了海拉尔。我跟全桂两人商量，张树岭说得不无道理，虽然咱俩的工资都比在鞍山多得多，但是除去花费真的所剩无几，看来海拉尔也不是咱们久居之地，我想找一个真正单干的地方。老话说得好，好汉不挣有数的钱。我老伴儿非常同意，为了感谢海拉尔曲艺团，我们还是坚持着说了一大截书。

之后我老伴儿又联系上营口的田庄台，在同年的八九月份，我们离开了牛羊成群的海拉尔，来到田庄台。至今回忆起来，田庄台给我的印象太深了，我在田庄台居然大红大紫，收入超过在所有的地方的，从腊月到正月我们除去花费还存了4600块钱，这可是1962年的钱，与现在的4600块钱没法相比的。

书说简短，过了年之后，我们又到了苏家屯，从苏家屯又到了营口的盖县，一路过关斩将，几乎全是大赚。但是形势不容人哪，人家都是国营或者是大集体，却冒出我这么个单干户，而且收入相当可观，这对挣工资的老艺人来说，负面影响实在太大。因此有人把我告到营口市文化局，要求文化局下令禁演，理由是我是鞍山市曲艺团的演员，跑出来单干，属于黑户，必须停演。一是形势所迫；二是同行是冤家，很多人挣不着钱眼红，自然不能说我的好话。迫于这两种压力，我又想到女儿慧莉该上学了，无论如何不能耽误孩子的学习，思前想后、再三斟酌，我们还是回到了鞍山市曲艺团。当时曲艺团规定我的工资长一级，每月98元。由于私自出走，违反了组织纪律，需要象征性地在大会上做一次检查，另外罚款800元，对于过去的事就算一笔勾销。鞍山市曲艺团还有个条件：收留我回曲艺团，不收留王全桂，理由是她不会新书。全桂冷笑说："更好，我讨厌死他们了，你在团里说书照顾家和孩子，我到外面单干去，没有你的拖累他们也不会找我。"就这样，我们达成了协议，女儿上学了，了却了我一个大心愿……我又说起了新书，结束了长达一年半在外的奔波。

（摘自中国工人出版社《言归正传：单田芳说单田芳》一书，有删节）

票证故事

邢 芃 周子元 张 峥 黄雅琴 甄 斌

20年前，我们吃、穿、用几乎都得凭一张张票证。对今天那些打扮入时、出手阔绰的青年人来说，这一切是难以置信的，但这确确实实曾发生在我们这片土地上！

如果不是改革开放，今天我们每人手中恐怕仍会拿着一沓沓票证。这样的历史是不应当再让它重复的。

粮 票

邢 芃

清理书报旧物，从30多年前的大学讲义里抖落出一张1962年北京市五斤粮票，引出一段早已忘却的苦涩回忆。

那是孤身来京在北京邮电学院求学的日子。17岁的我，高1.83米，定量

32 斤半，月伙食费 12 元 5 角。清汤寡水，饿得我体重只剩 102 斤，外号"排骨""大头钉""大刀螂"。以致每次体育课教游泳，我都羞于脱去背心，不忍让老师同学一睹肋间的惨状。

记得一个周日，团支书李淑琴动员大家去积水潭打榆树叶，据说是因为学院缺养猪饲料。20 世纪 60 年代，支书一句话非同小可，全班 40 余人立即上阵，列队出发去响应组织号召。颇有才气的团宣委何报琼还即兴创作《初秋打树叶歌》一首。苦找一上午，反正是喂猪用，不管嫩叶、老叶，榆叶、杨树叶一块撸，收获颇丰，满载而归。晚饭时，每人菜包两个。狼吞虎咽之后，发现这菜馅有异，略苦而且缠绵。后来才知吃的就是我们扛回来的几麻袋树叶子。原来，这不是喂猪的，而是喂人的。

学院党委书记杨思九在一次形势教育大会上一句话说得多少人潜然泪下："同学们：我知道大家饿，其实，我也饿。但是……"

一日，正当我饥肠辘辘上自习时，突接二姐来信，说她和姐夫已调京工作。周日，我兴冲冲赶去。二姐见我三分钟内吞下两大碗面条，临别时泪眼蒙眬地硬塞给我五斤粮票，在当时，这是最贵重、最真情的赠予了。我放在身上怕丢，夹在书本里怕忘，先后换了几个地方，只备一旦饿得爬不起来时再用。不料，最终还是"丢"了。我急得难过了小半年，在同学中还不敢声张。因为，在当时为粮票、吃饭，朋友间、家人间闹纠纷，甚至反目为仇者并不鲜见。

"嗨！爸爸这张粮票太棒了！给我吧。"儿子一声吆喝使我惊醒。他迷集邮、集币，不知何时又迷上集粮票。"爸，这粮票可是三年困难时期的，绝品，月坛集邮市场也极少见，至少值上百元。20 世纪 50 年代最贵的一张粮票价值数千元……"

耳听儿子的粮票收藏经，我心依然一片苦涩。鸡鸭鱼肉、雪碧可乐喂大的一代青少年，刚 17 岁就长到 1.90 米，重达 200 斤，比当年也是 17 岁的排骨大学生爸爸重了一倍，他何曾体味过父辈经历的艰难、祖辈在新中国成立前的困苦？

小小一枚粮票，从 20 世纪 60 年代的救命票证，到 90 年代的珍稀藏品，不正是时代变革与进步的印证吗？面对这粮票，那无名的困惑、涨价的烦恼，似乎冲淡了许多……

于是，我小心翼翼夹起粮票，郑重交给儿子："给我好好保存，传下去。别说 100 元，再值钱也不准卖！"随后，我挺着无可奈何日渐膨胀的大肚皮，掏出 100 元说："去！再给爸买 10 包减肥茶！"

30 斤粮票救活两家人

周子元

这是发生在 1961 年仲夏的事了。

当时，我——一个贫农的儿子依靠国家每月发给的 18.5 元助学金在清华大学念书。其中 3 元是当作零用钱发给的，实际上我都积攒着用于购买书籍、文具用品或回家的车票了。剩下的 15.5 元是伙食费，加上每月定量的 30 斤粮票，这个数目与当时老百姓的标准相比，我们算是"天之骄子"了。

这年暑假，学校动员学生回家乡进行社会调查，我便怀着回家探视老母亲（父亲早逝了）的急不可待的心情，接过北京同学递过来的一张张半斤的"糕点票"和一个个可买二两糖块的"购货证"（当时每人每月凭票供应半斤点心，凭证供应二两糖块。我将每月的这个定量都给家在北京的同学了），购买了三斤糕点和一斤二两糖块，揣着 10.35 元的学生票，登上了北京开往武汉的 103 次普通客车转道到了长沙，然后又几次转汽车回到地处湘潭县山坳坳里的家。

"你回来得正好，你妈还不知死了没有。"在离家 10 多里的镇上下汽车时，一位邻居对我说。顿时，我如五雷轰顶，连走带跑，到家时只见年近 70 岁的妈妈已奄奄一息地躺在床上。持家的嫂嫂（哥哥在郴州做木工）和我那三个小侄子见到我后，哭成一团。就在嫂嫂缓步领我去厨房擦那分不清是汗水还是泪水的瞬间，可怜的妈妈竟翻出了我放在她枕边书包中的点心，给了三个小孙孙一人一个，她自己也吞吃了一个。看着锅里煮着的野菜粥糊糊，我连忙取出袋里的30斤全国通用粮票奔向了公社粮店。"这粮票里面还包含油，能再买点油吗?"我恳求说。"能买到粮就不错了，这里没有油。"售粮员诚恳地回答。

不知是妈妈见我回家兴奋，还是那块点心的作用，待我背回30斤大米时，她居然能下床扶着墙壁走动了。

可想而知，带着饭粒的野菜团子比那黑乎乎的野菜粥好吃多了。晚上，妈妈让我将这袋子大米分成了两半，她撑着那极虚弱的身体，领着我将其中的半袋大米送给了住在隔壁的大妈。那一家男的不在家，女主人拖着四个孩子几天没揭锅了。我那年仅8岁的小侄子对此极不乐意，甚至哭闹，妈妈直说:"度过这一阵子，再过一二十天早稻就下来了，或许能收点……"

为了减少一张嘴，我干完该干的农活，在家待了12天就返校了……

当了一回"乞丐"

张 峥

已经进入20世纪80年代了，我仍为二两粮票当了一回"乞丐"。

那时我在石家庄当兵，趁着"八一"放两天假决定回家看看。午饭没顾上吃就急匆匆赶到火车站，打算乘中午1点的过路车回京。原想撑4个小时回家后午饭晚饭一块吃，谁知火车晚点了。等待中，肚子咕噜起来，我就想索性随便垫点，让肚子舒服了坐上安稳车。待走进一家饭馆买饭时，才发现没带粮票，又不甘心白排了20分钟的队，便硬着头皮跟服务员求情，请她看在革命军人的份上卖给我二两包子，哪怕加钱也行。她说不行，第一没这个规矩，第二革命军人应该是遵守纪律的模范。我说:"你总得卖我点什么吧，什么不要粮票？"她一指卖面条的窗口："面汤，免费喝个饱！"我一听这话呛上了茬儿，自己又不在理，只好放弃了包子。踱出饭馆，肚子开始大声抗议，还得想办法填饱它。我想起了有一次买点心，前面一位老太太没有粮票向我"借"的事，便有了主意：向过路人要二两粮票，反正数量不大，一般人都能承受。可向谁要呢？穿个军装站在广场上要粮票？多丢人，太有损于军人的光辉形象了。所以只能向当兵的要，一来不会引起他人的注意，别人以为我们搞什么"军事活动"呢；二来对方不会太反感，有道是"兵兵相助"嘛。瞧准一位面相憨厚、军装较新的小兵，我走过去拦住，小声地说："同志，给二两粮票好吧？"小兵脸倏地红了，慌忙从兜里摸出一张三两的全国粮票塞给我，赶紧走开了。我就近用二两粮票买了个面包，剩下的一两粮票一直留到了现在。每次看见它，都会别有一番滋味在心头。其实，当时我每月有 45 斤粮票，仅仅因为没有随身带上，哪怕是二两，就沦落成了"乞丐"，这在我当兵生涯中是一件难以忘怀的苦涩的事。

遗　恨
黄雅琴

那是一个寒冷的冬夜，病魔终于夺走了妈妈的生命。我们兄妹四人围着妈哭作一团。该怎么料理妈妈的后事呀，爸爸还关在千里之外的"牛棚"里，而我们身边又没有一个亲人。

直到深夜，邻居大婶悄悄溜过来，为妈穿上棉衣、棉裤，吩咐我们务必再找一条单裤罩在妈妈那条打补丁的棉裤外面，说是有讲究的。我们把箱子底都翻了上来，也没找出一条像样点的裤子。可怜的妈妈，因为布票紧张，家里孩子又多，几乎没给自己做什么衣服。大哥无奈地让我脱下正穿着的一条半旧的蓝布裤子，给妈穿上了。

我们一连守了妈妈三天，大哥的一位同学劝我们把妈妈送走。我们也明白不能长久地把妈妈留在家里。于是大哥吩咐二哥在家看护小弟，我和他还有他的同学，将妈护送到八宝山。

告别妈后，快走出八宝山的大门时，哥的同学说："现在布票很紧张，买一床被面要用去一人一年的布票，你们是不是把你妈身上盖的被面拿回来呢？我看太平间那一排排睡着的人都没盖什么东西。"大哥犹豫了许久，终于艰难地往回返，去取那条已经很旧的被面。

一晃二十多年过去了，现在商场里穿的、铺的、盖的应有尽有，动辄要用布票、工业券的年代早已成为历史了。

小一号
甄　斌

现在到商店去买鞋，货架上各种各样的皮鞋、旅游鞋、球鞋、布鞋准让你看得眼花缭乱。可在30多年前，在国家三年经济困难时期，买双鞋可得费尽周折了。

那是我上小学一年级的时候，赶上三年经济困难时期，买什么东西差不多都要票，吃的要粮票，喝的要酒票，抽的要烟票，穿的要布票。一个星期六，我父亲单位发了一张鞋票，于是星期天一早他就带我去商店买鞋。可能是临时销售紧俏商品，商店门口处摆放了几个纸箱子当柜台，几个售货员穿着蓝色棉大衣坐在纸箱子后面边聊天边卖鞋。鞋只有两种，一种是黄色的解放鞋，一种是黑色的灯芯绒轮胎底布鞋。我们到商店已经晚了，解放鞋只剩下一双了，还有几双是布鞋。

父亲想给自己买解放鞋，他拿着那双唯一的解放鞋翻来覆去地看，还穿在脚上试了试，可惜小了点。经过再三权衡，他还是把那双小一号的解放鞋买了下来。回家的路上，我问他鞋小了一号为什么还买？他说："这鞋结实，能多穿两年。"

　　这双本想多穿两年的解放鞋，到底因为太小，没多长时间大拇指处就被顶破了。就这样，父亲仍穿着这双顶出了洞的鞋上下班有半年多的时间。后来国家经济形势逐步好转了，父亲才买了一双布鞋，不再穿解放鞋了。

　　看到父亲新买的布鞋，我曾问他，怎么不买解放鞋穿了。他用一贯简练的语言回答："捂脚。"

（摘自《读者》1999 年第 4 期，有删节）

最后的粮票

舒 乙

20世纪60年代初到90年代初在中国大地上流行过的各种票证，出乎意外地，终于飞出了自己的躯体，成了一种奇特的符号，带着它无奈的合理，生来共存的悲哀，和不堪回首的苦涩。

父亲死得早，票证的鼎盛时期他并没有赶上，不知道他会怎样对待后来愈演愈烈的票证，是无可奈何地摇头，依然用宽厚的眼神看着，还是说出什么特别幽默的话？

不知道。

知道的是，他非常老实地承认：他每天早晨要吃一个煮鸡蛋的！

说这话，距离"文革"还有好几年呢。

20世纪50年代初父亲写过一个电影剧本，名字叫《人同此心》，是以中学老师步春生一家人为模特儿，描述知识分子改造的。提议写剧本的是毛主席本人，他看了步春生发表在《人民日报》上的题为《我家两年来的变化》

一文之后，认为很好，反映了知识分子对共产党认识过程的真实性，如果写个电影剧本出来，可以教育更多的人。周总理和电影局的袁牧之、陈波儿商量，决定请刚写完《龙须沟》的父亲出来担此任务。本子写好了，却被在电影局供职的江青一句话给搁浅了。她说：老舍本人就是个没改造好的资产阶级知识分子，怎么能写好知识分子改造呢！

十二三年后，江青终于找到将父亲实实在在定为资产阶级知识分子的根据：每天早晨要吃一个煮鸡蛋。

父亲和彭真市长很熟。

20世纪50年代初，父亲担任北京市人民政府委员，常常和市长们一起开会，处理北京市的各种日常事务，比如哪儿的房漏了，应去给修修；哪儿的路不成，得去管管。在困难时期，父亲向彭真市长提议过："过年时，给大家伙弄点花生米吃吃怎样？"而且，以他的幽默又悄悄加了一句，"我就顶爱吃花生米。"

彭市长犯了愁。他知道，多加一项，就得加一种票，必须绝对平均，人人都有啊！可是，到哪儿去弄那么多花生？一个人半斤，全市一次就得几百万斤！

彭市长苦笑：老舍真会给我出难题。

难题归难题，过年时，真有了花生，每人二两！父亲并不知道，他的话起过什么作用，或许，在他看来，为老百姓办事，就该如此。

在家里，吃早饭，他突然冒出一句话来："要有个热油饼该多好。"摆出一副馋油饼的样子，板着脸，不乐，眼睛却在眼镜后面闪着一点点调皮的光。

其实，他并不爱吃油饼，只是又在琢磨，给"大家伙"弄点油饼吃吃该多好。

谈何容易呀，在那物资极度匮乏的日子里。他也知道，他的一句话，会惹出多大麻烦来。中国人口多，北京人口多，人人均等，不得了哇，不敢想。油饼，又何止油饼，成了他的苦恼和苦闷。

父亲是穷人出身，很小就知道愁吃愁喝，知道挨饿的滋味，也知道当家的难处。

他喜欢这个为老百姓办事的新社会，打心眼里有一种翻身的亲切感受。可是，弄到什么都要票的地步，吃鸡蛋，吃油饼，吃花生，都成了问题，他又陷入了苦闷。他高兴不起来。

在这种矛盾的心情中，他迎来了"文革"。

他没有带粮票在身上的习惯，因为总是回家吃饭。人大、政协开会，他也从不驻会，所以用不着交粮票。1966 年 8 月 23 日，病后的第一天上班，迎头挂满了批他的大字报。临近中午，造反派通知他，不再派车送他回家。他不知道上哪儿去吃饭，身上没有粮票。他也不想吃饭，吃不下呀。下午上班时便发生了那场大悲剧，他被打得体无完肤。他的倔强，他的正义，他的耿直，使得那场惊心动魄的斗争根本无法收场。

深夜，他做了向世界诀别的准备，冷静地对母亲说："你去上班，不必为我担心。"

"你呢?"

"他们让我还必须去文联。"

母亲老老实实为他准备了粮票和零钱，给他塞到中山装的口袋里，知道他得坐公共汽车到文联去。

又过了一天，清晨，人们在新街口豁口外太平湖中找到了一位投湖的老者。他的外衣挂在一棵小树上，树下放着他的手杖和眼镜。在他挂在树上的中山装的口袋里，人们找到了一些粮票、零用钱和他自己准备好的名片，名片上没有头衔，只有两个字：老舍。

他已经饿了两天两夜，颗粒未进，虽然，到最后，他是有粮票的。

（摘自《读者》2000 年第 10 期，有删节）

从前，购物证那些事儿
梁晓声

在我记忆中，在东北三省，购物证是"三年经济困难时期"才发的。那时，对于每一个城镇家庭，购物证的重要性仅次于户口和购粮证。

当年，哈尔滨人家的购物证，不仅买煤、买烧柴时非出示不可，买火柴、灯泡、香皂肥皂、烟酒、红白糖、豆制品、蔬菜、生熟肉类也要用到。

购物证的主要作用体现于购买日常用品与副食两方面。一度，连买线（不论缝补线还是毛线）和碱也要用到它，凭它还可买"人造肉"和"普通饼干"。

"人造肉"是最困难那一年的产物，具有研发性——将食堂和饭店的淘米水收集起来，利用沉淀后的淀粉制成。淘高粱米的水制作瘦肉，淘大米的水制作肥肉，淘小米和苞米?? 子的水制作肉皮。估计肯定得加食物胶、味精什么的。凝固后就成了肥瘦适当的带皮肉，红白黄三色分明，无须再加色素。

"人造肉"也不是可以随便买的，同样按人口限量。我为家里买过一次，豆腐块那么大的一块，倒也不难吃，像没有肉皮成分的肉皮冻。"人造肉"是昙花一现的副食，因为四处收集淘米水并非易事，所获沉淀物也甚少，人工成本却蛮大的，没有推广的意义。

"普通饼干"是相对于蛋糕、长白糕、核桃酥、五仁酥等点心而言的。那类点心还在生产，商店柜台里也有，因不是寻常人家舍得花钱买来吃的，所以形同"奢侈食品"。"普通饼干"却便宜多了，才四角几分钱一斤，每斤比蛋糕等点心便宜三角多钱。

什么东西一限量，还凭证，买的人家就多了。在当年，那也是刺激消费、加速货币回笼的策略。但老百姓也有自己的一笔账——买一斤"普通饼干"才收三两粮票，价格又便宜，性价比方面一掂量，觉得买也划算。偏不买，似乎反倒亏了。

我为家里买过几次"普通饼干"。每次买到家里，母亲分给我和弟弟妹妹几块后，重新包好，准备送人。父亲是"三线"建筑工人，母亲独自带着我们几个孩子度日甚为不易。不论遇到何种困难，不求人就迈不过那道坎去。被母亲麻烦的只不过是些街道干部、一般公社办事员而已，那也得有种感激的表示呀，而"普通饼干"较为拿得出手，别人家的孩子很欢迎。

有次，我们劝母亲也吃几块。母亲从没吃过，在我们的左劝右劝之下，终于吃了两片，并说好吃。

估计当时母亲饿了，竟又说："快到中午了不是，干脆，咱们就把饼干当午饭吧。"

于是母亲煮了一锅苞米面粥，我们全家喝着粥，将一斤半饼干吃了个精光。我为家里买过多次饼干，只有那次，没送给别人家。

火柴、灯泡也要凭购物证买的日子很快就过去了。据说，那等日常所用之物也要凭证买，是由于木材和玻璃首先得还给苏联，紧急抵债，火柴厂和灯泡厂一度垮了。"困难时期"的国家似乎什么都缺，所以收废品的什么都收，碎玻璃也能论斤卖钱，牙膏皮子一分钱一个，胶鞋底三分钱一个。

后来，购物证变成了副食证，香皂肥皂改为凭票买了。凭副食证所能买到的，无非烟酒、红白糖、生熟肉、豆制品而已。再后来，那些东西也发票了。

为什么既有副食证还要发副食票呢？

这是出于相当人性化的考虑——如果买什么副食都须带证，它就很容易丢。一旦丢了，一户人家一个时期内就吃不上副食了，补发要级级审批，是件相当麻烦的事。也体现一种对于困难家庭的不明说的关爱，生活特别困难的人家，可以将副食票私下交易成现钱。

但绝不意味着副食证就完全没意义了。发一切副食票时，既要看户口，也要在副食证上留下经办人盖章的记录。

秋季供应过冬菜，副食证仍用得上。国庆节买月饼、春节买特供年货如花生、红枣、茶、粉条，没有副食证是绝对不行的。除了粉条，别种特供年货供给的极少，具有象征性，意思意思而已。

某几年，哈尔滨人春节时能凭证买到明泰鱼和蜜枣。明泰鱼是朝鲜的，蜜枣是古巴的，我们当年对他们的援助也是慷慨大方。几年吃不到鱼，哈尔滨人对明泰鱼大为欢迎。古巴蜜枣很好吃，特甜。

我印象中，购粮证取消后，副食证似乎仍存在了一个时期——买鸡蛋需要它。那时我已成为北影人了，一听说北影家属区的商店来了鸡蛋，也会二话不说跑回家，带上副食证匆匆去往商店。那时我已当爸爸了，哪个爸爸不希望儿子在成长期多吃点营养丰富的东西呢？而 20 世纪 80 年代初，即使在北京，鸡蛋也是按人口供应的，且平时买不到。

而今，很多人食品保健常识提高，胆固醇高的人往往吃鸡蛋只吃蛋白，不吃蛋黄了。在吃自助餐的场合，桌上每每剩下完整的蛋黄。而完整的蛋黄，差不多等于半个鸡蛋。我见到那种情形，不禁替母鸡感到贡献的悲哀，于是心疼。我也是胆固醇高的人，由于舍不得弃蛋黄，干脆，连鸡蛋也不吃了。今日之中国，举凡一切副食，几乎没有不过剩的。与从前一切副食的匮乏相比，令人感慨万千。

匮乏是从前的问题。

过剩是现在的问题。

解决匮乏问题，中国实际上只用了二十几年。

而不仅吃的，从服装到家电到汽车，似乎许许多多商品都过剩了。某些商品从行俏到过剩，时期短得可用"迅速"一词来形容——商品过剩，各行各业竞争激烈，淘汰无情，反倒成了中国继续发展的困境之一；某些商品的严重过剩，则意味着某些行业的从业者面临失业的危情。

引领世界上人口最多的国家一帆风顺地前进，端的不易啊。

怎么会容易呢? 想想吧，一百多年前，全世界才十六亿人口左右……

（摘自《解放日报》2018 年 3 月 29 日）

我没有童年

王　蒙

　　由于匮乏和苦难，由于兵荒马乱，由于太早地对政治的关心和参与，我说过，我没有童年。但回想旧事，仍然有许多快乐和怀念。

　　我喜欢和同学一起出平则门（阜成门）去玩，城门洞有手持刺刀站岗的日本兵。过往的中国百姓要给他们鞠躬，这是一段非常耻辱的记忆。一出城门就是树林，草、花、庄稼、河沟，充满植物的香气，一路走着，要跳几次水沟。到"大跃进"时为止，钓鱼台那边一直有天然野趣。那里有两排杨树，秋天树叶变黄的时候发出一种类似酸梨的气味。踏着落叶在树下徜徉，使人觉得诗意盎然。

　　我更喜欢从西城家中走太平仓（现平安里南边的一条街。过去，从西四到地安门那边的环路公共交通都是走太平仓而不是平安里的）经厂桥、东官房到北海后门。太平仓那边有几家高档的四合院，大门上用油漆写着门联："忠厚传家久，诗书继世长""物华天宝，人杰地灵""守身如执玉，积德胜遗金""又是一年芳草绿，依然十里杏花红"……"芳草绿"与"杏花红"这样的句子使我心醉，联想到儿时学过的模范作文。

这些院落的围墙很高，有的墙上还绑着铁丝网。院里树木的枝叶伸到院外，院门经常紧闭，我从未见过任何人从这样的高级院落里进出。太平仓的胡同里两侧都是国槐，是典型的老北京胡同——小街。在开通了从平安里拐弯的有轨电车车道后，很少有车辆走这条要多拐几个弯的旧街。走在这样的胡同里，心情很微妙，应该算是一种享受。

一进北海后门，先听到的是水经过水闸下落的声音，立即感到凉爽，进入了清凉世界。再向南走两步，响杨树叶巨大的哗哗声攫住了你，一时间世界只剩下两排排列整齐、盖有年矣的杨树。树干的疙里疙瘩与似曲实直、亭亭玉立与随风倾斜，显示了既古旧久远又年轻潇洒的风貌。《红楼梦》里林黛玉抱怨过响杨树叶的噪音，我简直不懂。对于我，杨树叶的响声是一片天籁，一片清凉，一片宽阔和生机。每每听到北海后门两排杨树的声音，我立刻得到莫大的安慰，有种在盛夏酷暑中突然获救的感觉。

我也喜欢在北京城短时间向大自然回归。夏夜，在院落中或胡同口乘凉，听姐姐王洒背诵杜牧的诗句："银烛秋光冷画屏，轻罗小扇扑流萤。天阶夜色凉如水，坐看牵牛织女星。"确实，那时的北京夏夜到处都能看到款款飞着的萤火虫。二姨还给我讲过一个故事，说是一个孩子由于丢掉打醋的一毛钱，被继母打死了，这个可怜的孩子死后变成一只萤火虫，打着灯笼寻找他丢掉的一毛钱。从此，我深为自己的母亲并非继母而感到幸福。

大雨之后胡同里积着齐膝的水，蜻蜓擦着水面飞，杨树上时有知了高唱。北京的国槐最多，春天时有小小的青虫，吊在从树干垂下的丝上。秋天即使在庭院里，也听得到蟋蟀的叫声。我曾经很热衷于养蟋蟀、斗蟋蟀，热衷于给蟋蟀喂毛豆。

夏日我也喜欢养蝈蝈，我用细秫秸秆编成错落有致的蝈蝈笼。我懂得如何给蝈蝈喂黄瓜、西瓜皮和南瓜花，我从小喜欢听蝈蝈的鸣叫。

　　我喜欢所有的吆喝声，卖小金鱼和大田螺的，卖卤鸡和糖葫芦的，这二者都有抽签奖励的促销手段。卖硬面饽饽的，是河北乐亭人。卖爬糕和凉粉的，像男高音。冬夜有卖羊头肉的，肉切得比纸还薄，切出来的肉片变得透明。仅仅是卖一筐水萝卜，也叫得曲折婉转，十分出彩。寒冷的深夜，有时会听到盲人算命者的笛子声，极其凄凉。家里人说，这些人实际上很可能是卖烟土（贩毒）的。这使我更感神秘了。白天我也常常看到盲人，可怜得很。有一些与我同龄的男孩老是欺负残疾人。还有一对乞丐母女，母亲的样子像是有精神疾患。我同情她们。

　　我喜欢看老舍的话剧《龙须沟》，重要原因之一是，于是之饰演的主角程疯子能很地道地吆喝一嗓子。但我也有不满足——在我的记忆中，北京的春天除了有卖小金鱼，卖金鱼的都捎带着卖大田螺蛳——程疯子怎么忘了吆喝大田螺蛳了呢？

　　姐姐只比我大一岁半，我受了她和她同学玩法的影响，从小玩过很多女孩的游戏：跳房子，踢毽子，抓子儿（桃核与玻璃球），用丝线绑捆香包（小粽子），还有跳绳之类。但后来开始受到女孩的排斥，自己也觉得无趣了。

　　有几天，我醉心于自己制造一部电影放映机，因为我知道了电影的原理和视觉留迹的作用。我想自己画出动画，装订成册，迅速翻动册子，取得看电影的效果。努力良久，没有太成功。

　　我毕竟是男孩子，慢慢地就有了野一点的玩法——在墙头上玩打仗，每天没完没了地做手枪。我时常幻想自己有一把像真枪的手枪，大喝一声"不许动"，一枪毙"敌"于脚下。

　　但是我的蹦蹦跳跳的游戏并没有能够坚持下去。我上初中的第二学期，到西什库第四中学看我们学校与四中的棒球比赛。男生们一个个都抄近道从一个墙头跳下去，我犹犹豫豫，上了墙头，欲跳又止。后来跳下去了，右脚脖子崴了一下，造成脚腕处骨裂，养了一个多月，影响了上课。这一学期，我的考试成绩唯一一次没有进名次。我尝到了挫折的滋味，梦里清清楚楚地看到自己的优异成绩，却在成绩通知单上看到了失败。梦中的我一再追问："这是真的还是梦？"梦中的回答是："不，这不是梦，这是真的，就是我考得好，骨裂了仍然考得好。"这样的信心正是我屈辱感的根源：愈相信自己，就愈感到丢人。

我的童年过得还是太怯弱了。父亲的一个朋友曾经送给我一个鹰状风筝，我试了几次，始终没有放起来。读鲁迅的《风筝》，我的感觉是，我比文章里的弟弟与哥哥更可怜，我竟无待于暴力与蛮横的摧毁，我竟无待于封建吃人文化的压制，先是我自己就怯了——跳墙骨裂，放风筝飞不起，打架无力还手，不必旁人欺负，也不可能战胜任何一个人……往者已矣，如今的北京已不是当年的城市，所有的儿时记忆已经没有可能重现眼前。北海公园后门的水声依旧，但是杨树的品种已经更新，不复有那哗哗的响动。到处车水马龙，到处高楼大厦，谁可以在墙头上掏出木头手枪大喝一声"不许动"呢？夏夜不再扑流萤，冬季的天空中也看不到黑压压的一片乌鸦飞过，春天听不到黄鹂叫，秋天听不到蟋蟀声。

在新疆，我的二儿子王石经常自己做风筝，一放就飞到半空中。我仰首观看，心旷神怡。有些心愿，自己这一代没有完成，下一代完成了，也是快乐。

在我 68 岁生日时，给我开车的司机郝俊卿师傅送给我一个大蜈蚣风筝，说是他看了我的有关放风筝的文字，他想，这还不容易吗？后来，我们有几次将风筝放到高空的经历。毕竟，一切希望都在人间，人间的一切希望都可能实现，虽然也可能到 60 年后才实现。

（摘自《读者》2017 年第 20 期）

红花衣和日记本

残 雪

　　我们家里小孩多，布票远远不够用，母亲就买回一大匹极便宜的粗麻布给我们做衣服。衣服做好后，男孩子的全部用染料染成黑色，只有我的那一套没有染。我记得裤子是紫色的底子上起花朵，上衣是大红底子起小绿叶。我一点都不喜欢这种色彩搭配，觉得怪扎眼的，难看死了。可是没有别的衣服穿，只能穿它们。我穿着这身衣服忐忑不安地来到学校，马上就听到了议论。"乡下人……"女孩们说。有一个长得像洋娃娃的同学还特地到我跟前来问："你怎么穿这种衣服啊？"我答不出，我的脸在发烧，恨不得钻进地里去。

　　那一天，大家都不愿和我玩游戏，嫌我乡里乡气。不过毕竟是孩子，到了第二天、第三天，他们就忘了这事，又和我玩起来了。当然，我知道她们当中有几个是从心里瞧不起我的。想想看，一个奇瘦的女孩，脸色苍白，穿着那种母亲用手工赶制的、硬邦邦红通通的大花衣，同样硬邦邦的紫色花裤子，那会是什么样子，当然土得掉渣了。我是不敢同人比穿的，我的最大愿望是不要引起别人的注意。一来我瘦骨伶仃，穿衣服撑不起；二来我的所有衣服全是便宜布，母亲粗针大线缝制的，上不得台面。

尽管样子难看，尽管从来出不了风头，尽管老师也因为我的"出身"看我时带着异样的眼神，我却并不消沉。现在回想起这事来有点怪，或许是我体内超出常人的活力给了我某种自信。我总是蠢蠢欲动，跃跃欲试，从来没有一刻消沉过。荡秋千我能荡得最高，短跑我能跑得最快，作文我能写得最好，算术总是第一。当然我做这些事也远比别人认真，付出也比别人要多。

老师让我们每天写日记，交给他批改。他要求我们每个人买一个正式的日记本，外面有塑料壳的那种。那时的塑料是很贵的、时髦的东西。

休息日，父母带我上街去买本子。我们来到百货店的文具柜，我看中了柜里的好几种本子，红的、黄的、有花儿的，我激动得一颗心在胸膛里怦怦直跳。可是他们叫营业员拿出来翻了翻，又退回去了，说："太贵了。"我大失所望。后来我们又去第二家，又看了一通，父母还是说"太贵"。这时我已经很不高兴了，但还抱着希望。第三家是大百货公司，里头什么日记本都有，我简直看得眼花缭乱。我觉得那本鹅黄色的、厚厚的最合我意。我眼巴巴地看他俩商量了很久，最后，父亲居然叫营业员拿出一个墨绿色的、马粪纸的外壳，然后再要了一个小小的写字本，将那简易写字本往马粪纸的外壳里头一套，说："好！这不就是日记本吗？"我站在那里，眼泪几乎就要夺眶而出！我脑海里不断地出现同学们那些花花绿绿的塑料壳的日记本，委屈得一个字都说不出来。

于是我就在这个一半马粪纸一半漆布做成外壳的日记本上写日记了。我的字迹端端正正，我几乎每隔几天就发誓，要努力锻炼自己，使自己成为更好的人。当老师将全班同学的笔记本放在讲台上时，我看见我的墨绿色的小本子缩在那一堆花花绿绿的豪华本子里头，那么不起眼，那么让人害臊！

当我长大后，再去看父亲给我买的日记本时，就发现了他深藏的一番苦心。本子的纸张十分好，根本不是低档货；而墨绿色的外壳更是大方朴素，很有格调，确实比那些塑料壳本本好看多了。我那个时候看不出，是因为我还没修炼到他那个份上吧。啊，那种压抑，不是于无形中打掉了我身上的轻浮之气吗？回想这一生，的确从未真正轻浮过，主要还是得益于"老谋深算"的父亲的影响吧。

　　母亲让我穿难看的红花衣是为了省钱，以维持家庭的收支平衡；父亲给我挑日记本，则于无言中教会我什么是朴素之美。那一次的委屈刻骨铭心，是不是就因为这，我的小说里头才从来容不得花哨的形容词，也容不得轻浮呢？

（摘自《读者》2014 年第 2 期）

白雪猪头

苏 童

　　我母亲凌晨就提着篮子去肉铺排队，可是她没买到猪头肉。人们明明看见肉联厂的小货车运来了八只猪头，八只猪头都冒着新鲜生猪特有的热气。我母亲排在第六位，她点着食指，数得很清楚，可是等肉铺的门打开了，我母亲却看见柜台上只放着四只小号的猪头，另外四只大的不见了。她和排在第五位的绍兴奶奶都有点紧张。绍兴奶奶说，怎么不见了？我母亲踮着脚向张云兰的脚下看，看见的是张云兰的紫红色的胶鞋。会不会在下面，我母亲说，一共八只呢，还有四只大的，被她藏起来了？柜台里的张云兰一定听见了我母亲的声音，那只紫红色的胶鞋突然抬起来，把什么东西踢到更隐蔽的地方去了。

　　我母亲断定那是一只大猪头。

　　从绍兴奶奶那里开始猪头就售空了，绍兴奶奶用她慈祥的目光谴责着张云兰，这是没有用的。卖光了。张云兰说，猪头多紧张呀，绍兴奶奶你来晚了，早来一步就有你一只。绍兴奶奶无奈地在旁边买了点冷冻肉，朝张云兰翻着白眼走了。

我母亲却倔，她把手里的篮子扔在柜台上，人很严肃地站在张云兰面前。我数过的，一共来了八只，还有四只，拿出来！我母亲说。

四只什么？你让我拿四只什么出来？张云兰说。

四只猪头！拿出来，不像话！我告诉你，我数过的。

什么猪头？你这个人说话我怎么听不懂？

拿出来，你不拿我自己拿了。我母亲以为正义在她一边，她看着张云兰负隅顽抗的样子，火气更大了，人就有点冲动，推推这人，拨拨那人，可是也不知是肉铺里人太多，或者干脆就是人家故意挡着我母亲的去路，她怎么也无法进入柜台里侧。她听见张云兰冷笑的声音，你算老几呀，自己进来拿，谁批准你进来了？

我母亲急于去柜台里面搜寻证据，可是她突然发现从四周冒出了许多手和胳膊，也不知道都是谁的，它们有的礼貌，松软地拉住她；有的却很不礼貌了，铁钳似的将我母亲的胳膊一把钳住，好像防止她去行凶杀人。一些纷乱的男女混杂的声音此起彼伏地响起来，少数声音息事宁人，大多数声音却立场鲜明，表示他们站在张云兰的一边。只有见喜的母亲旗帜鲜明地站在我母亲身边，她向我母亲耳语了几句，竟然就让她冷静下来了。见喜的母亲说了些什么呢？她说，你不要较真，张云兰记仇，得罪谁也不能得罪她，我跟你一样，有五个孩子，都是长身体的年龄，要吃肉的，家里这么多嘴要吃肉，怎么能得罪她呢？

我母亲被说到了痛处，她黯然地站在肉铺里，想起我们兄弟姐妹五人吃肉的馋相：我大哥仗着他是挣了工资的人，一大锅猪头肉他要吃去半锅；我二哥三哥比筷子，筷子快肚子便沾光；我姐姐倒是懂事的，男孩吃肉的时候她负责监督裁判，自己最多吃一两片猪耳朵，可是腾出她一个人的肚子是杯水车薪，没什么用处的。我母亲想到这里，口气就有点软了。她对见喜的母亲说："我也不是存心跟她过不去，我答应孩子的，今天做肉给他们吃，现在倒好了，排到手里的猪头飞了，让我做什么给他们吃？"见喜的母亲指了指一旁，说，买点冷冻肉算了嘛。我母亲转过头去，茫然地看着柜台上的冷冻肉。那肉不好，她说，又贵又不好吃，还没有油水！猪肉这么紧张，我母亲还挑剔，见喜的母亲也不知道说什么好了，转过身去站到队伍里，趁我母亲不注意，也向她翻了个白眼。

肉铺里人越来越多了，我母亲孤立地站在人堆里，她篮子里的一棵白菜不知被谁撞到了地上，白菜差点绊了她自己的脚。我母亲后来弯着腰拍打着人家的一条条腿，好不容易把白菜捡了起来，篮子里的白菜让她看见了一条自尊的退路。她最后向柜台里的张云兰喊了一声，不吃猪头肉也饿不死人的！然后带着那棵白菜昂然走出了肉铺。

我们街上不公平的事情很多，还是说猪头吧，有的人到了八点钟太阳升到了宝光塔上才去肉铺，却提着猪头从肉铺里出来了。比如我们家隔壁的小兵，那天八点钟我母亲看见小兵肩上扛着一只猪头往他家里走，尽管天底下的猪头长相雷同，我母亲还是一眼认出来，那就是清晨时分在肉铺失踪的猪头之一。

小兵家没什么了不起的，他父亲在绸布店，母亲在杂货店，不过是商业战线，可商业战线就是一条实惠的战线，一个手里管着棉布，一个手里管着白糖，都是紧俏的凭票供应的东西。我母亲不甘心，尾随着小兵，装作不经意地问，你妈妈让你去拿的猪头，在张云兰那里拿的吧？小兵说，是，要腌起来，过年吃的。我母亲的一只手突然控制不住地伸了出去，捏了捏猪的两片肥大的耳朵。她叹了口气，说，多大的一只猪头啊！

我母亲平时善于与女邻居相处，她手巧，会裁剪，也会缝纫，小兵的母亲经常求上门来，夹着她丈夫从绸布店弄来的零头布。我母亲有求必应，她甚至为小兵家缝过围裙、鞋垫。当然女邻居也给予了一定的回报，主要是赠送各种票证。我们家对白糖的需求倒不是太大，一是吃不起，二是吃了不长肉，小兵的母亲给的糖票，让我母亲转手送给别人做了人情，煤票很好，草纸票也好，留着自己用。最好的是布票，那些布票为我母亲带来了多少价廉物美的卡其布、劳动布和花布，雪中送炭，帮了我家的大忙。我们家那么多人，到了过年的时候，几乎不花钱，每人都有新衣服、新裤子穿，这种体面主要归功于我母亲。不可否认的是，里面也有小兵父母的功劳。

那天夜里我母亲带了一只假领子到小兵家去了。假领子本来是为我父亲缝的，现在出于某种更迫切的需要，我母亲把一个崭新的假领子送给小兵的母亲，让她丈夫戴去了。我父亲对这件事情自然很不情愿，可是他知道这只假领子担负着重大的使命，也只好眼睁睁地看着我母亲把它卷在了报纸里。

假领子不负使命，我母亲与女邻居的灯下夜谈很快便切入了正题，猪头与张云兰。我母亲的陈述多少有点闪烁其词，可是人家很快弄清楚了她的意思，她是要小兵的母亲去向张云兰打招呼，早晨的事情不是故意和她作对，都怪孩子嘴巴馋，把她逼急了，务必不要往心里去，不要记仇——我母亲说到这里突然又有点冲动，她说，我得罪她也就得罪了，我吃不吃猪肉都没关系的，可谁让我生下那么多男孩，胃口一个比一个大，她那把割肉刀，我得罪不起呀！

小兵的母亲完全赞同我母亲的意见，她认为在我们香椿树街上，张云兰和新鲜猪肉其实是画等号的，得罪了张云兰便得罪了新鲜猪肉，得罪了新鲜猪肉便得罪了孩子们的肚子，犯不上的。谈话之间小兵的母亲一直用同情的眼光注视着我母亲，好像注视着一个莽撞的闯了大祸的孩子。她是个聪明的女人，情急之下就想出了一个将功赎罪的方法。她说，张云兰也有四个孩子呢，整天嚷嚷她家孩子穿裤子像咬雪糕，裤腿一咬一大口，今年能穿的明年就短了，你给她家的孩子做几条裤子嘛！为了孩子的肚子，你就别管你的面子了，你做好了裤子我给送去，保证你有好处。你不想想，马上要过年了，这么和她僵下去，你还指望有什么东西端给孩子们吃呀。

女邻居这番话把我母亲说动了。我母亲说，是呀，家里养着这些孩子，腰杆也硬不起来，还有什么资格讲面子？你替我捎个口信给张云兰好了，让她把料子拿来，以后她儿女的衣服不用去买，我来做好了。

凡事都是趁热打铁的好，尤其在春节临近的时候。小兵的母亲第二天回家的时候带了一捆藏青色的布到我家来，她也捎来了张云兰的口信，张云兰的口信温暖了我母亲的心，她说，以后想吃肉，再也不用起早贪黑排什么队了，隔天跟她打个招呼，第二天落了早市只管去肉铺拿。只管去拿！

此后的一个星期也许是我母亲一生中最忙碌的日子。张云兰提供的一捆布要求做五条长裤子，都是男裤，长短不一，尺寸被写在一张油腻腻的纸上，那张纸让我母亲贴在缝纫机上方的墙上。她熬了几个晚上，把五条裤子一片一片地摞在缝纫机上，像一块柔软的青色的梯田，然后是持续好几天的缝纫机恼人而粗笨的歌声。最终母亲保质保量地完成了张云兰要求的五条裤子，做好的当天就交给了小兵的母亲。

而小兵的母亲后来一定很后悔充当了我母亲和张云兰的中间人。整个事情的结局出乎她的意料，当然也让我母亲哭笑不得。你猜怎么样了？张云兰从肉铺调到东风卤菜店去了！早不调晚不调，偏偏在我母亲做好了那五条裤子以后调走了！

我记得小兵的母亲到我家来通报这个消息时哭丧着个脸。都怪我不好，多事，你忙成那样，还让你一口气做了五条裤子，可是我也实在想不通，张云兰在香椿树街干了这么多年，怎么偏偏就在这节骨眼上调动了，气死我了！我母亲也气，她的脸都发白了。但是她如果再说什么难听的话，让小兵的母亲把脸往哪儿放呢？人家也是好心。事已至此，我母亲只好反过来安慰女邻居，她说，没什么的，不就是熬几个夜费一点线嘛，调走就调走吧，只当是我学雷锋做好事了。

我们对于春节菜肴所有美好的想象，最终像个肥皂泡似的破灭了。

除夕前一天夜里下了场大雪，我是被我三哥从床上拉起来的。那时候天色还早，我父母亲和其他人都没起床。因为急于到外面去玩雪，我和我三哥都没有顾上穿袜子。我们趿拉着棉鞋，一个带了一把瓦刀，一个抓着一把煤铲，计划在我们家门前堆一个香椿树街最大的雪人。我们在拉门闩的时候，感觉到外面什么东西在轻轻撞着门。门打开了，我们几乎吓了一跳，有个裹红围巾穿男式工作棉袄的女人正站在我们家门前。女人的手里提着两只猪头，左手一只，右手一只，都是我们从来没见过的大猪头。更加令人印象深刻的是，女人的围巾和棉袄上落满了一层白色的雪花，两只大猪头的耳朵和脑袋上也覆盖着白雪，看上去风尘仆仆。

外面的女人看见我要进去喊大人，一把拽住了我。她说，别叫你妈，让她睡好了，她很辛苦的。然后我们看见她一身寒气地挤进门来，把两只猪头放在了地上。她说，你妈妈等会儿起来，告诉她张云兰来过了。你们记不住我的名字也没有关系，她看见猪头就会知道的。

我们不认识张云兰，我们认为她放下猪头后应该快点离开，不能影响我们堆雪人。可是那个女人有点奇怪，她不知怎么注意到了我们的脚，大惊小怪地说，下雪的天，不能光着脚，要感冒发烧的。她的眼睛突然一亮，变戏法似的从棉袄口袋里掏出了一双袜子，是新的尼龙袜，商标还粘在上面。她示意我把脚抬起来。我知道尼龙袜是好东西，非常配合地抬起了脚，看着那个女人蹲下来，为我穿上了我人生中的第一双尼龙袜。我三哥从小就不愿意吃亏，他在旁边看的时候，一只脚已经提前抬了起来，伸到那个女人的面前。我记得张云兰当时犹疑了一下，但她还是从口袋里掏出了第二双尼龙袜。这样一来，我和我三哥都在这个下雪的早晨得到了一双温暖而时髦的尼龙袜。无论如何，这都是一个意外的礼物。

听我母亲说，张云兰家后来也从香椿树街搬走了，她不在肉铺工作，大家自然慢慢地淡忘了她。我母亲和张云兰后来没有交成朋友，但她有一次在红星路的杂品店遇见了张云兰，她们都看中了一把芦花扫帚，两个人的手差点撞到一起，后来又都退让，谁也不去拿。我母亲说她和张云兰在杂品店里见了面都很客气，两个人只顾说话，忘了扫帚的事情。结果，那把质量上乘的芦花扫帚让别人捞去了。

（摘自《读者》2016 年第 9 期）

50 年代的恋爱故事

杨尧深

如今的青年人，想象 20 世纪 50 年代的恋爱一定十分刻板。其实，我的一些同事与朋友在那个年代的恋爱却十分浪漫、有趣。这些故事完全真实。

素不相识，在车上他却大胆吻姑娘秀发，被骂成"流氓"，后来她认为"流氓"也可爱

公共汽车来了一个急刹车，姑娘没站稳，正落在郭亮的怀里。面对这姑娘超凡脱俗的美丽，小伙子一时竟控制不住自己，突然抓住姑娘的粗发辫吻了吻。这个大胆的行动引起了车上人们的惊讶，姑娘的脸红了，望着车上众多的眼睛，她对着小伙骂道："流氓！流氓！""我不是流氓，你若不信，我们可去派出所评评理！"郭亮辩解道。于是，他俩一起下了车。

站在路旁，姑娘心里一片惊慌，郭亮说："派出所离这里远呢，叫一辆三轮车坐着去吧!"想不到姑娘也同意坐车。

三轮车一启动,两人在车上谈开了。郭亮问:"你说,我有什么错?"她答道:"你错误大着呢,是流氓!""我像流氓吗?""那你为什么无缘无故吻我的辫子?""因为你的美貌吸引了我,我爱上了你。"

"别去派出所吧?"郭亮问。

听着郭亮直率的表白,姑娘沉默了,她重新打量了他一番,倒是一位年轻漂亮的小伙呢。

"……"姑娘呆呆地望着他,犹豫不决。

"那我们就去公园吧?"郭亮得寸进尺。

"……"她又无语。这时他毫不犹豫地宣布:"三轮车,到虹口公园去!"

如今,他们已有了一双孙儿。可讲起这段恋爱,郭亮还会笑得前仰后合。

他一直找不到对象,打靶中无意打中了一个女人的腿肚,于是,他的机会来了……

这一次打靶到了后头,指挥员下达命令:"停止射击!"前面报靶的人已经一窝蜂地跑了出来,突然,"砰"的响了一枪,前面报靶的一个女人倒下了,直嗷嗷地呼救:"我被打中了!"大家围过去,只见她泪流满面,痛苦不堪。

"谁打的?"指挥员恼怒地吼着。

"我,不当心走火了。"他慢悠悠地站起,满脸通红。他叫龙哥,30 多岁了还没个对象。"我该怎么办?"他问。"你还来问我?还不救人去!"指挥员吼道。

龙哥扑到靶前,忘记了难为情,蹲下身子,一把抱住了她,轻轻松松地把她抱上了车子。姑娘慢慢地睁开眼睛一瞅,哦,好大的个儿,她想:这一枪，八成是他打的。可这一抱，就是向她认了错，于是她的怨恨也就云消雾散了。

姑娘住进医院，龙哥每天都要去看望一两次，替她买这买那。初去时，他脸红红的，话也少；过了两天，话多了。

有一天，她拉他过来，说："这几天也累坏你了，坐下歇歇吧。"说话时，还替龙哥拉一拉衣服，拍了拍身上的灰。龙哥羞得不知所措，听任她的摆布。他要走了，她伸手拽住他说："别走，再坐一会儿。"他乖乖地坐下了，一坐又是一个钟头。她替他剥了一颗他买来的糖果，送到他嘴里。这一颗糖，甜极了。

这一天，女人身边多了一位五十岁开外的大妈。龙哥脸一红，想走，大妈乐呵呵地笑道："小伙子，我看你俩是一对儿。"龙哥的脸红得像一块红布，连头都不敢抬。大妈又说："我走了，你俩好好谈谈吧！"龙歌这才知道，大妈是他未来的丈母娘。

想不到这一枪竟然成了他们爱情的桥梁。

俊美的皇甫姑娘，大学生，算得上百里挑一，却选中了一个"马大哈"

皇甫姑娘碰到的都是些有头有脸人家的子弟，可她就是不喜欢那些摆架子的男人，一见他们，心里就烦。这样的人接触得多了，她几乎对婚姻丧失了信心。

单位里有一个常被同事们取笑的"马大哈"于忠。一天，这位老处男竟悄悄地把一封信交给了皇甫姑娘。皇甫姑娘拆开一看，有两张戏票。不言而喻，他是约她看戏去。皇甫姑娘同意了。

一进剧场，"马大哈"就请她吃了"冰砖"，吃罢，她用手帕擦了下嘴，"马大哈"见她这样，也从口袋里掏出样东西抹嘴，皇甫姑娘一看，竟是装在口袋里的一只脏袜子。她哈哈大笑。

"这没什么！"他故意装出无所谓的样子。

"若被人知道了，可又有了笑料。"她说。

"别人是别人，你不是那一种人。"他说。

皇甫姑娘听他信任自己，心里倒挺激动，问："你就信任我一个人？"

"当然。"说话间，他又用袜子在额上擦一擦汗，"我喜欢写诗，平时只注意作诗，从来也不管别人的闲事。你呢，也重视自己的事业，这一点，我俩相同。

这又是一句震动她心灵的话。这些年来，她在爱情上"受损"，原因之一也是因为她重视、热爱自己的事业。

"希望你不要同单位里的某些人一般见识，用那些小节来严格要求我。我也会帮助你的。"于忠说。

皇甫姑娘认真地望了一望他，想说什么。

"别看我，我长得太丑。"于忠大大咧咧地说，"你走在我身边，没人相信你是我的女朋友。"

和他在一起，皇甫姑娘觉得很开心。

不久，单位里传出了一个最轰动的新闻，"马大哈"居然交上了桃花运，皇甫姑娘与他去登记结婚了。

失去了心爱的人，她把爱给了救命恩人

海上突然起风了，滚滚海浪向一对恋人扑来。

"等等！等等！"男孩游在女孩的身后，不停地呼唤，可女孩好像离群的孤雁，男孩也像断了线的风筝，海浪越来越大，男孩的身子早已失去控制，发出了呼救声，女孩也危在旦夕。

这时，水性很好站在海滩上的男青年小芮见状，立即下了海。当他游到

两人处时，男孩不见了，女孩在呼救。他把她从激浪中托起。

女孩春霞与男孩小苏是一对恋人，你不能离开我，我也不能离开你。现在，小苏永远地被大海吞没了，她悲痛欲绝，口里不停地喊着："小苏！小苏！"谁劝都没有用，她有些神经错乱了。

小芮来了。春霞看到小芮，忽然来了精神，她一下子搂住了小芮："你是我的小苏，只有小苏才能救我。"

看着疯疯癫癫的春霞，小芮心想，如果我不去安慰她，她一定会失去理智，成为一个疯女。于是，他就充当小苏，任由春霞搂抱。

"救救我，小苏。只有你，我才能幸福。"这一天，春霞见到小芮，又亲热地迎上去，搂住他，在他的脸上吻了又吻。然后，她又要求他也吻吻她。他犹豫了。

春霞说："我知道你不是小苏，名叫小芮，但你是我的救命恩人。以前，只有小苏才能救我，现在我也离不开你！"说着，她把双眼闭上了，鼓起嘴巴在迎接他的吻。

听着春霞说着一个"正常人"的话，小芮终于也鼓起了勇气。他的唇是冻冷的，而她的唇是炽烈的，两张嘴唇一接触，立即融成了一体。

单身女人遇见了一对相爱至死的夫妻。当妻子病逝后，她就成了他的续弦，且丧事婚事一起办

得知妻子患了绝症，杜先生就瘫下了。

单位得知此事，决定派一个女同志去当他的帮手。派谁去？领导决定派家务少、身体好、性格温和的舒爱娟去。

"我不去！"舒一口拒绝。因为她虽已三十六七，但还是一位姑娘。

杜被老婆拖得不轻，人渐渐消瘦，浑身无力，连走路都摇摇晃晃。见此情景，舒终于忍不住了，对领导说："我还是去吧！"

　　这天她来到杜家门口，轻手轻脚地走上台阶，眼睛先往玻璃窗里一望，那一刻，杜先生正紧搂着妻子在替她揉胸呢！这对舒爱娟来说是一个有轰动效应的动作。舒进了门，杜与她打了招呼之后，仍搂住妻子为她揉胸，并把脸贴近妻子，问："好一点吗？"

　　杜妻发现来了人，对丈夫说："同事来找你了，你去吧！"

　　"不！"舒说，"我是组织上派来照顾你的，你需要我做什么，我都可以做。"

　　杜妻说："那你就替我们做一点吃的吧！"

　　杜先生对舒说："你来陪陪她，同她说说话，家务事还是由我来做。"

　　舒爱娟摇头，说："不！师母需要爱，可我不能像你这样……"说着，她脸红了。

　　舒被杜感动了。她在杜家什么事都做。

　　一天，杜妻的精神较好，她拉过舒的手，眼眶里盈满了泪水："我要走了，我没有怨言，可苦了老杜，他是一位好人，你愿不愿意嫁给他？"舒爱娟震惊。这是她一生中从未听到过的语重心长的话。慌乱中她告辞了。

　　第二天，舒没来。

　　第三天，舒还是没来。

　　第四天，舒来了。杜妻几乎用剩下的最后一口气问："考虑好了？"舒低头不语。"那好，喜事丧事就一起办吧。"杜妻合上了眼睛。这天夜里，她与世长辞了。

　　办完了丧事，杜舒两人当天就含着眼泪去领了结婚证。

（摘自《读者》1995 年第 5 期）

谢谢你们，介绍人！

刘炳善

结婚4年矣。从结婚起，我结束了那一块冷馒头、一只干烧饼加上一杯白开水当作一顿饭，脏衣服、破袜子统统扔到床底下的老光棍儿生涯。如今，不但家中井然有序，夫妻相敬如宾，而且添了一个小宝宝。

生活的小舟停泊在平静的港湾。一个人独坐的时候，心里常常念叨着一句话：谢谢你们，介绍人！

我所要感谢的介绍人，指的不是介绍我的妻子跟我认识的人，在此以前，当我长期身处逆境之中，那些"知其不可而为之"，而且简直可以说是"前仆后继"地帮我介绍对象的人们。

"早岁那知世事艰？"小时候受外国文学的"毒害"太深，脑子里灌满了一大堆"罗密欧和朱丽叶"、阳台会、小夜曲、花园里的密约、甚至"一路跑"（即私奔）——总之，灌满了浪漫的传奇故事或者传奇式浪漫想头，对于恋爱婚姻还要靠人说媒介绍，一律嗤之以鼻。新中国成立前，我在外地上中学，我的母亲曾经对我下了一道"慈谕"：命我回家，给我"说媳妇"。我回信将母亲大大挖苦一顿，断然拒绝——我的婚姻绝不靠"父母之命，媒妁之言"。那是落后，那是倒退，那是对"五四"精神的背叛，那是对我人格的侮辱！后来，我上了大学，这种信念更为坚决。好心肠的师母或者高年级的老大姐不断提出要给我介绍女朋友。尽管被介绍的也都是我们系里低年级的善良无辜的女孩儿，但我一听"介绍"两个字就讨厌，所以统统谢绝了。

青年时代在好梦中过去了。1957 年，自己在毫无思想准备的情况之下跌入了陷阱。当时自己的感觉是：开始受批判的时候，自认为是受到母亲责骂的儿子；到真的被划上"右派"的时候，则觉得自己是被赵匡胤错斩的郑恩。有一两位姑娘暗地对我表同情、跟我接近，我很自觉地回避了，不愿连累人家。当时高悬在心中的只有两个金光闪闪的大字："摘帽。"

摘帽以后，我的头脑明白了一点：如果自己还想结婚，就不能墨守外国小说里的框框，走"认识—交往—发生好感—有了感情—谈恋爱—定关系—订婚—结婚"这么一条漫长曲折的道路，而必须走多数中国人习惯的"介绍—谈对象—结婚"这条简便易行的道路。

于是，我就站在婚姻介绍的天平盘子里，任人称量。

20 世纪 60 年代初，我 30 岁出头。用今天的话说，那时候我算个"大龄青年"——大则大矣，年尚轻也，何况还是一个大学生，找个老婆岂有难哉？我这样想，别人也这样想。热心的同志纷纷登门了。

第一个介绍人是一位演员，而且是一位很"红"的演员——她在台上演红娘，在台下也乐于当红娘。她为我介绍了一位青年演员——那是她学艺时的师妹，至于人才长相嘛——她武断地说——"你就不用挑啦！"一天下午，她刚排完戏，兴冲冲来到我们单位，给对方打电话。她和对方约定了见面时间、地点。

见面了。那位演员的条件真是不用挑。

介绍人还转达了她的回答："愿意考虑。"介绍人很乐观，夸口说："作为师姐，"能当她一多半家儿！"

"这倒比张君瑞省事！"我想。

可是，事情并不那么美妙。两周过去，没有下文。我登门去找介绍人。演员不好意思地说，人家原来愿意谈，可是打听我"犯过错误"，就不谈了，还埋怨她说："姐，介绍个这样的人你还不如不介绍哩！"

我愚蠢地问道："我不是已经摘帽了吗？"因为，在宣布对我"摘帽"的大会上，领导明明讲过"以后就一视同仁了"。

演员脸一红，说："我也不知道怎么回事儿……"

类似的经历还有几次，都是这样先喜后忧，不了了之。

一位基层女干部见我"傻得不透气儿"，就对我把话挑明。她说，一位领导干部向她亮了底：所谓"摘帽右派"，意思就是说这个人虽然摘掉了右派帽子，仍然属于"内专对象"，一有运动，还要"揪出来"——"咱们不外气，这话我才对你说。你想想，这么厉害，谁敢跟你结婚？"

不过，也有人不知道害怕。在经济困难时期，有一些家境不好、文化不高的姑娘不怎么顾虑我的"摘帽右派"问题。但是，遇到这种情况，问题又出在我身上了——知识分子即使倒霉了、"落魄"了，一旦处境稍有好转，由于"食洋不化"或者"食古不化"而留在头脑里的"混账话"仍然要飘浮起来；尽管在现实的铜墙铁壁上碰得头破血流，内心深处还在想着"郎才女貌""志同道合""共同语言"，等等。结果，就像另一位介绍人替我总结的："你愿意，人家不愿意；人家愿意，你又不愿意！"

"文化大革命"开始后，我果然立即被"揪出来"，头上被扣上的帽子一顶比一顶可怕。

1968年冬，我正在"清队学习班"里写着自己的"罪行交代材料"。一天，红卫兵通知我：有人找。我以为是"外调"。跟他到办公室一看，原来是我过去认识的一位在街上摆茶摊的老太太，在她身边还跟着一个年轻媳妇。

070 ·

老太太给我说媒来了。她说，这个媳妇过门以后一直受气，被她男人打神经了，刚离了婚，求她给找个人家。她马上想起了我。老太太说："你们俩怪般配！你一个月五十来块钱，两人也够花！"

我看看那个年轻女人，她头发散乱，脸色暗黄，眼神绝望无助，一副典型的"挨打受气小媳妇"的形象，跟我倒真"般配"。可是——

我对老太太说："你看，我还受着审查……"

"坦白从宽，抗拒从严嘛！"老太太顺口给我讲讲政策——这大概是红卫兵预先教她说的。但她又赶快对我进行前途教育："犯错误改了，就是好同志！"——老太太好心好意，还把我当"同志"。

我不知该说什么。

可是，站在旁边的小媳妇发言了。看来，尽管老太太说她被打神经了，她在关键问题上一点也不神经。她抬起头瞅了我一眼，很清醒地向老太太提出抗议："他怎么那么老呀？"

老太太大概对她隐瞒了我的年龄，听了这话，猛然一愣。

小媳妇说完那句话，就把身子背转过去。停了一刻，她低着头慢慢走了。老太太也跟她走了。

我摸摸自己的脸——胡子两个月没有刮，厚得像一片片毛毡。我忘了自己什么时候已经过了40岁！

从1966年到1971年，我就这样在不停的批斗和"审查"中度过。

奇怪的是，生活一安定下来，就有人从四面八方把温暖的关怀送到我身边来。

一位老画家在农场慨然答应给我帮忙，甚至连对象都选好了——可惜，我们回城，正碰上春节，他一高兴，喝了一杯老酒，突然中风去世。

一位退休的戏曲演员，身患重病，叫我到她家，把她的亲戚（一位回乡女知青）介绍给我。因为我"成分不对"（当时这在农村是最要紧的问题），没有谈成。不久，这位演员也病故了。

我的婚姻太不顺利了。一位老先生给我介绍对象时，叫我写个"简历"，还特别嘱咐我"一定要用带红道道的纸"，好取个吉利。可是，"带红道道的纸"也帮不了我的忙。

在这里，我不能不提到一位有古侠客之风的介绍人。他是一位锅炉工，一条虎彪彪、黑凛凛的汉子！一天，他闯进了我的斗室。他是受人之托，要为我介绍一位离婚的女同志，先来"相亲"的。可是，跟我谈了一阵儿，他主意改变了，提出来干脆把他自己的妹妹介绍给我。他说："按规矩，不兴这样。我看你是老实人，咱就不管那一套！"

他的妹妹——一位 20 多岁的姑娘，脾气跟她哥哥一样热情豪爽——和我见了面。她哥哥把我的条件都向她交了底。她愿意和我见面。我们在一起谈得很好。我想这一回大概可以"谢天谢地"了吧？不料，有一天见面，她哭了。问她，不肯说。第二天，她哥哥来，气愤地告诉我："你们单位的人对你不说一句好话！"原来，当这个姑娘为了想"明确关系"高高兴兴地到我们单位进行一次最后的了解时，听到的评语是："右派！神经病！"——刚刚产生的好感的萌芽被野蛮地摧毁了。

我不可能把所有的介绍人都一一写出来，因为在那 20 年间向我伸出援助之手的人太多了。

十一届三中全会以后，我的"右派"问题改正了。这时候，我本来应该马上结婚的。但我想抢回一点儿工作的时间。我拼了命写出我的第一本书，直到 1983 年，当我 57 岁时，我才像一个正常的中华人民共和国公民那样结了婚。这时，我发现：结婚其实很简单。过去那样复杂的过程本来是可以避免的。

现在，那些在我逆境之中帮助过我的人，有的已经不在人世了；有的仍然健在，但年纪也不小了。我永远怀念他们，感激他们。他们的面容一个一个重新出现在我的眼前，渐渐地，他们形成一座高大而亲切的群像——我猛然醒悟，这不正是我们正直善良的人民吗？我们的人民是多么好啊！当一个微不足道的知识分子陷入困境时，他们毫无自私自利之心，一个接一个伸出手来拉他，尽自己一切力量扶持他，希望他过上正常人的生活。

想起他们，我感到自己欠着人民太多的债。这个债恐怕今生今世是还不清了。写此小文，只是为了向上边提到的和没有提到的，过世的和健在的，一切关怀、帮助过我的人们，一同说一句：

谢谢你们啊，介绍人！

（摘自《读者》1988 年第 9 期，有删节）

逝去的书信

张抗抗

在许多年中，我们依赖书信维持生存。书信是我们寂寞的日子里稀少的欢乐和光明。信中的每一个字都被我们贪婪嚼碎小心咽下，然后一字不漏地"输入"记忆珍藏。收信、读信和复信，常须躲闪避开周围警犬般的耳目，使得书信的来去变得隐秘而鬼祟，那仅仅是因为小小的信封承载了最大的私人空间，是生活中唯一的温暖和慰藉，支撑我们度过苦涩难耐的时光。

那个冬天的小兴安岭，大雪封山，进山伐木的连队和农场断了联系，一连两个月，信件完全从我们的生活中消失了。帐篷门口的雪地被盼信的人们踩得硬邦邦的，林中只有飞舞的雪花但没有哪怕一只信封的踪影，寂静和寂寞让人透不过气，每个人都狂躁不安，快被逼得发疯。暴风雪的夜晚，我们在微弱的烛光下疯狂地写信，写给我们想得起来的任何人。一只只用米糊糊粘的厚信封，在炕席下被压成薄片，一只只薄片积成了厚厚一摞，硌得人腰疼。我们共同守望着冰雪，却没有邮递员来把那些信接走。有个宁波女知青是个独生女，她和父母有约，每日互有一信发出，从不间断。没有书信的那两个月，她写的信已塞满了一个个旅行袋，她甚至吃不下任何东西，气息奄奄几乎快要死去。一个休息日，有男生帮她背着那只旅行袋，顶着风雪步行几个小时到林场的场部去寄信，把那个小邮电所的邮票用得一张不剩。

很多日子以后，天终于晴了，山沟里突然响起了拖拉机的轰鸣声，我们的欢呼声震落了树上的积雪，我们从满满的车厢里卸下了所需要的食品和杂物，还有几只沉重的麻袋——快被撑破的麻袋在几分钟内被无数双手迅速撕开，无数只沉甸甸的信封如泉水般涌出来，散落在雪地上，然后，被一抢而空。我抢到了属于自己的那几封信，信上的邮票已被雪花洇湿。那是一个突如其来的节日，所有的人都得到了同一份礼物。整整一个夜晚，帐篷里鸦雀无声，人人都在马灯下安静地读信，只听见纸页的翻动声和姑娘们喜极的啜泣。我枕着父母和友人的来信，在心里一遍遍背诵着信上的每一句话。如今想起来，信上讲的其实都是再平常不过的事情，但二十多年前那个夜晚，信中的每一个标点符号都使我兴奋不已。我倾听炉膛中燃烧的木桦在欢快地歌唱，伴着山林里低低的风声，夜色从眼前的信纸上一行行挪移，终是无法入睡，早起的值日生已开始担水扫地，帐篷顶上烟囱的缝隙处渐渐由灰而蓝最后变成一片金黄，天完全亮了，而我还睁大着眼睛。

那是等待书信的有关记忆中，最为完整的一次。

假如那些信再不来，我们还能在森林里坚持下去吗？

小小的信封、薄薄的信纸，真有那么大的魔力啊！

到了盼望情书的年龄，书信就成了生命以及爱人的一部分。

我们会像蜜蜂一样辛勤地在收发室门口徘徊，像警觉的兔子一般时刻聆听着邮递员的脚步声。我一次次穿过黑暗的楼道，一日数次爬过几十级楼梯去开信箱。明明上午送信的已来过，下午我还是忍不住再去一次。我的手颤抖着伸进满是灰尘的铁皮邮箱，把空空的邮箱搜索了再搜索。只要指尖触到了一点纸角，未等把信封从邮箱里拽出来，漆黑的楼道已是阳光灿烂。旋风一般卷上楼去，信封就像是翅膀，平步青云，千里万里飘飘欲仙。

书信的年代我们活在文字里。那文字充满了善意的夸张，虽有点自欺欺人，却助我们度过精神饥荒。其实每一封书信都充满着被偷窥被检查被告密的危险，有多少悲惨的故事源于书信引发的祸端。但书信仍在继续着，仍有那么多人痴心不改。书信是书信年代连通外界仅有的通道，唯一属于自己的一方天地。无论是盼信拆信回信寄信，每一个琐碎的过程，都让人愿豁出去，抛洒所有的废话和激情。

如今我们已不再等待书信，若是有送报的邮差捎来几封书信，倒会让你觉得稀奇，拆开看，信封里除了会议通知，便是合同公文。我们想要同另一个人私下说的话，莫非都已用电话和 E-mail 说完了？书信时代终结后，我不知道自己还能盼望什么。偶尔我会疯狂地用笔写信，也仅仅是为了寄托对书信的怀念而已。

（摘自《读者》2002 年第 1 期）

我的小学时光

北 岛

1957 年冬，我正在阜外小学读二年级，我家从阜外保险公司宿舍搬到三不老胡同 1 号后，我转了学，就近在弘善寺小学插班。

当老师把我带进教室时，有人拍桌子，有人起哄，昏暗中，那些眼睛和牙齿闪亮。我头戴栽绒棉帽，护耳翘起，像个七品县官。我一个转学的孩子，面对的是一个陌生集体的敌意，可有谁在意这对一个孩子的伤害？

弘善寺是明代时建的寺庙，在北京林立的庙宇中，它很小，香火难以为继，后改成小学。既然跑了和尚也跑了庙，1965 年弘善寺胡同索性更名为弘善胡同，小学也更名为弘善小学。

我用"谷歌地球"（Google Earth）进入北京，如鹰向下盘旋，沿天安门、故宫、什刹海、德内大街，终于找到三不老胡同，再平移到弘善胡同。我借助鼠标变焦——向下猛冲，但弘善胡同 3 号消失在几棵大树下。旁边是栋丑陋的现代化建筑。我上网去查，居然没找到弘善小学的资料。

　　我是靠说相声在全校出名的。记得那段子叫《乱形容》，先在收音机里听过，后来从《曲艺》杂志上找到原本，查字典把生字一一注音，背得滚瓜烂熟。那个时代，我们写作文东抄西抄，专抄那些浮华空洞的形容词。

　　登上操场的讲台，我头皮发麻，腿肚转筋。扩音器吱嘎的交流声给了我喘气的机会。我心中默念："就把台下当成一块西瓜地吧。"果然灵验，我口若悬河，一发不可收拾，把听众全都给逗乐了。一周内，我成了全校的名人，无数目光迎来送往。说来做名人并无特别之处，就是闹心。一周后再没人多看我一眼，虽有失落，但也有如释重负的轻松感。

　　后来改行朗诵，背的是高士其的《时间之歌》，那是我从报纸上剪下来的。高士其是个身残志不残的科普作家，他的诗充满科学主义的意味。站在讲台上，我先默念"西瓜地经"，然后扯着嗓门高喊："时间啊——"

　　在四年级作文课上，我写下第一首诗，那是根据《人民日报》上的几首诗拼凑成的，都是些大词儿，比如"历史的车轮向前""帝国主义走狗""螳臂当车""共产主义明天"……这恐怕是受到高士其的"时间观"的影响。

　　与时俱进的代价，首先是饥饿。三年困难时期，大家课间休息凑在一起，主要是"精神聚餐"。一种流行的说法是，所有好吃的东西，都被"苏联老大哥"用火车运走了。大家愤然，摩拳擦掌——且慢，消耗体能的结果是更饿。

　　为改善伙食，学校食堂养了两头猪，在操场放养。一下课，它们几乎成了全校男生追逐的对象。它们被撵得到处跑，跳栏翻墙，瘦成皮包骨，两眼露凶光，与其说是猪，不如说是狗。从猪眼中看，人类全疯了：只要钟声响起，他们就从门里一拥而出，扑将过来，一个个面目狰狞，眼睛发绿，频频发出食肉的信号……

　　我的第一个班主任是李老师。他每天早上从我家楼下准时穿过，那橐橐的皮鞋声从纷杂的脚步声中脱颖而出，于是我赶紧从床上爬起来。他又瘦又高，肤色黧黑，一脸严肃，讲话时喉结翻滚；他身穿洗旧的蓝制服，领口总是扣得严严的，黑皮鞋擦得锃亮。由于经常伤风，他动不动从裤兜里掏出大手帕，嗤嗤擤鼻子，或随地吐痰（但从不在教室）。

在枯燥的课文之间，他经常穿插些警世的小故事："有个败家子，平日爱吃肉包子，但总是把褶角咬下来扔掉，被隔壁的老先生拾起收好。后家道中落，他一夜成了叫花子。有一天乞讨到邻居门下，老先生拿出个口袋给他，其中都是包子褶角。他边吃边感叹道，天下竟有如此美味。老先生说，这都是当年你扔的……"说到此，李老师意味深长地提高嗓门，扫视全班。可惜那年头我们既无家可败，更无肉包子可吃。

上五年级，铸钟换成电铃，班主任也换成董静波老师。她留着齐脖根短发，戴眼镜，身穿两排扣的列宁女装，既文雅，又干净利索。她总是笑眯眯的，至少对我如此。我的作文总是被当成范文，显然我是她的得意门生之一。我爱上语文课，文字比算术更让我有信心。由于练书法，我的钢笔字带有颜体的力道，也深得董老师的赏识，她常当着全班同学夸奖我。我的天空豁然开朗明亮。

多年后，我在散文集《失败之书》的序言中写道："我小学写作文时，常得到董静波老师的好评，并被拿到班上宣读。记得当时我的心怦怦乱跳。那是一种公开发表的初级阶段，甚至可以说，董老师是我的第一位编辑与出版者……"

我在课堂上经常梦游，沉浸在虚构的世界中。董老师会用善意的方式唤醒我，比如提出一个显而易见的问题，把我引回到现实中来。"完全正确，赵振开，"她挥着教鞭说，"请同学们不要开小差。"

在海外漂泊多年，我通过母亲终于找到董老师，建立了通信联系。2001年冬，我回到阔别多年的北京，专程去看望董老师，她已满头银发，腿脚不便，终日卧床不起。她找出我和其他同学的毕业照，发现很难将照片中的我与现在的我联系起来。而她说话多少带河北口音，显然也与我记忆中的有偏差。最后她喃喃说："嗨，走吧，别在我这儿耽误太多工夫。"我想，她责怪的是时间。

去年年底，我和母亲在香港九龙塘一家上海餐厅吃午饭，母亲无意中说到董老师去世的消息，我愣住了，不禁泪流满面。

在小学升中学的全市统考中，董老师负责监考。教室里静得可怕，除了刷刷的书写声，就是屋顶上麻雀的喧闹声。我舒了口气，为语文题的简单而暗自得意。

在改错字一栏有"极积"两字，我的目光停顿了一下，又滑了过去。正好董老师从我身边经过，我能感到她的目光的压力。她拍了拍我的课桌，转身对大家说："同学们，别粗心，交卷前再好好检查一遍。"显然，董老师这话是冲我说的。我认真检查了一遍，肯定自己没错，便提前交了考卷。

因为"极积"，我差两分没考上第一志愿——北京四中。

（摘自《读者》2011 年第 7 期，有删节）

感悟父亲

张瑞胜

　　父亲走了已有 10 个年头了。这些年来，我时常想起他。父亲一生与人为善，"帮人就是帮自己"是父亲对我们的教导之一，也是父亲一生的践行。

　　20 世纪 60 年代初期，我第一次以小社员的身份参加了社员大会。会上生产队在公布了每户的工分总值、分粮总数、应缴应收的粮钱后，还宣布了应缴粮钱的时间。欠钱不交的就不给分粮食。其实在当时，家里只需拿出 12.78 元便可补齐差额。即便如此，这对于我们的家庭而言，也相当于一笔巨款！母亲看病需要钱，弟兄 6 个上学需要钱。钱从哪里来？我真替父亲发愁。散会了，我像个哑巴似的跟在父亲身后。一路上，我始终觉得身后有脚步声，我断定跟在我们身后的就是讨债的民兵连长和生产队长，吓得我连头都不敢回。一到家，我就将这件事告诉了病中的母亲，躺在炕上的母亲一听，不禁失声喊道："他爸，欠这么多钱咋办？"正在收拾农具的父亲沉默了大约一刻钟后，抬起头来对母亲说："我明天去山西找朋友救个急。给我备点干粮，十天半月一准回来。"母亲担心地说："这寒冬腊月的，也不知道黄河的冰冻结实了没有？""你放心吧，当地人知道。"父亲说。

第二天天不亮，母亲就拖着病体给父亲烙饼子。我们兄弟几个手里拿着红薯、糠团子，眼睛却紧紧地盯着白面饼子，馋得直流口水。父亲看看我们，对母亲说："我带点蒸团子就可以了，白面饼子分给孩子们吃吧，这一路都有我的朋友……"

这次出行，父亲步行了近400里山路，帮山西的朋友轧了3天棉花，不但借到了亏欠生产队的粮钱，还帮他的朋友带了100块银圆到陕北交换。在20世纪60年代，银圆不能作为货币流通，到银行兑换，1块银圆兑换1元人民币。但在黑市上交易比率会高一些，陕北比山西更高。不过一旦被发现，后果不堪设想。后来，我不解地问父亲，那个人凭什么这么信任你，给你借钱借粮，还托你帮他买卖银圆？父亲对我说，信任不是靠耍嘴皮子得来的，而是因为他做了令人相信而敢于托付的事。父亲告诉我，有一次，在黄河畔的集市上，父亲看到那位山西朋友洽谈完生意后起身就走，不仅遗忘了干粮和衣服，还落下个褡裢（装东西的布兜）。父亲说，在那个乱哄哄的市场，他完全可以拿走那个褡裢——那里面可装着20块银圆呢！但他没有这样做，而是在原地坐等失主，一直等到他回来。从那以后，他们便成了彼此信任的朋友，来往不断。

当时，我的家乡十分闭塞、落后，连最简单的生活用品也得去西安购买。父亲那时年轻，记性好，悟性也好。每次进城，他都有机会接触到一些先进的思想和技术，也让他深感没有文化的痛苦。正是这份"痛苦"，激活了父亲"再穷不能穷教育"的思想。

1955年，父亲萌生了办学的念头。他走村串户，联系群众捐钱献物。父亲的行为得到了当地政府的支持。于是，家乡有史以来的第一所村办小学就这样落成了。作为创始人，父亲成为第一任校长。

有了学校、学生，没有好的老师可不行。为了找到一名好老师，他四处找关系，低三下四地求人。一旦找到，他就不遗余力地挽留，甚至亲自牵着毛驴接送老师往返。经过父亲的苦心经营，学校逐渐有了起色。办学不到4年，在校生就达40名，全村适龄儿童入学率达到100%。父亲的脸上全是自豪。

转眼到了1960年，三年经济困难时期，不仅物资匮乏、物价飞涨，还影响了政府对民办学校的政策支持。原本由生产队承担的教师工资、粮食变为由学生家庭负担。试想，连肚子都填不饱的村民，哪有钱去供养老师？孩子们相继离开学校，最后连教师也纷纷回家务农。看到这种情况，父亲心急如焚。他挨家挨户地劝说，非但没人理他，甚至还有人质问父亲："你是管吃包住，还是给钱给粮？这么热心办学，肯定捞了不少好处吧！"面对别人的冷嘲热讽，父亲也从未放弃。

为了办学，父亲不仅变卖了家中所有值钱的东西，还欠了近千元钱。在当时，这相当于一个县长近3年的工资。我们兄弟几人，寒冬腊月穿着露棉花的棉衣，连颗扣子都没有，只能用一根麻绳系住。一旦麻绳松了，肚皮就会露在外面，冷风像蛇一样钻进怀里。父亲根本顾不上我们，他整天都在想办法让学生重返课堂。

至今，我都记得1962年学校重新开学时的情形。当时只有7名家长和父亲约定：开学那天一定准时把孩子带到学校，并承诺按时交付老师的工资和粮食。这个"约定"让父亲激动得几晚都没睡着觉，他不停地对母亲说："学生娃虽少，但学校没垮，只要上课的铃声还响，我的心就踏实了。"令父亲万万没想到的是，就在开学的头天晚上，他自己的儿子——我，告诉他不想念书了。因为我知道，家里债台高筑，穷得快揭不开锅了。父亲一听，暴跳如雷，操起牛鞭子就抽我。性格倔强的我直到身上鞭痕累累，也死活不肯屈服。母亲含着眼泪对我说："如果连校长的娃都不去学校念书，又怎能期望别人的娃去学校念书呢？"想到父亲这么多年的付出与坚守，我屈服了！

1964年，大哥以优异的成绩考进了中央财政金融学院，他是我们村有史以来的第一个大学生，也是父亲教育园地里结出的第一枚硕果，这更加坚定了父亲办学的信念。从此，他一有空闲，就忙着走村串户，宣传教育理念。他不仅要操心村里儿童的入学问题，还要想办法解决教师的工资和待遇问题。随着时间的推移，学校在不断地发展，规模在不断地扩大，学校的升学率，自20世纪50年代中期学校创办到80年代初，在全公社（乡）一直名列前茅。

2007年，我回陕北老家给父母扫墓，默念着"……五十年代，联络众人，捐钱献物，开办学校……"的碑文，耳畔仿佛又响起了幼时的上课铃声。那铃声清晰，动人。随着铃声浮现的，是父亲那坚韧、执着、谦卑的身影。

（摘自《读者》2009年第23期）

那年 那月 那狗

张 蕾

　　那是 1950 年夏天，爷爷服从了组织的安排，携奶奶到北京工作。当时只有 5 岁的父亲随着太爷爷生活在这个叫作大河的村子。太爷爷在当地行医，是个远近闻名的好郎中，父亲是他最为宠爱的长孙。太爷爷为了哄孙子高兴，经常趁出诊的机会不知从哪里弄来些当地绝无仅有的物件送给父亲玩儿，诸如会唱戏的留声机和光可鉴人的唱片，能写字画画的小黑板和彩色粉笔，伏天里躺上去又光滑又凉快的竹子床和竹子躺椅，还有就是这只长得像小鬈毛狮子一样的小犬。说它也算稀罕物，是因为当地家家喂养的看门护院的土狗都长得一个模样，人们认为狗就应该长成那样。当这只小狗被太爷爷带回村子时，几乎轰动了全村。家家户户的孩子奔走相告，挤在院子里看"耍狮子"。

　　现在，父亲回忆起来说那狗应该属于西施或京巴之类娇小可爱的玩赏犬。它没有名字，父亲依了它的长相管它叫"小狮子"。

当谷物成熟的秋天到来时，小狮子长大了。小狮子是条雌性犬，村子里远远近近的雄性土狗开始接二连三地往太爷爷家跑。它们有的在门外不停地徘徊，不停地狂吠；有的用粗壮的爪子把木头院门抓出了道道深沟；有的一次次蹿上高高的墙头，扒落了墙头的砖瓦；还有的整夜地呜咽低吼……这样的情况终日不绝。太爷爷开始厌恶小狮子，打心眼里厌恶，他把这些日子的不安宁归罪于小狮子的日渐成熟，尤其是当他修补破损的墙头和沟壑纵横的院门时就更加憎恨小狮子。一辈子行医积善的太爷爷想出了最为残酷的惩罚小狮子的办法，那就是把它远远地扔掉，让它找不到家门。

冬天就要到来了，太爷爷和村里的人们都在为过冬做准备。没隔几天，就有村子里的人赶着马车到50多里地以外的小火车站拉煤。

一个深秋的早晨，太爷爷瞒了父亲，把小狮子装在一条麻袋里，松松地扎了口，放到马车上，叮嘱车夫"扔得越远越好"。小狮子并不知道主人不喜欢它了，不想要它了，以为又要带它去赶集，兴高采烈地、乖乖地任凭主人摆布。

年幼的父亲在没有了小狮子的日子里过得闷闷不乐，时间久了，就渐渐淡忘了。他又不断拥有了新的稀罕物。

一个雪后的清晨，该是腊月二十八吧，满村飘荡着年食的甜香，太爷爷腋下夹着一卷写好的鲜红的对联，踩着厚厚的积雪，咯吱咯吱地走到院门口。推开院门的一刹那，太爷爷惊呆了。他分明看到一团小小的身躯蜷缩在积雪上，身后是一串深深的小脚印，那本来黄白相间的皮毛已经看不出颜色，在白雪的衬托下，越发灰黑，像一团用脏了的抹布。见到太爷爷，小狮子的眼睛一下子焕发了光彩，活蹦乱跳、摇头摆尾地扑了上来，终于到家了！它轻车熟路地跑进屋向每一个家庭成员打招呼。一跑起来，太爷爷才发现，它的一条后腿残废了，从留下的伤痕可以看出，那是被夹黄鼠狼的夹子卡断的。太爷爷在惊诧小狮子的顽强生命力的同时，依然厌恶它，这次是因为它瘸。于是，太爷爷在思忖着下次应该把它丢得更远。

太爷爷毕竟是善良的，他没有立即丢掉它，把它好好养了起来。两个多月后，春天来了，当村子里的狗开始闹春的时候，太爷爷再次决定扔掉小狮子。这回是托一位串远门的亲戚，把它带到 80 多里地的外村，到那里去要渡过一条河。太爷爷一定认为，那条河是小狮子不可逾越的天堑。然而，一个多月后，小狮子又回来了。

太爷爷有股子倔劲儿，他不相信小狮子居然扔不掉。以后，他又把小狮子丢弃了三回，一次比一次扔得远，可小狮子找回家的时间一次比一次短，它好像在和这个倔老头较劲，不断用它的忠诚和精灵与命运抗争，而每次的胜利者必定是小狮子。我始终想不明白，也无法知道，它到底经历了怎样的过程，一次次找回家。

1954 年，又是一个夏天，太爷爷要带 9 岁的父亲转到北京上学，并在北京住上半年。临走，太爷爷决定把小狮子带上火车，中途停车时丢掉。父亲畏惧太爷爷，虽然心中不情愿，但也不敢反对。

火车风驰电掣般开出两站地，半夜临时停车时，太爷爷再次丢弃了小狮子，太爷爷坚信这回它再也不能回家了，就是鬼使神差回了家也会吃闭门羹。

半年后，太爷爷带着放寒假的父亲回老家过年。傍晚下的火车，那时候没有汽车，没有自行车，完全靠徒步，要赶 100 多里地。天越走越黑，越来越冷。已经走到下半夜了，父亲又冷又饿，实在走不动了。这时，恰巧路过一所乡村小学，太爷爷决定带父亲到学校过夜，等天亮再走。爷孙俩刚刚走近小学校，就听到大门里有狗在狂叫，太爷爷边叩门，边护住父亲，生怕父亲被狗咬伤。一位看传达室的老人出来开门，门刚开了条缝，就从里面蹿出一条狗，跳着叫着扑向太爷爷和父亲，它没有扑咬，而是像久别重逢的老朋友一样在爷孙俩的脚边绕来绕去，摇头摆尾，激动万分。待传达室的老人用手电照亮，爷孙俩看清了，居然是小狮子！它依然不记得主人对它的冷漠和残酷，依然不在乎主人是否喜欢它。

传达室的老人说，小狮子是在半个多月前一个风雪交加的夜晚，在小学校的门口捡到的，它又饿又冷，已经不能动了，蜷缩在茅草窝里。捡回来后，喂了水和食，它很快就精神起来，还能看院门了。末了，老人一声叹息："小命活得真艰难啊！"

我不敢想象，也想象不出，小狮子是怎样拖着一条残腿，步履蹒跚、忍饥挨饿地奔走在寻找家园、寻找主人的路上的。我在想，抑或它果真又回了家，可怎么也找不到主人，没有主人的房子，还是家吗？它不得不东奔西走，苦苦寻觅着那个温暖的地方，那是它的天堂啊！在这个过程中，它是不是还要防备其他野兽的袭击，是不是还要奋力游过河湖，是不是还要躲避人类的追打啊！它多么执着、多么辛苦啊！而它所承受的这些苦难，全部缘于我们人类的一个不良的想法、一个轻易的举动，这是多么不公平啊！

这回太爷爷一句话也没说。他认定小狮子扔不得，它有灵性。

第二天天刚亮，爷孙俩谢过传达室的老人，上路了，在他们的身后，多了一个小小的、活泼且有些蹒跚的身影。

后来，父亲到北京上学。太爷爷和小狮子依然生活在那个农家小院里，相依为命。

在以后，确切地说，该是4年以后，北京的一家医学研究所到村子里收狗，要大家积极支持祖国的医学研究。虽然太爷爷一辈子行医，懂得医学对人类生存的重要性，但当小狮子再次被装入麻袋时，这位一生倔强的老人像送别亲人那样，禁不住老泪纵横。他知道，这回，小狮子是真的回不来了。

小狮子最终献身于祖国的医学事业。

此后，小狮子带有传奇色彩的故事在当地流传了很久很久，深深触动了我的祖辈、我的父辈和我，将来我会把这些故事讲述给我的朋友和我的孩子。

我不知道，天堂里的小狮子是不是也会在竹床下钻来钻去，但我知道，在父亲的记忆中，小狮子的身影始终跳跃着、活泼着、蹒跚着，让人不忍回想。它带给父亲的是荣耀，是欢乐，是人本善良的顿悟。而它带给我的是深深的思考。

想一想，这样一条生活在半个世纪前的农村的小狗，居然具有了这样大的性格魅力，它坚强、隐忍、忠实、善良……然而面对这一切，作为人，我会惭愧。我不知道，当我面临巨大困难或者生存危机时，我能不能表现出小狮子那样的勇敢与坚韧；当有人令我身陷困境无法自拔时，我能不能表现出小狮子那样的大度和宽宏；当有一项崇高的事业需要我奉献一切时，我能不能像小狮子那样义无反顾。

我想，自然界的万物该是相通的，所有生灵该是生而平等的。对于可贵的生命，我们不该关怀吗？哪怕它只是一条生活在农村的小狗。

那年、那月、那狗，是我心中永远的情结。

（摘自《读者》2003 年第 7 期）

黄油烙饼

汪曾祺

萧胜跟着爸爸到"口外"去。萧胜满七岁，进八岁了。他这些年一直跟着奶奶过。爸爸的工作一直不固定，一会儿修水库，一会儿大炼钢铁；他妈也是调来调去的。奶奶一个人在家乡，冷清得很。他三岁那年，就被送回老家了。

奶奶不怎么管他。她老是找出一些零碎料子给他接衣裳，接褂子，接裤子，接棉袄，接棉裤。他的衣服都被接成一道一道的，一道青，一道蓝，倒是挺干净的。奶奶还给他做鞋。自己打袼褙，剪样子，纳底子，自己绱。奶奶老是说："你的脚上有牙、有嘴？""你的脚是铁打的！"再就是给他做吃的，小米面饼子、玉米面饼子、萝卜白菜、炒鸡蛋、熬小鱼。他整天在外面玩。奶奶把饭做得了，就在门口喊："胜儿！回来吃饭咧——"

后来办了食堂。奶奶把家里的两口锅交上去，从食堂里打饭回来吃。真不赖，白面馒头、大烙饼、卤虾酱炒豆腐、焖茄子、猪头肉！食堂的大师傅穿着白衣服、戴着白帽子，在蒸笼散发的白蒙蒙的热气中晃来晃去，拿铲子敲着锅边，还大声嚷叫。人也胖了，猪也肥了。真不赖！

后来就不行了，还是小米面饼子、玉米面饼子。

后来小米面饼子里有糠，玉米面饼子里有玉米粒磨出的碴子，拉嗓子。人也瘦了，猪也瘦了。往年，撵个猪可费劲哪。今年，一伸手就把猪后腿攥住了。掺糠的饼子不好吃，可萧胜还是吃得挺香——他饿。奶奶吃得不香。她从食堂打回饭来，掰半块饼子，嚼半天，其余的都归了萧胜。

奶奶的身体本来就不好，有气喘的毛病，每年冬天都犯，白天还好，晚上难熬。萧胜躺在坑上，听奶奶喝喽喝喽地喘。睡醒了，还听她喝喽喝喽。可是奶奶还是起来了，喝喽着给他到食堂去打早饭。

爸爸去年冬天回来看过奶奶。他每年回来，都在冬天。爸爸带回来半麻袋土豆，一串口蘑，还有两瓶黄油。爸爸说，土豆是他分的；口蘑是他自己采、自己晾的；黄油是"走后门"搞来的。

爸爸说，黄油是用牛奶炼的，很有营养，叫奶奶抹饼子吃。土豆，奶奶借锅来蒸了，煮了，或放在灶火里烤了，给萧胜吃了；口蘑，过年时打了一次卤；黄油，奶奶叫爸爸拿回去，说："你们吃吧，这么贵重的东西！"爸爸一定要给奶奶留下。奶奶把黄油留下了，可是一直没有吃。

奶奶把两瓶黄油放在躺柜上，时不时地拿抹布擦擦。萧胜隔着玻璃，看得见它的颜色是嫩黄嫩黄的。去年小三家生了小四，他看见小三他妈给小四用松花粉扑痱子。黄油的颜色就像松花粉，油汪汪的，很好看。奶奶说，这是能吃的。萧胜不想吃。他没有吃过，不馋。

奶奶的身体越来越不好。她从前从食堂打回饼子，能一气走到家；现在不行了，走到歪脖柳树那儿就得歇一会。奶奶跟上了年纪的爷爷、奶奶们说："只怕是过得了冬，过不得春呀。"萧胜知道这不是好话。

果然，春天不好过。村里的老头老太太接二连三地死了。镇上有个木业生产合作社，原来打家具、修犁耙，现在都停了，改打棺材了。村外添了好些新坟、好些白幡。奶奶不行了，她浑身都肿。用手指按一按，老大一个坑，半天不起来。她求人写信叫儿子回来。爸爸赶回来时，奶奶已经咽气了。

爸爸求木业社把奶奶屋里的躺柜改成一口棺材，把奶奶埋了。晚上，爸爸坐在奶奶的炕上流了一夜眼泪。

萧胜第一次经历了"死"。他知道"死"就是"没有"了。他没有奶奶了。他躺在枕头上，枕头上还有奶奶头发的气味。他哭了。

奶奶给他做了两双鞋。做得了，说："来试试！""等会儿！"吱溜，他跑了。萧胜醒来，光着脚把两双鞋都试了试。一双正合脚，一双大一些。他的赤脚接触了搪底布，感觉到奶奶纳的底线，他叫了一声"奶奶"，又哭了一气。

爸爸拜望了村里的长辈，把家里的东西收拾收拾，把一些能用的锅碗瓢盆都装在一个大网篮里，把奶奶给萧胜做的两双鞋也装在网篮里，把两瓶动都没有动过的黄油也装在网篮里。锁了门，爸爸就带着萧胜上路了。

萧胜跟爸爸不熟，他跟奶奶过惯了。他起先不说话。他想家，想奶奶，想那棵歪脖柳树，想小三家的一对大白鹅，想蜻蜓，想蝈蝈，想挂大扁（大尖头蜢，属于蝗虫类）飞起来咯咯地响，露出绿色硬翅膀底下的桃红色的翅膜……后来萧胜跟爸爸熟了。爸爸很好。爸爸老是引他说话，告诉他许多"口外"的事。他的话越来越多，问这问那。

他对"口外"产生了浓厚的兴趣。

他问爸爸啥叫"口外"。爸爸说"口外"就是张家口以外，又叫"坝上"。"为啥叫坝上？"他以为"坝"是一个水坝。爸爸说到了就知道了。

敢情"坝"是一溜大山。山顶齐齐的，倒像个坝。可是坝真大！汽车一个劲地往上爬。汽车爬得很累，好像气都喘不过来，不停地哼哼。上了大山，嘿，一大片平地！真是平呀！又平又大，像是被擀过的一样。怎么可以这样平呢！汽车一上坝，就撒开欢了。它不哼哼了，"唰——"一直往前开。

汽车到了一个叫沽源的县城，这是他们的最后一站。一辆牛车来接他们。

这地方的庄稼跟"口里"的也不一样。没有高粱，也没有老玉米，种莜麦、胡麻。莜麦干净得很，好像用水洗过、梳过。胡麻打着把小蓝伞，秀秀气气，不像是庄稼，倒像是种着看的花。

嗬，这一大片马兰！马兰"口里"也有，可没有这里的高大。长齐如同大人的腰那么高，开着巴掌大的蓝蝴蝶一样的花，一眼望不到边。

牛车走着走着，爸爸说："到了！"萧胜坐起来一看，一大片马铃薯，都开着花，粉的、浅紫蓝的、白的，一眼望不到边，像是下了一场大雪。花雪随风摇摆着，他有点晕。不远处有一排房子，土墙、玻璃窗。这就是爸爸工作的"马铃薯研究站"。

从房子里跑出来一个人。"妈妈——"他一眼就认出来了！妈妈跑上来，把他一把抱了起来。

萧胜就要住在这里了，跟他的爸爸、妈妈住在一起了。奶奶要是一起来，多好。

萧胜的爸爸是学农业的，这几年老是干别的。奶奶问他："为什么总是把你调来调去的？"爸爸说："我好欺负。"马铃薯研究站别人都不愿意来，嫌远，爸爸愿意。妈是学画画的，前几年老画两个娃娃都拉不动的大萝卜，上面张个帆可以当作小船的豆菜。她也愿意跟爸爸一起来，画"马铃薯图谱"。

妈妈给他们端来饭。真正的玉米面饼子，两大碗粥。妈说这粥是用草籽熬的。草籽有点像小米，比小米小，绿莹莹的，挺稠，挺香。还有一大盘鲫鱼，好大。爸爸说别处的鲫鱼很少有过一斤的，这儿淖里的鲫鱼有一斤二两的，鲫鱼吃草籽，长得肥。

爸爸说把萧胜接来有三个原因：一是奶奶死了，老家没有人了。二是萧胜该上学了，暑假后就到不远的一个完小去报名。三是这里吃得好一些。

"口外"地广人稀，总好办一些。这里的自留地一个人有五亩！随便刨一块地就能种点东西。爸爸和妈妈就在"研究站"旁边开了一块地，种了山药、南瓜。山药开花了，南瓜长出骨朵了，用不了多久，就能吃了。

马铃薯研究站很清静，一共没有几个人。就是爸爸、妈妈，还有几个工人。工人都有家，站里就是萧胜一家。这地方，真安静。成天听不到声音，除了风吹莜麦穗子，沙沙地，像下小雨；有时有小燕子叽喳地叫。

爸爸每天戴个草帽下地跟工人一起去干活，锄山药。有时查资料，看书。妈妈一早起来到地里掐一大把山药花、一大把叶子，回来插在瓶子里，聚精会神地对着它看，一笔一笔地画。画出的花和真的花一样！萧胜每天跟妈妈一同下地去，回来时鞋和裤脚沾的都是露水。奶奶做的两双新鞋还没有上脚，妈妈把鞋和两瓶黄油都锁在柜子里。

草籽粥没有了，玉米面饼子也没有了。现在吃红高粱饼子，喝甜菜叶子做的汤。再下去大概还要坏。萧胜有点饿怕了。

他学会了采蘑菇。起先是妈妈带着他采了两回，后来，他自己也会了。下了雨，太阳一晒，空气潮乎乎的、闷闷的，蘑菇就出来了。蘑菇这玩意儿很怪，都长在"蘑菇圈"里。你低下头，侧着眼睛一看，草地上远远的有一圈草，颜色特别深，黑绿黑绿的，隐隐约约看到几个白点，那就是蘑菇圈的溜圆。蘑菇就长在这一圈深颜色的草里。圈里面没有，圈外面也没有。蘑菇圈是固定的。

有一个蘑菇圈发了疯。它不停地长蘑菇，呼呼地长，三天三夜一个劲儿地长，附近七八家都来采，然后用线穿起来，挂在房檐底下。家家都挂了三四串。老乡们说，这个圈明年就不会再长蘑菇了，它死了。萧胜也采了好些。他兴奋极了，心直跳。"好家伙！好家伙！这么多！这么多！"他发财了。

他为什么这样兴奋？蘑菇是可以吃的呀！

他一边用线穿蘑菇，一边流出了眼泪。他想起奶奶，他要给奶奶送两串蘑菇去。他现在知道，奶奶是饿死的。人不是一下饿死的，是慢慢饿死的。

食堂的红高粱饼子越来越不好吃，因为掺了糠；甜菜叶子汤也越来越不好喝，因为一点油也不放了。他恨这种掺糠的红高粱饼子，恨这种不放油的甜菜叶子汤！

大队食堂外面忽然热闹起来。起先是拉了一牛车的羊砖来。他问爸爸这是什么，爸爸说："羊砖。""羊砖是啥？""羊粪压紧了，切成一块一块。""干啥用？""烧。""这能烧吗？""好烧着呢！火顶旺。"后来盘了个大灶。后来杀了十来只羊。萧胜站在旁边看杀羊。他还没有见过杀羊。嘿，一点血都流不到外面，一张羊皮就被完完整整地剥下来了！

这是要干啥呢？

爸爸说，要开三级干部会。

"啥叫三级干部会？"

"等你长大了就知道了！"

大队原来有两个食堂，南食堂、北食堂，当中隔一个院子，院子里还搭了个小棚，下雨天也可以两个食堂来回串。原来社员们分在两个食堂吃饭。开三级干部会，社员们就都挤到北食堂来，南食堂空出来给开会的干部用。

三级干部会开了三天，吃了三天饭。头一天中午，羊肉口蘑臊子蘸莜面；第二天，炖肉大米饭；第三天，黄油烙饼。晚饭倒是马马虎虎的。

社员和干部同时开饭。社员在北食堂，干部在南食堂。北食堂还是红高粱饼子，甜菜叶子汤。北食堂的人闻到从南食堂飘过来的香味，就说："羊肉口蘑臊子蘸莜面，好香好香！""炖肉大米饭，好香好香！""黄油烙饼，好香好香！"萧胜每天去打饭，也闻到了南食堂的香味。羊肉、米饭，他倒不稀罕——他见过，也吃过。黄油烙饼他连闻都没闻过，确实香，闻着这种香味，真想吃一口。

回家，吃着红高粱饼子，他问爸爸："他们为什么吃黄油烙饼？"

"开会干吗吃黄油烙饼？"

"他们是干部。"

"干部为啥吃黄油烙饼？"

"哎呀！你问得太多了！吃你的红高粱饼子吧！"

正咽着红高粱饼子的萧胜的妈妈忽然站起来，把缸里的一点白面倒出来，又从柜子里取出一瓶奶奶没有动过的黄油，启开瓶盖，挖了一大块，抓了一把白糖，兑点"起子"，擀了两张黄油发面饼。她抓了一把莜麦秸塞进灶火，把饼烙熟了。黄油烙饼发出的香味，和南食堂里的一样。妈妈把黄油烙饼放在萧胜面前，说："吃吧，儿子，别问了。"

萧胜吃了两口，真好吃。他忽然咧开嘴痛哭起来，高叫了一声："奶奶！"

妈妈的眼睛里都是泪。

爸爸说："别哭了，吃吧。"

萧胜一边流着一串一串的眼泪，一边吃黄油烙饼。他的眼泪流进了嘴里。黄油烙饼是甜的，眼泪是咸的。

（摘自《读者》2017年第6期，有删节）

10 斤高粱米

姜孟之

1961 年是我国三年经济困难时期中最困难的一年。城镇居民每人每月口粮 27 斤半,全国人民都在饥饿中。当时我在大连读高三,在学校的一次义务劳动中伤了腰,卧床不起,母亲陪我在金家街养伤。母亲当时没有经济收入,姐姐在黑龙江大学哲学系读书,靠每月 18 元的助学金生活。放寒假了,因为没钱买火车票,姐姐能回大连过年,辅导员朱老师知道了,帮她向学校申请,学校发给她从哈尔滨至大连的往返火车票钱,她才得以回家过春节。

姐姐到家后,去粮店把粮本上仅有的我和母亲两个人下半月的 27 斤半口粮领回来了。妈妈掂掂粮袋子说,不止 27 斤半。说完,去邻居家借来了秤,一称正好 37 斤半,多给了 10 斤高粱米。妈妈欢喜地说,老天听说我闺女回家过年,特批给 10 斤粮食。姐姐是党员,说,送回去吧。妈妈说,这年头,抢粮还抢不到手呢,到手的东西哪能送回去。姐姐说,粮店月末点库,少了 10 斤粮食,售粮员要受处罚的。妈妈说,有这 10 斤粮补贴,咱娘仨能过个饱年，送回去可惜了。姐姐说，咱们不能占国家的便宜。妈妈被说服了，姐姐背起粮食去粮店退粮。

几个售粮员见我姐姐背着粮食袋子回来了，谁都不理她。姐姐来到给她称粮的售粮员跟前说，同志，您称错了。那个售粮员警惕地说，谁称错了？你怎么随便诬陷人！姐姐说，我回家称了，确实错了。售粮员鄙视地说，粮店有规定，出了粮店门，一律不负责。粮店这样规定也是出于无奈。有的居民把粮领到家，倒出一两斤的，再背回粮店，硬说给得不够秤的事儿时有发生。因此，粮店规定：售出的粮食，出了粮店门短斤少两，粮店一律不负责。售粮员哪知道这次不是短斤少两，而是多给了 10 斤粮食。姐姐说，咱们把丑话说前头，等月底你们点库少了 10 斤粮食，找我我可不认账。说完背着粮食就往外走。粮店负责人追上去问怎么回事，我姐姐回过身来说，刚才我领的 27 斤半粮，回家一称是 37 斤半，多了 10 斤，想背回来退给你们，可你们说有规定，出了粮店门，就不负责任了，那我只好背回去。负责人笑着说，请把粮本给我看看。他看过粮本，接过粮袋子，放到磅秤上一称，果然多 10 斤。他验完面袋里的粮食，对我姐姐说，谢谢您！刚才店员不礼貌，请原谅！说话间，便把多给的 10 斤高粱米倒回去了。但是后来听说，那位售粮员还是被开除了。

1963 年我身体康复了，到黑龙江省的伊春林区工作，姐姐大学毕业后分到北京工作，我们再没去过大连。

2000 年我有个去大连的采访任务。姐姐打电话嘱咐我："到大连，替我找找那位被开除的售粮员，当时我若不去退粮，她也许不会被开除公职。40 年来，我心里一直惦记着这件事，觉得对不起她。你找到她，替我说声对不起，如果她生活上有困难，我可以接济她。"

采访完了，我预定了返程火车票，利用等车的时间去金家街寻访那位 40 年前被开除公职的售粮员。我费了九牛二虎之力，找到一位粮店退休职工，在他的帮助下，终于找到了那个当年的售粮员，她现在是一家建材公司的老板了。

她叫崔文娟，看上去 40 多岁，一副白领阶层、中年妇女的模样；其实，她应该 60 多岁了。她见到我便问有什么事，我就开门见山地问，40 年前，您因为多称 10 斤高粱米被开除了公职，是吧？她吃惊地说，这事你咋知道？

我告诉她："当年给您退粮的是我的姐姐，我这次来大连办事，走前受我姐姐的委托，一定要我找到您，替她向您道歉，您是因为她去退粮才被开除公职的。这 40 多年来，她一直很内疚。她想在生活上给您一些资助。"

没想到这位崔文娟大姐激动地说："该感谢的是她！说心里话，若不是我当初丢了那份工作，就不会有今天这个大公司。我常想，是什么力量让你姐姐在那样艰难困苦的条件下，还要把那 10 斤救命的高粱米自觉送回粮店，答案至今没有找到。我想，我们国家各个岗位，如果都有像当年你姐姐这样的人就好了。"

我当天晚上就把找到崔文娟的情况在电话里告诉了远在北京的姐姐。她接到电话后长叹了一口气："10 斤高粱米煎熬了我近 40 年，现在终于解脱了……"

（摘自《读者》2007 年第 5 期）

荒原的母亲

卢一萍

在那个难忘的年代，为了共和国，20万久经战火的大兵开进了远离人烟、远离女性的荒野中。

由于这种特殊的原因，一大批女兵被征到了新疆。她们来了，她们和男人一样，把青春、身体以及其他一切都献给了这片广阔的土地。

> 劳动，劳动，劳动呀劳动，
>
> 劳动创造了世界，
>
> 劳动改造了我们，
>
> 我们吃得饱呀，全靠劳动，
>
> 我们穿得暖呀，全靠劳动
>
> ……

这首歌在荒原代替了军歌，用充满汗水和艰辛劳作的苍劲声调代替了充满鲜血和硝烟气息的激昂旋律。前者鼓舞人们用韧性与生存决斗，后者鼓舞大家用生命实现短暂的涅槃。

被扬起的沙尘味、土里的碱味、人身上散发的汗味，混合在一起，形成了一种新的气味，这气味充斥着一片又一片古老的荒原。

除了泥土，这里一无所有，还没有播下种子，还没有看见新生命的萌芽。一切，都还是一种内心的希望……尽管对绿的萌芽渴望得大家心里冒火，但这新垦的处女地，还得等待水、肥料、种子和至关重要的季节……

但荒原上的第一个母亲正在孕育着。

孩子的降生，是荒原第一个生命的诞生，是拓荒人捧出新一代的开始。这使这位母亲异常荣耀。她好像是所有拓荒人的妻子，好像是整个荒原的母亲。

当时，这里只有三名从湖南军政大学分配过来的女性。陈康涟到后四个多月，就被组织介绍给三营李营长结了婚，很快就有了身孕。这个消息使垦荒的军人们无比兴奋，同时也感到了某种紧迫——新生命即将诞生，而这里还一无所有。

十月怀胎，终于到了分娩的时候。那天，整个荒原都显得庄严而神圣，每个男人的心都十分激动，好像在迎接一个宗教盛典的到来。

地窝子外站满了人，烈日如火。但大家似乎一点也没有感觉到，屏息静气地站着，像一座群雕。

母亲躺在土台上。四周的泥土使她觉得自己很像一粒正在挣扎着发芽的麦种。一阵阵的剧痛使她觉得自己的身体被一次次撕裂了。她的手抠进了泥土里，那把土被她捏成了团。

两名女兵被她的痛苦搞得不知所措。不光是她俩，荒原上的所有人，都是第一次面对生产。因为这个营，还没有一个人做过父亲。

血不停地流出来，渗透了土黄色的军被，又渗进了土炕，渗进了泥土深处。

产妇的每一声呻吟，都撕扯着每一位军人的心，更不用说一阵阵撕心裂肺的惨叫了。他们没有想到，生育要经受这么大的痛苦。

李营长忍不住了，不时地捶一下自己的头，又不时地捶打着泥土，最后，他冲进地窝子，问两位女兵，怎么样？

好像生不出来。

他听说后，转身冲出地窝子，大声喊叫，卫生员！

到！

你进去看看！

我？可我是男的。因为不好意思，卫生员的脸羞得像猴子屁股一样红，愣了一下，又说，营长，你知道，过去总是打仗，我也就包扎包扎伤口，平时看个头痛感冒的，对接生孩子，我可是想都没想过，根本不知道该怎么办。

有没有这方面的书？

没有。

那你也得进去看看，这里就你一个卫生员，你要想办法，争取让孩子顺利地生下来。

卫生员红着脸，在地窝子门口犹豫着。

快进去呀！官兵们一见，着急地齐声对他吼叫起来。

他没有办法，很难为情地搓着手，红着脸，低着头，像个罪犯似的进去了。

过了一会儿，他满头大汗地跑出来，对营长说，嫂子失血很多，可能是难产，得赶快送师医院。

可怎么能快起来！到师部二百多公里，连一辆汽车都没有。营长绝望地说。

我们抬着嫂子往师医院去，多派一些人，轮流抬，跑步前去，这样稳当，比马拉车在土路上颠快些。一位战士说。

好，给师部发电报，让他们也派车来接。教导员说。

陈康涟被抬到担架上后，全营最精壮的 50 名汉子也自动地列好了队。两人抬着产妇在前面飞奔，后面的 48 人紧紧跟着，随时准备接替。头顶是烈日，脚下是大漠，金色的沙子被奔跑的脚扬起来，烈日在头上一闪一闪地晃动。

这是一支奇特的队伍，是新生与死亡的一次赛跑。

沙漠炽烈的热浪蒸腾而上，每一个汉子的衣服都湿透了，好像不是在阳光中，而是在暴雨中飞奔。

陈康涟躺在担架上，只见太阳不停地晃动着，沙漠不停地从身边掠过，踏起的尘沙刚扬起来，就被远远地甩在了身后。虽然剧痛难忍，但她怕自己的呻吟让战士们担心，所以紧咬牙关，坚持不叫出声来。

师医院接到电报后，立即派了最好的医生、最好的车辆及设备沿着公路前去接应。

担架队从沙漠中抄近路，直奔南疆公路，140 里路大家用了 4 个半小时就跑完了。

到了阳霞后，大家继续向焉耆所在地奔去，引得沿路的老乡开始只觉得好奇：两个人抬着一个女的，跑得像风一样快，后面一大队人又像风一样跟着。当他们得知是为了救一个产妇，为了让产妇生下孩子才这样做时，他们拿来了馕、瓜果和水。有些小伙子还主动接上去，抬着飞跑一程。

最后，跟随的人越来越多，由 50 人增加到了男女老少 1000 多人。大家都在公路上奔跑着。

过了策达雅，终于看见了师医院的军车。当医生看到那么多的人时，吃了一惊，当产妇抬到他们跟前，他们更是不敢相信，不停地问：有这么快吗？跟我们汽车的速度差不多了。

手术室就设在道奇牌汽车上，人们围着汽车，静静地等待产妇脱离危险，期待着孩子能顺利降生。

产妇当时已昏迷不醒。医生检查后，对营长说，幸好送得快，还可以保住大人的命。

那，孩子呢？营长都要哭出来了。

医生无可奈何地摇摇头，说，他已经死了。

营长哭了，他哽咽着说，那就赶紧救大人。

手术结束后，人们纷纷围过来，问那医生，孩子呢？孩子呢？

医生只得说，孩子没有保住，但由于赶了时间，大人已经脱离了危险。

大家一听，心里非常难过，那一声孩子的啼哭终于没有响起。他们纷纷低垂了头颅，有的颓然蹲了下去，把头伏在膝盖上，伤心地抽泣起来。

在这里，传宗接代不仅仅是一种繁衍，在这些荒原垦拓者的眼里，它还蕴含着希望、生存的动力和崭新的开始，以及战胜苦难的勇气。

在往回走时，他们用了整整一个晚上。每个人的脚步都沉重地抬不起来、迈不出去。

当其他人听说孩子没有保住时，一个营的400多人，包括刚分配下来的170名内地遣犯，都伤心地哭了。如果说在策达雅附近的50人还抑制着自己，使自己不在老乡面前过于悲伤，现在是在自己"家"里，全家人在这悲伤面前，再无顾忌，荒原上，男人的哭声响成了一片。

这一次事件，使部队意识到，应该在基层设妇产医生，应该有会接生的人。因为和平意味着新生的开始。

所以，我一到轮台不久，营里就推荐我去学医。那天，营长找到我说，营里准备推荐你去师部学习。

我听后，很高兴，连忙问，学什么呀？

喂蚕。好好学习，将来给蚕看病。

可这戈壁滩上，连一棵桑树都没有，喂什么蚕呢？我认真地说。

现在没有，将来会有的。这个机会很难得，每个营只推荐一个，所以，你一定要好好学习。

我到了师部医院，才知道了事情的真相，才知道"喂蚕"就是接生。一想起营长把接生说成"喂蚕",我就忍不住笑了。

之所以把接生叫作"喂蚕",是因为当时去部队的湖南女兵都还是姑娘，让姑娘去学接生，一般人都不愿意去。营长怕我也不愿意去，在我问他时，他一急就这么说了。也不知他是怎么把二者联系起来的。但这个说法就在南疆一些地方很快传开了，直到现在，还有人说，你快去帮我喂一下蚕，这就表示要你去接生。

其实，我到部队不久，就听说了营长妻子难产的事，我当时就想，自己如有可能，一定要当一名妇产科医生，没想到天遂人愿，心里自然高兴。

学了几个月后，我回到了荒原上。我回来那天，人们热烈地欢迎我，虽然我还算不上是一个医生，但大家已尊称我为医生了。他们说，有了汪医生，再不会有初夏那令人伤心的事情发生了。

大家挖了一间地窝子，正式命名它为"戈壁休养所"——当时基层部队还不叫卫生所，都叫休养所，我是所长兼医生和护士。

不久，我就接生了第一个孩子，好像这孩子是专门等着有人接生才要出生的。

产妇是一位女遣犯。

她曾经参加过共产党，但没过多久，又加入了国民党，后供职于情报部门。其丈夫是国民党部队的少将副师长，在与解放军作战中负伤，由于丈夫不愿意去台湾，她也跟随丈夫留在了大陆。不久，丈夫被镇压，她被押解进新疆，上路之时，她已有了身孕。作为阶下囚的她，不知该怎么办，不知道孩子生下来会怎么样。她曾从车上往下跳，到了新疆后，又拼命地干体力活，有一次甚至用力捶打自己的肚皮，想让孩子流产，但都没有成功。

对于为不为她接生，只有个别人心里觉得憋气。他们认为，我们革命者的后代还没有生，反革命的后代倒先生下来了。其他人则认为，不管怎样，这孩子都是这荒原诞生的新生命，应一视同仁。也正因为如此，她被送到了我的地窝子里。

　　当女人因为分娩发出的痛苦的呻吟声从地窝子里传出时，男人们不约而同地纷纷拥到了地窝子前。

　　明亮而硕大的一轮满月悬在天上，被那一根孤零零的旗杆挑着。沙丘在月光中泛着柔和的金色之光，由明暗勾勒的弧线显得异常的美。被阳光烤得油亮的戈壁石也一闪一闪地发着光。我那眼地窝子里的马灯发出橘红色的光，与明月和星辰呼应着。月光下的男人看上去像一幅黑白木刻版画。他们有的站着，有的坐着，莫合烟不时地被点燃，吐出的烟雾悠然地飘散到月光里。有一位士兵一直在用竹笛吹奏东北民歌《摇篮曲》。

　　因为有了我这位妇产科医生，大家已没有上次那么紧张。

　　可能是由于产妇营养太差的原因，她不时昏迷过去。汗水湿透了她的衣服，她的脸色也异常苍白。她似乎没有一点力气生下自己的孩子了。一直折腾到大半夜，才听见了孩子那激动人心的啼哭声。

　　——这可是这片荒原上第一声孩子的啼哭啊。

　　我高兴地跑出地窝子，大声宣布道，她生了，是一个漂亮的女孩子！

　　官兵们听了这消息，激动得双眼潮湿，大家齐声欢呼起来。

　　在我和官兵们的记忆中，那是最美丽、最神圣的夜晚。因为生命的诞生，那片荒原显得不再死寂，而是充满了生机。当新的一天到来，当太阳从东方升起，我们觉得这荒原的历史真正地开始了。

　　66岁的汪柏祥如今已是满头白发，她一直生活在塔里木盆地北缘的这个团场里，当她接下第一个孩子时，整个荒原上也就两千来人，现在人口已增加了十倍，荒原也早已变成了绿洲。而经她之手接生的第三代正在茁壮成长。

　　她和自己的老伴住在早年分给她的平房里，屋前种着瓜果蔬菜，周围是绿色的原野，更远处是戈壁荒漠。

　　"怎么不搬到城里去住呢?"因为许多人退休后都回到了城里，所以我提出了这个问题。

"唉，怎么说呢，闻惯了这里的气味，泥土的、庄稼的、树的、野草的，还有我工作了一辈子的产房的气味。在城里闻不到这些气味，我不习惯。还有人总希望我去接生，说我接生不光保险，孩子还好养，不生病。"她说完，就哈哈笑起来。

人们说，她喜欢孩子，她一生最爱唱的歌是《睡吧，小宝贝》。当我请她唱这首歌时，她欣然答应了——

> 睡吧，小宝贝，快安睡，你的黑妈妈在你身边。梦中会得到许
> 多礼物，糖果糕点啊任你挑选。等你睡了，我就带上你去到天宫，
> 在那天宫百花盛开，万紫千红，黑人小天使快乐无穷……

最后，她告诉我，她在接生第一个孩子时，就渴望能有一首歌，唱给产妇和即将临世的孩子听。后来，她看了墨西哥电影《生的权利》，听了它动人的插曲后，再也难以忘记，觉得这首歌就是写给那个孩子的，专门写给那个有一个苦难的母亲的孩子的。

不知道为什么，自从采访完她后，每当我看见孩子，就会哼出下面的歌词：

> 等你睡着了，我要送你一顶花冠，一串花环，你戴上了它多漂
> 亮，上面有星星和太阳，闪烁着明亮的光……

（摘自《读者》2004 年第 11 期，有删节）

北大荒的铁匠

肖复兴

一

那年，我回北大荒。车子跨过七星河，来到大兴岛，笔直朝南开出大约十里地，开到三队的路口。青春时节最重要的记忆，大都埋藏在这里。

回北大荒看望老孙，一直是我心底的愿望。

老孙是我们二队洪炉上的铁匠，名叫孙继胜。他人长得非常精神，身材高挑瘦削，却结实有力；脸膛也瘦长，却双目明朗，年轻时一定是个俊小伙儿。他爱唱京戏，"文革"前曾经和票友组织过业余的京戏社，他演程派青衣。

他是我们队上地地道道的老贫农、老党员，是我们队上说话颇有分量的一个人。他打铁时，夏天爱光着脊梁，套一件帆布围裙，露出膀子上黝亮的肌肉。铁锤挥舞之时，迸溅得铁砧上火星四冒，像有无数的萤火虫在他身边嬉戏萦绕，那是我们队上最美的一个画面。

我曾经写过一首诗《二队的夜晚》，里面专门写了夜晚老孙打铁时的美丽情景。当时，很多知青把这首诗抄在笔记本里，至今居然还有人能够背诵。这首诗记录了我对老孙的一份感情。

这份感情，就像洪炉上淬火迸发出的火星一样火热而明亮。故事发生在1971年的冬天。那一年，我24岁。

二

我和同来北大荒的9个同学，为了队里3个所谓的"反革命"，路见不平，自以为是地为他们打抱不平，因而得罪了队上的头头。他们搬来工作组，准备枪打出头鸟。他们查抄了我所有的日记和诗，轻而易举便找出了我写的这样的诗句：南指的炮群，又多了几层。

那明明是指当时珍宝岛战役之后要警惕"苏修"对我们的侵犯，却被认为指的是台湾，最后上纲到："如果蒋介石反攻大陆，咱们北大荒第一个举起白旗迎接老蒋的，就是肖复兴！"

这在现在听起来跟笑话似的，但从那时起，几乎所有的人都像是躲避瘟疫一样躲避着我。我知道，厄运已经不可避免，就在前头等着我呢。

那天收工之后，朋友悄悄告诉我，晚上要召开大会，要我注意点儿，做好思想准备。

那天晚上飘起了大雪，队上的头头和工作组的组长都披着军大衣，威风凛凛地站在食堂的台上，俨然是电影《林海雪原》中的203首长。我知道躲过了初一躲不过十五，便硬着头皮，强打起精神，来到了食堂。就在前不久，也是在这里，我还慷慨激昂、振振有词地为那3个"反革命"鸣冤叫屈，把当时的会场激荡得沸腾如开了锅，如今却一下子跌进了冰窖。

我虽然做好了思想准备，但还是忍不住瑟瑟发抖，我不知道待会儿真要被揪到台上，会是怎样的狼狈样子。我真的一下子如同丧家之犬，无可奈何地等待着厄运的到来，这才知道英雄人物和反面人物，其实都不是那么好当的。

那一晚，工作组组长声嘶力竭地大叫着，一会儿说阶级斗争的新动向，一会儿重复着说如果蒋介石真要反攻大陆，咱们队头一个打白旗出去迎接的肯定是肖复兴……然后，他又非常明确地指着我的名字说我是过年的猪，早杀晚不杀。总之，他讲了许多，讲得都让人提心吊胆。但是，一直讲到最后，讲到散会，也没有把我揪到台上去示众。我有些莫名其妙，以为今晚不揪了，也许放到明晚上了。

我坐在板凳上一动不动，等着所有的人都走了，才拖着沉重的步子走出食堂。我忽然看见食堂门口唯一的一盏马灯下面，很显眼地站着个子高高的人，他就是老孙。雪花已经飘落他一身，他就像是一尊白雪雕像。

在此之前，我和老孙并不是很熟，我只找他为我打过一次镰刀。突然看到纷飞雪花中的老孙，我一愣，不知道他为什么站在那里。

那时，四周还走着好多人，只听老孙故意大声地招呼我："肖复兴！"那一声大喝，如同戏台上的念白，不像青衣，倒像是铜锤花脸，字正腔圆，回声荡漾，搅动得雪花乱舞，吓了我一跳。

紧接着，他又大声说了一句："到我家喝酒去！"然后，大步走了过来，一把拉住我的胳膊，当着那么多人（其中包括队上的头头和工作组组长）的面，旁若无人地把我拖到他家。

炕桌上早摆好了酒菜，显然是准备好的。老孙让他老婆老邢又炒了两个热菜，打开一瓶北大荒酒，和我对饮起来。酒酣耳热的时候，他对我说："我和好几个贫下中农都找了工作组，我对他们说了，肖复兴就是一个从北京来的小知青，如果谁敢把肖复兴揪出来批斗，我就立刻上台去陪斗！"

"谁肯艰难际，豁达露心肝？"

算一算，45 年过去了，许多事情、许多人、都已经忘却了，但铁匠老孙总让我无法忘怀。有他这样的一句话，我会觉得北大荒所有的风雪、所有的寒冷，都变得温暖起来。

三

1982 年，大学毕业那年的夏天，我回了一次北大荒。回到大兴岛上，第一个找的就是老孙。那是我 1974 年离开北大荒和老孙分别 8 年后的第一次相见。

当时，他正在干活，系着帆布围裙，挥舞着铁锤，火星在他身子周围四溅。一切是那样熟悉，那一瞬间，像是回到那年找他为我打镰刀时的情景。他一看到我，就停下手里的活儿，我上前一把握住他的手，一句话也说不出，泪水模糊了我的眼睛。

他把活儿交给了徒弟，拉着我向他家走去。一路上，他什么话也没有说，只是用他那只结满老茧的大手紧紧握住我的手。那手那样有力，那样温暖。

刚进院门，他就大喊一声："肖复兴来了！"那声音响亮如洪钟，让我一下子就想起那年冬天风雪夜里那一声洪钟大嗓的大喝："肖复兴！到我家喝酒去！"

进了屋，他老婆老邢把早就用井水冲好的一罐子椴树蜜水端到我面前。一切，真的像是镜头的回放一样，迅速地回到了从前。

自从那个风雪之夜老孙招呼我到他家喝了第一顿酒之后，在北大荒的那些日子，冬天，我没少到他家喝酒吃饭打牙祭。在他家暖得烫屁股的炕头，我没少和他坐在一起。春天，到他家吃第一茬春韭包的饺子；夏天，到他家喝在井里冰镇好的椴树蜜水。这些是我最难忘的记忆了。

椴树蜜是北大荒最好的蜜了。在我们大兴岛靠近七星河的原始老林子里，有一片茂密的椴树林，夏天开白色的小花，别看花不大，却能开满树，雪一样皑皑一片，清香的味道，荡漾在整片林子里，会有成群的蜜蜂飞过来，也有养蜂人拉着蜂箱，搭起帐篷，到林子里养蜂采蜜。

那时候，椴树开花前后，老孙爱到那片老林子里养几箱蜜蜂，专门采集椴树蜜。他家菜园子里，有他自己打的一眼机井，他常常把椴树蜜装在一个罐头瓶子里，然后放进井里，等收工回来，把椴树蜜从井里吊上来喝。蜜水冰凉，沁人心脾，那是当时最好的冰镇饮料，井就是他家的冰箱。

喝到这样清凉的椴树蜜，岁月一下子就倒流回去，让你觉得一切都没有逝去，曾经经历的一切，都可以复活，保鲜至今。

四

如今，又是那么多个年头过去了，我不知道老孙变成什么样子了。算一算，他有70上下的年纪了。我真的分外想念他，感念他。

又到了三队，模样依旧，却又觉得面目全非，岁月仿佛无情地撕去了曾经拥有的一切，只是记忆顽固地定格在青春的时节里罢了。

在场院上遇见了现在三队的队长，他带着我往西走。还是当年那条凹凸不平的土路，路两旁，不少房子还是当年我见到的老样子，只是更显低矮破旧。

记忆中，1982年来时，也是走的这条路，老孙拉着我的手往他家走，一路上洪亮的笑声，一路上激动的心情，恍若昨天。

走到离老孙家十来步远的时候，他家院子的栅栏门推开了，从里面走出来一个女人，正是老孙的老伴老邢。她就像知道我要来似的，正好出门迎我。

我赶紧走了几步，走到她的面前，她只是愣了那么一瞬间，就认出了我。她一把抓住我的胳膊，眼泪唰地流了出来，我也忍不住哭了起来。我们俩什么话也没有说出来，只能够感到彼此的手都在颤抖。

进了家门，她才抽泣着对我说老孙不在了，其实她刚刚流眼泪时我就已经意识到了。老孙一直血压高，还有心脏病，一直不愿意看病，更舍不得吃药，省下的钱，好贴补给他的小孙子用。那时，小孙子要到场部上小学，每天来回 18 里路，都是老孙接送。

两年前的 3 月，夜里两点，老邢只听见老孙躺在炕上大叫了一声，人就不行了。那一年，老孙才 69 岁。

望着老孙曾经生活过那么久的小屋，我的心里很不是滋味。这么多年过去了，小屋没有什么变化，所有简单的家具——一个大衣柜、一张长桌子，还是老样子，也还是立在老地方。一铺火炕也还是在那里，灶眼里堵满了秫秸秆烧成的灰。家里的一切似乎都还保留着老孙在时的样子，仿佛老孙还在家里似的。

一扇大镜框依旧挂在桌子上面的墙上，只是镜框里面的照片发生了变化。多了孙子、外孙子的照片，少了老孙的照片，以前我曾经看过的老孙穿着军装和大头鞋的照片，还有一张老孙虚光的人头像，都没有了。

我小心翼翼地问老邢："老孙的照片还在吗?"

她说还在。她从大衣柜里取出了一本相册，我看见里面夹着那两张照片。还有好几张老孙吃饭的照片，老邢告诉我，那是前几年给他过生日时照的。我看到了，炕桌上摆着一个大蛋糕，好几盘花花绿绿的菜，一大盘冒着热气的饺子，碗里倒满了啤酒。老孙是个左撇子，左手拿着筷子，很高兴的样子。那些照片中的老孙老了许多，隐隐约约能够看出一点病态来，他拿着筷子的手显得有些不大灵便。

我从相册里取出一张老孙拿着筷子夹着饺子正往嘴里塞的照片，对老邢说："这张我拿走了啊!"

她抹抹眼泪说："你拿走吧。"

我把照片放进包里，望向后墙，还是那一扇明亮的窗户，透过窗户，能看见他家的菜园，菜园里有老孙自己打的一眼机井，我那次来喝的就是从那眼机井里打上来的水冲的椴树蜜。似乎，老孙就在那菜园里忙活着，一会儿就会走进屋里来，拉住我的手，笑眯眯地打量着我，如果高兴，他兴许还能够唱两句京戏。他的唱功不错，队里联欢会上，我听他唱过。

那一瞬间，我有些恍惚，在走神。人生沧桑中，世态炎凉里，让你难以忘怀的，往往是一些很小很小的事，是一些看似和你不过萍水相逢的人，甚至只是一句足以打动你一生的话语。于是，你记住了他，他也记住了你，人生也才有了意义，有了可以回忆的落脚点和支撑点。

等我回过神来，发现老邢已不在屋里了，我忙起身出去找，看见她正在外面的灶台上为我们洗香瓜。清清的水中，浮动着满满一大盆香瓜，白白的。这是北大荒的香瓜，还没吃，就已经闻到香味了。

我拽着她说："先不忙着吃瓜，带我看看菜园吧。"

菜园很大，足有半亩多，茄子、黄瓜、西红柿、豆荚……姹紫嫣红，一垄一垄的，拾掇得利利索索、整整齐齐。只是老孙去世之后，那眼机井突然抽不出水来了。这让老邢，也让所有人感到奇怪。有些物件，和人一样，也是有感情、有生命的。

我的心一阵阵发紧。此刻我才真正地意识到，我此次回大兴岛最想见的人，已经见不到了。

倒是老邢劝起我来："老孙在时，常常念叨你。可惜，他没能再见到你。他死了以后，我就劝自己，别去想他了，想又有什么用？我就拼命地干活，上外面打柴火，回来收拾菜园子……"

想一想，有时候，万言不值一杯水；有时候，一句话，能够让人记住一辈子。如果说我的青春真的是蹉跎在了那场"上山下乡"运动中的话，那么，因为曾经有过这样的一个人，有过这样的一句话，到什么时候，我也会相信，我的青春并不是一无所获。

那天下午，我准备离开的时候，尽管队长说场部早准备了好多香瓜，老邢还是坚持要给我带一袋香瓜。她说："你们的是你们的，这是我的。"然后，她对我说："老孙要是在，还能给你带点儿椴树蜜的。老孙不在了，家里就再也不做椴树蜜了，就用这香瓜代替老孙的一点儿心意吧。"一句话，说得我泪如雨下。我已经好久未曾落泪了，不知怎么搞的，那一天，我的情绪竟然是那样无法抑制。

一连几天，满屋子都是香瓜的清香。

（摘自《读者》2016 年第 19 期）

黑吃"四寸膘"

薛 冰

这不是黑道故事，是我在农村插队时吃肥肉的故事。

那年头，每逢冬季农闲，从生产队往上，层层兴修水利，农民叫扒河；而公社及至县里组织的大工程，叫扒大河。往往是前任书记开渠，后任书记便筑堤，所以年年不得消停。扒大河很苦，指标是硬的，通常每人每天两方土，不是从河底取土挑到河岸上，就是从平地取土挑到堤顶上，非强劳动力不能胜任。至于风雪交加、天寒地冻之类，都不在话下了。如我辈之无依无靠的知青，年年争着去扒大河当民工，并非因接受贫下中农的再教育，改造好了世界观，而是扒大河不用自带口粮，一天三顿全吃公家的，节省下一冬的吃食，可以留着开春后填肚子。物质决定意识，口粮短缺决定了我们的奋不顾身。

扒大河工地上，不但可以放开肚皮吃饭，而且工程胜利结束时，还有一顿大肉作为庆功宴，这就归到我们的正题上来了。总在头十天前，民工们就开始兴奋，收工后躺在窝棚里馋涎欲滴地讨论，今年的这顿肉会是"四寸膘"还是"五寸膘"，也就是肥肉，农民叫白肉，厚度起码得在四寸以上。熬了一年的肚皮，早已没有半点油水，非此不能杀馋。然后便是催促火头军，趁早到公社食品站去看好猪，生怕肥膘肉让别人抢了去。其实伙夫同样心急，天天吃晚饭时都会向大家汇报，今年杀的猪，毛重几何、膘厚几寸。

终于有一天，伙夫把肉背回来了，所有人都围上去，看、摸、掂、嗅，叉开手指量，四寸五还是四寸八地计较，性急的索性伸出舌头去舔一口，冰碴子把舌头划出血痕，还自以为捞到了油水。本队的看饱了，还要派代表溜到邻队的伙房里去，与人家的肉做比较。得胜的一方，在工地上可以自豪地取笑对方，从白肉的厚薄，攀扯到对方的工程进度、个人的气力大小，直至性能力的高低。失利的一方，不免要埋怨本队的伙夫技不如人，明年怎么也不能再用他，并赌咒发誓，明年的白肉，一定不能再输给别的队。总之，肉还没吃进嘴，精神上的享受已经丰富多彩了。

吃肉的日子终于到了，那是比过年还要激动人心的时刻。傍晚时分，整个工地上都弥漫着猪肉的浓香，人人都沉醉在即将到来的幸福之中。验工结束了，工具收拢了，行装打好了，天色黑尽了，只等吃完肉就可以上路回家了，吃肉的庆典也就开始了。全队十几个民工，人手一双长竹筷、一只大海碗，在桌边团团围定。伙夫将煮好的肉连肉带汤地盛在一只大瓦盆里，端到桌子中间放好。闪烁的煤油灯下，切成巴掌大的白肉，油光闪亮，浮在汤面上，微微旋动，虽是寒冬腊月，也可见热气腾起。

队长放开喉咙大声吼："看好了？"

众人齐声应和："看好了！"

重复三遍，队长一声令下："吹灯！"伙夫"噗"地吹熄了煤油灯。

灯熄就是无声的信号。十几双筷子一起插进了肉盆。只听得噼噼啪啪、叮叮当当、稀里哗啦，也就三分钟的时间，便只剩下筷子刮过瓦盆底的嘶啦声了。那是意犹未尽、心有不甘的人在继续奋斗。待到一切都静了下来，队长才开始问:"都吃好了?"话音里带着心满意足的慵懒。

七零八落的声音回复:"好了。"

"上灯!"

煤油灯点亮,十几双眼睛齐刷刷地落向盆里,大伙都不相信黑地里能把肉块捞得那么干净。但事实胜过雄辩,盆里确实只剩下了清溜溜的油汤。

每个人都表示自己吃得十分痛快,至少大家的嘴唇上都有油光。这就是黑吃的妙处了。如果是在明处,你快了我慢了,你多了我少了,必然生出矛盾,埋下怨怼;就是让队长去分,也会有大小、厚薄、轻重的计较,免不了抱怨他偏心。这顿庆功宴要想吃得皆大欢喜,黑吃无疑是最好的办法。汤足饭饱之后,嘴闲下来了,民工们会忍不住夸口炫耀,说自己吃了好多块,谁也不会承认自己比别人吃得少。因为在完全相同的条件下,你吃少了,吃不到,只能说明你无能。而按他们报出的数量,肯定远远多于队里所买的那块肉。

当然,黑吃也是有技巧的,初次参加的人,一块肉都吃不到也是常事。这技巧就是,下手的时候,筷子一定要平着伸进汤盆,因为肥肉都浮在汤面上,一挑就是几块;如果直着筷子插下去,就很难夹住油滑的肥肉……

(摘自《读者》2015 年第 22 期,有删节)

结婚证

林特特

1955 年，她坐火车去兰州领结婚证。

她请的是婚假，临去时，兴冲冲地在单位开了结婚证明。

男朋友姓马，是同系统的同事，学习时认识，和她一见钟情。

说好了，领完证，她就从徐州调到兰州。她原是铁路医院的护士，为了结婚，换个岗位、换个工种也心甘情愿。

男朋友把她从火车站接回。

车马劳顿，她并不嫌累，一进门，便甩着辫子，打开行李，一样一样往外摆：大红喜字剪了若干对，红绿缎子被面是谁谁谁送的礼，攒了好久买的一块表，婚礼那天，新郎正好戴……街坊邻里都倚在窗口往里看，小马和她相视而笑。一开门，好几个七八岁的孩子摔了个趔趄。

没想到，事情卡在了小马的领导那儿。

领导迟迟不给开证明，两人就没法领结婚证。眼看着一天天过去，小马去问，领导递给他一份外调的档案，他脑子"轰"的一下：未婚妻的叔父，在东北做过军阀，是张作霖的把兄弟。

证明？不能开。

领导态度坚决。理由是："这是严重的政治问题，而你，一个重点培养对象，还要不要前途？"

小马说了又说，领导不为所动。他打算缓一缓，再去做工作，可她的归期已近。"红男绿女。"她笑着说，打包背走了绿被子，留下了红被子。

喜字贴在窗上，尽管没有婚礼；墙是新刷的，一片白；水瓶、痰盂，一水儿红。小马在家里转了几转，眼见留不住她，便往她的包里装喜糖，"回去散。"

家里人都以为他们领了结婚证。

他们也以为只是时间问题。

可下一个假期，下下个假期，她去了又去，都没等到那一纸证明。再下个假期，她没买车票，没去兰州，在黑夜里蒙着被子闷声哭，被母亲发现了。了解完缘由，母亲也哭了，说："闺女，算了吧。"

算了吧。

好在她年轻、漂亮，换个地方还能从头再来。她去了西安，经人介绍，遇到后来的丈夫。做了断的信寄向兰州，小马没回信，隔了几天，人出现在徐州她家门口。小马对她母亲喃喃：他已经调动工作，新单位开证明的是他哥们，"只要再等等，我们就能领证……"

可是，迟了。

后来的几十年间，他们只见过一次面。

那是本系统的劳模表彰大会，他在，她也在。

都是中年人了，坐在同一排，一如多年前一起学习时。他想和她说说话，但中间隔着几个人。她上台领奖，齐耳短发，神采奕奕；他在下面看着她，想起从前她跑到兰州只为和他领结婚证，她弯着腰从大包里掏喜字、掏被面，辫子甩啊甩……而那些一开门摔了趔趄的孩子也到了婚嫁的年纪。

还有一次，他们擦肩而过。

那时，他也调到了西安，做了被服厂的厂长。在来领被服的各单位名单中，他发现医院的代表是曾经的未婚妻，便特地打扮了一下，剪头发，刮胡子，换衬衫，等了一天，也不见她的身影——她后来说，听说主管此事的人是他，特地找人换的班，"已然如此，何必再见？"

1995 年，他们终于领了结婚证，成为小圈子里轰动一时的新闻。

他辗转得知她的老伴去世，便寻到她家。开门时，两人都有些错愕，头发都白了，只有轮廓还在，依稀旧情还在。

落座，相对，他搓搓手。

他后来娶了远房表妹，有一儿一女，已相继成家。表妹因肺癌撒手人寰，这几年，一个人生活的苦，他清楚。

"我还能陪你十年。"他本意是去安慰她，谁知见面就变成求婚。而此刻，她沉默，沉默是因为没有理由拒绝，她只有踌躇和难以言说的羞怯："我老了……"

他们用了些时间说服子女、做决定；一旦决定，第二天，就去了民政局，近四十年没说过一句话，心意却出奇地一致："怕夜长梦多，当年就差这张证。"

他是带着结婚证走的。

生命最后的十年，他和她在一起。

他快不行时，他让他的女儿把他接回老家。那段日子，他们书信往来，仿佛回到了当初异地恋时。他的外孙是信使，收到信，便跑去医院，取笑躺在病榻上的他："姥爷，你的情书来了。"

最后她的外孙代表她，参加了他的葬礼。

花圈上挂着姥姥亲笔写的挽联，落款"老妻"。

在场的人都知道他们的故事，唏嘘间，看到她的外孙拿出结婚证，遗体告别时，将这对结婚证塞到他的衬衫口袋里。她的外孙发言："姥姥说，当年就差这张证。"

2015 年，在家宴上，堂妹和我提起这件事。

堂妹夫即是她的外孙，清明节将至，他们要陪姥姥去给两个姥爷上坟。

她也在席间。我追根问底，问出当年结婚证的事。

"姥姥，我能写写您吗?"我问。

她只剩稀疏白发，满额沟壑，耳朵已经听不太清，听不清周围人传说的关于她和他的命运、造化、缘分的事，一个过程中没有伤害任何人、没有辜负任何人、迟到又近乎圆满的爱情故事。

"她会哭的。"她的孩子们点着头，异口同声地说。

（摘自《读者》2015 年第 17 期）

理发记

吴冠中

　　北京人怀念消失了的故都风俗，爱看描绘旧时街头平民生活的图画，其中总少不了路边的那些剃头摊。

　　20 世纪五六十年代北京的理发店少，理发和洗澡是生活中的两大难题，我一个月只洗一次澡理一次发，因每次理发和洗澡要排队等候一个多小时。有时先拿了号，再去办些事回来，还没轮到号；如已过了号，要追挤进去，便有一番争吵，似乎同去医院候诊一般紧张。

　　今日的北京发廊林立，就我住所附近，每一条小街都点缀着多家理发店，店里的理发姑娘口红擦得绯红绯红的，眉毛描得炭黑炭黑的，案上那些花里胡哨的瓶子里盛着各式各样的液体，经过玻璃的耀光、镜子的反射，五光十色，令人眼花缭乱，我似乎感到面对什么陷阱，不敢进去。

　　暮年，是时间的穷人，我吝啬，每付出一时半刻都得计算计算，不肯在理发上抛掷光阴，往往很久不理发。近年在住宅区附近的树荫下、马路边又出现了剃头摊,剃头的为挣钱,被剃头的为省钱,无意间合作重绘了故都风光。有一回我陪老伴散步,她走累了,就在路边树荫下歇脚。恰好旁边一个妇女在给人理发,理发的和被理发的彼此还聊天。理发的妇女说她是到了年龄不得不退下来,她理了一辈子发,如今闲着没事,舍不得放下刀剪,挣钱倒是其次。她于是津津有味地谈理发的技巧,谈发型如何适应脸型。被理发的谈儿子、媳妇、孙子、柴米油盐……家家有本难念的经。他们的对话吸引我一直听下去,仿佛读一本引人入胜的书,因一页页都呈现了生活的真实与真情。理完发,理发的妇人和被理发的老头注意到了我们,都友好地向我们打招呼。老头缓步远去了,老伴对我说,你的头发早该理了,就在这儿理吧。我点头同意。理发的妇人发现我的头发理得极难看,她说已理得这么糟,一次还纠正不过来,要再过一个月第二次理时才能完全表达她的操作要求。我平时不照镜子,不看自己的面貌,更不注意什么发型。等她理毕,老伴一看,说的确理得不错,比店里理得好多了。更意外的是,她只收3元理发费,我们过意不去,想多付些,她坚决不收。

过了一个月,又该理发了,我真的又去找她理,她也清清楚楚记得我上次由她理的情况,大概她对她的顾客都心中有数,谁什么时候又该来了,像医生熟悉病人该服药的时间一样。此后她成了我的固定理发师,我理发必定去找她。最近我又去,一面被理发,一面听她谈市民生活的琐事。我说琐事,其实是人们的大事。理完发我站起身离去,见她将地上的散发扫成了堆,是一堆灰白色的发。

(摘自《读者》2017年第1期)

心中的老磨坊

钟法权

　　在我的记忆中，磨坊已经是非常遥远的景象了。哪曾想到，几十年后的
2016 年盛夏，在美丽的甘南，偏僻的冶力关镇池沟村，我见到了仅存于记忆
中的磨坊。

　　池沟村的磨坊建在穿村而过的河沟上。河沟不宽也不深，也就一米五多
的样子，水深不到一米。只因坡度大，水流湍急，垂伸于水中的木头桨叶，
在激流的冲击下，匀速地旋转起来，磨坊里的石磨便开始了运转。可以想
见，当年喂进磨口的麦子，经过石磨碾压，出磨时变成了面粉的情景。

　　磨坊没有地基，横在河沟上的两根粗实的圆木上。磨坊不大，充其量 10
个平方米。房子是木板房，天长日久，风吹雨淋，木板房如缀满补丁的衣服
一般。那一块块补丁的颜色有深有浅，深的已经发黑，浅的发灰。磨坊如今
像一头卸了套的老牛，立在河沟上，一派沧桑。好在磨坊下的水，一刻不停
地哗哗唱着同一首歌向前奔流。蹲在磨坊一旁抽旱烟的老农说："磨坊停歇十

多年了，房子也破旧不堪，可我们一直不舍得拆掉它。在那缺吃少穿的年代，我们吃的粮食都是水磨磨的，可以说是磨坊供养了我们池沟村一代又一代人。"

池沟村的磨坊并没有因为时代进步而被当作多余之物拆掉。不由让我想起老家磨坊的命运，心里好不感慨。我老家也有一座磨坊，那磨坊要比池沟村的大。老家的磨坊全由清一色的青石条砌成，有人称它为好看的石房子，更多的人则叫它石磨房。石磨房一共三间房，一间是磨米磨面的加工房，一间是囤粮食的仓库，一间是磨坊主人睡觉做饭的房子。那磨坊建在河岸边的悬崖峭壁上，石磨靠悬在水里的木桨带动，可以说省人省力。用现在的话说，是典型的绿色工业。

磨坊一年四季生意兴隆，四邻八乡的乡亲，都会挑着装满稻谷的箩筐，到磨坊加工。自我记事时起，就常随父母到磨坊磨米磨面。当大人在磨坊把稻谷加工成大米时，我则坐在磨坊山头前一棵大柳树下的石条上，欣赏那冲击桨叶之后激起的水柱，那水柱在阳光下闪着白光，水落在河滩时，深滩被水流冲出比簸箕还大的水窝，那水纹用力地向外扩散，最终又被上游的来水所覆盖。

周而复始，石磨房、大柳树成为我儿时最美丽的乡村风景。随着电力的快速发展，电磨很快替代了水磨，磨坊自然而然受到冷落，加上年久失修，如今的磨坊只剩下残垣断壁。那棵二人牵手才能环抱的柳树，据说被磨坊的主人砍伐了，做了自己的寿木。为什么冶力关镇池沟村的磨坊能够被完好地保留，而我故乡那用石条砌成、坚固百倍的磨坊，却在时代发展的过程中无声无息地消失了呢？

星星布满了整个夜空，月亮与繁星的光辉将山村映照得如同白昼。眼前轮廓分明的水磨房，仿佛是一座神殿立在眼前。月光下，抽着旱烟的老农对我说："你不知道，用水磨磨出的苞谷和面粉是多么好吃，蒸出的馒头是又软又甜，煮出的玉米糊香甜可口。用水磨加工谷物，省工省时省钱省力。可现今的年轻娃太图省事，没有耐心到磨坊加工粮食，习惯拿钱到镇上的粮店去买现成的米面。"

如今的池沟村早已今非昔比，全村的人都住进了宽敞明亮的二层小楼，楼前养着花草、种着蔬菜，不少农家将沟里的水直接引到庭院里，小桥流水别有一种风味。池沟村以磨坊为中心，修建了休闲广场和文化墙，古朴与现代的反差，勾勒出池沟村新农村的独特韵味，成为甘南新农村建设的一道亮丽的风景。

磨坊虽小，在池沟村上了岁数的人的心里它却最重要；磨坊虽旧，在面貌一新的池沟村它却最为显眼；磨坊虽然已经成为过去，可它却成为池沟村人永远的回味。在络绎不绝前来参观池沟村新农村建设成就的人们眼中，磨坊又成为池沟村的一道不容错过的风景、一个乡村的地标、一个让人思古忆今回味无穷的地方。

水在轻声歌唱，磨声永远定格在了人们的记忆中。

（摘自《解放军报》2017 年 3 月 22 日，标题有改动）

从前的布拉吉

李　琦

　　我的衣柜里，常年挂着一条月白色的裙子。柔软的质地，洁净的颜色，静静地悬垂在那儿，目光一触到它，心就有一种宁静。

　　哈尔滨是一座受俄罗斯影响很深的城市，老哈尔滨人都习惯把那种无袖连衣裙叫作"布拉吉"（俄文的音译）。这条裙子的前身，就是一条布拉吉，是20世纪50年代妈妈按当时苏联画报上的样子自己剪裁做成的。月白色的丝绸，像一束摇曳的月光，裙的下摆处，妈妈用墨绿的丝线绣出了一圈菱形的图案。当年，妈妈穿着它参加一个朋友的婚礼，博得一片喝彩。我看过她当年的照片：光洁的颈项和手臂、美丽的面庞。略显纤弱的妈妈站在20世纪50年代的松花江畔，江风吹起她的头发，像一株亭亭玉立的水仙。

　　一个女人的青春短暂得就像一个夏天。妈妈还没穿过几次那条布拉吉，就到了"文革"，与"革命"无关的衣服老老实实地蹲到了箱底。我常望着那个装着很多漂亮衣服的木箱。我很奇怪：为什么有这么多好看的衣服，可妈妈每天都得穿着毫无样式可言的灰衣服或蓝衣服呢？尽管我还是小孩子，却仅仅从穿衣服这点上，隐隐反感这种"革命"了。

1978年夏天，读大学的我去北京姑妈家度暑假。当时的气候已呈现出一些舒展，但朴素惯了的北京人穿着上依旧拘谨。年轻快乐的我本来就无所顾忌，又身在异乡，身心轻松。有一天，我就穿着这条轻柔美丽的布拉吉和我的表哥招摇过市。我的男孩子式短发，飘逸的布拉吉，招来了很多目光，我的自我感觉十分美好。"你看见了吧？"我浅薄地对表哥说。

两天后我再次同他出去，这次我只穿了一件皱巴巴的衬衫和一条普通裙子，再没人看我了。表哥挖苦我说："这回我看见了。是你的布拉吉漂亮，不是你！"

布拉吉漂亮，足够了。

后来，结婚，生孩子，腰身逐渐变粗，人也变得实际了。夏天来了，我发现把自己套进布拉吉已很勉强了。于是，索性拿起剪子，果断地当腰一剪，然后略微一缝，穿进一根松紧带，布拉吉变成了短裙子，上面配上一件淡蓝色的亚麻衬衫，穿出去，果然一片夸奖。

有一天，妈妈到我家来了，恰巧她看到那条刚洗过的裙子。她紧张地问："怎么了？它怎么了？那一半呢？"我本没把它当回事，就轻松地告诉她原委。妈妈抚着裙子连连叹息："你呀你呀，什么也留不下，怎么一剪子就给……我还想留给淘淘（我女儿）做个纪念呢……"

妈妈那种由衷的心疼触动了我。我在那一瞬间恍然大悟：妈妈原是这么看重它！被我剪断的已不是一条普通的布拉吉，而是她逝去的青春岁月。这布拉吉曾招展在她的夏天，带着她的气息，走过她的那个年代。那是她一针一线缝就的美丽。望着它，能让她回想起许多年前的月光。妈妈她就坐在那月光下，静静地缝，静静地想心事。她的旁边，尚是婴儿的我，一阵咿咿呀呀后，香甜地睡着了。年轻的妈妈于是把许多美好的期待和憧憬，绣进了那菱形图案里……

　　我无法形容当时的愧疚和后悔。从小到大，我习惯了妈妈为我着想——她曾把我出生那天的日历、从幼儿园起的操行评语、体检表都保存了下来。她想让我知道自己的从前。可我甚至没想到，妈妈也有她的从前。我回想起"文革"中，她几次打开箱子，望着这条布拉吉的那种怅然眼神。她丢掉了自己的金首饰，最终也没扔掉箱子里那些再不能穿的衣服。对于一个女人，这一切已具有另外的意义。在母亲面前，我看到了自己的自私。

　　此后我再未穿过那条裙子。它像一段伤残的往事，静静地挂在衣柜里。那上面有我的歉疚，有再不能弥补的遗憾，它成了我衣柜里的文物。

　　等我的女儿长大后，我会把这条裙子郑重地送给她。如果她是有悟性的孩子，她会从这条伴随了两代人青春的裙子上，闻到外婆和妈妈的气息。她会在她的夏天里，感悟人生的丰富和深邃。她会望着那墨绿丝线的菱形图案，遥想那许多年前如水的月光……

（摘自中国国际广播出版社《从前的布拉吉》一书）

匮乏感
idea

我父母那代人是特别有匮乏感的一代，他们不浪费一点点油脂和食物。

我们家烧红烧肉，烧第二顿时会放一堆豆腐果，因为豆腐果中空，可以把油都吸走。吸到哪里去了呢？当然是全部吃下肚。父亲每次煮肉汤，上面浮的一层油都必须舀起来喝了。如果劝他倒掉，他就声色俱厉地说："人家会骂哟！"这个"人家"，可能指街坊，也可能指路人——如果他们恰好碰到你把一锅动物脂肪倒到垃圾桶里。街坊邻居会扒开你的垃圾桶看吗？最起码现在不会了吧。可是父亲如此"慎独"，在街邻的虚拟监视中，过了一辈子。

母亲来我这里探亲的时候，一碗西兰花炒肉片，菜吃完了，菜汤留着，下一顿用来炒土豆丝；一盘红烧鸡，鸡吃完了，汤留着，下一顿放毛豆继续烧。我烧饭，剩下的汤汁、厨余直接倒了；而母亲做饭的时候，把它们都留着，切碎，埋进花园的土里。回国前，母亲期期艾艾地感叹说："你的生活太浪费了……"

父亲一辈子勤勤恳恳地吃油脂，最终得了直肠癌。他躺在病床上的时候，一天的医药费要好几千。我觉得如果他把每顿饭的动物脂肪都撇了倒掉，说不定一辈子倒掉的脂肪都不值这个价。后来，直肠癌痊愈，他又中风了；最终，他因为脑出血，一次外出时跌倒，很快去世了。

我常回想父亲短暂的生命，那些漂着大油花的肉汤，还有无处不在的充满道德感的隐形街坊。

母亲本来是有名的美人，年轻时杏眼流波，巧笑倩兮，是当年曲艺队的台柱子。在我的记忆里，母亲永远美而不自知。她虽没有"慎独"的意识，但克制与节俭已经深入骨髓。

母亲永远在吃剩饭。上一顿的剩饭吃完了，这一顿又剩下了，所以下一顿就继续吃剩饭。她永远能够在一堆衣服里找出最旧、最丑的穿上，然后把好衣服都捆好收起来。我们家衣橱里现在还有 40 年前的羊皮袄，没穿过几次，被郑重地收着。我家虽不富裕，可是也绝不困难，我记得自己读中学时母亲常年只有一件棉袄，好几年也没有换新的。走亲戚的时候外婆都怒了："你妈太'趟亲'！""趟亲"是吾乡俗语，意为一个人穿得邋里邋遢，不像样子。

我的父母——特别是我的母亲——有一个特点：对大笔金钱缺乏感知力。因为日常生活中接触的都是特别琐碎的东西和特别少的金钱，所以，大笔金钱超出了他们的经验范围。每次购物省下几块钱就很高兴的父母，对大笔金额表现出非常奇特的超脱。他们有时对不合理的大笔支出缺乏必要的警惕性，呈现出令人担心的大胆莽撞和不假思索。

我特别理解父母的匮乏感，因为他们是经历过饥饿和困苦的人。母亲幼时家境贫寒，和外婆一起生活，两个人住在一间小屋子里，厨房是它，卧室也是它，厕所是它，客厅还是它。华北平原的农村冬夜，两人只有一床窄窄的薄被，被子底下是芦苇席。冬夜，外婆点着煤油灯改作业，母亲蜷缩在床上，用体温把席子焐热，然后等外婆一起来睡觉。到现在，母亲睡觉的姿势依然非常克制，以什么姿势入睡，就以什么姿势醒来——这是小时候养成的习惯，因为乱踢乱蹬会踢开窄被，身体暴露在芦苇席子之上。

麦收的时候，幼小的母亲去田里捡麦粒，这样才让家人得以存活。母亲没有穿过新衣服，很大了，得了一双绣着蝴蝶的鞋子，便快活得要飞起来，现在说起来还眼睛发亮。她上中学时才吃过香蕉。

父亲上大学的时候有一个行李箱，古色古香的，很好看，一直保留到了20世纪90年代。有一年行李箱破了，我仔细一看，里面是纸壳。父亲生前其实不算贫穷，最起码吃得挺好，但他对"好的生活"没有概念。他去省城出差，穿裁缝用涤盖棉（老式中学校服的料子）做的衣服就去了，被发达了的"发小"轻慢了，回家气得流泪。舅舅把旧衣服给父亲穿，衣服是好衣服，西服，就是大了两个号，瘦小的父亲穿了，肩线都落到上臂了，宽大得不合常理，他也不以为意。我离父亲远，有时候会对细节考虑不周。一直到去世，他也没有一个拉杆行李箱，挤火车时总是背着民工背的那种大包（青年民工也不用那种包了），挤得青筋暴露。

我们许多人的父母，是被饥荒和困难时代折磨出心理疾病的。面对日渐丰裕的日子，他们依然在旧时代的道德感或者习惯中无法自拔。即便后来经济宽裕了，他们对子孙辈出手大方，但"虐待自己"的习惯并没有改变。我的一个朋友的父母把单位发的油存起来慢慢吃，油过期了他们也坚持不扔，后来就食物中毒住院了，子女花的医疗费和看护费，比一桶油贵几千倍。

要命的是，一些父母还从里面找出了一种崇高感。我的一个朋友，她父母最大的乐趣就是津津乐道自己如何省钱，骂完子女的铺张浪费之后，为自己的克勤克俭而感动。朋友说："我恳请你对自己好一点吧。你去吃，去喝，去美，去旅游，就是不要两眼泪汪汪地看着我，然后虐待自己！"我的朋友总在纠结：每当她吃一顿好的，买一件贵的，用一件精良的，总在"父母都这么节俭，我还这么浪费"的内疚感中挣扎。可是，朋友是年薪数十万的白领，她用自己挣的钱改善自己的生活，有什么问题呢？

朋友企图平衡自己，所以给父母买了好吃的、好玩的、好穿的。

然后，这些好东西被锁进了柜子里。

母亲的金钱观是在父亲病重的时候，开始有所转变的。她看着长长的账单，似有所悟：一辈子这么节俭，现在一天花这么多钱还受罪，真不如平时过得好一点。

父亲逝世后，我因为不在母亲身边，常在网上买些品质良好的日用品给母亲寄去。我的原则是：旗舰店，品牌，不在意价格。刚开始，母亲面对价格标签时还惶恐不安，慢慢地，她开始能够体会到好东西的好处了。于是，母亲在花钱时小心翼翼地放开了一点手脚。她去体检，买了一口好锅，买了贵一点的食物。前几天，她鼓起勇气给自己买了一件大衣，兴高采烈地在电话里说给我听，像小女孩一样又惊又喜，还有几分带着负罪感的愉快。我说："买得好！下次买更好的！"

我愿以自己的努力，让母亲慢慢地摆脱匮乏感。

（摘自《读者》2017年第5期，有删节）

难忘他们

王幼辉

有生以来，我经历的许多事情如过眼云烟，在记忆中消散，但有几件事，几十年来总在我脑海中不停地闪现。

在贫下中农家吃饺子

1960 年，正值困难时期，我在河北省正定县一个农村蹲点。因为饥荒，营养不良，很多农民甚至国家干部都患上了甲肝。在那种环境中，我也患上了。我整天躺在床上，浑身无力。一天，劳动模范马顺成到我房间来，对我说："今天不要派饭了，到我家吃饭吧。"那天他们家包了饺子。一人一碗，给我的一碗是白面饺子，老马两口子吃的是甘薯面做的黑面饺子，两个十多岁的孩子的碗里也就两三个白面饺子。我说："老马，这怎么行，白面饺子给孩子吃。"老马两口子说："你病了，把这碗饺子吃下去。"两个孩子只顾吃自己的黑面饺子，不吵不闹，我用微微颤抖的手想拨几个白面饺子给孩子，但老两口坚决不让，只是催我吃饺子。要知道，这是 1960 年，老百姓家里仅仅有几斤白面，大都要留下过年或者有人生病时才能动用。我在北方生活了近 50 年，过年过节吃过无数次饺子，但在老马家吃的那顿饺子我终生不会忘记。在大饥荒的年代，一个贫下中农、劳动模范，叫一个戴着右派帽子的技术员到家里吃白面饺子，他冒着多大的政治风险呀，但他没有顾及这些。

治保主任的爸爸深夜来敲我的门

那是个饥荒年代的冬天，一天晚上，我正在煤油灯下看书，就听到"笃笃笃"的敲门声，开门一看，原来是治保主任的爸爸。他怀里抱着两棵大白菜，又从他的棉袄口袋里掏出十几个土豆，说"你吃了吧"，把东西往我怀里一塞，门都没进就走了。我与这位老大爷平时并无工作上的来往，因为他是位看菜园的老社员，我们仅仅是常见面。我到稻田去必从他的看菜棚子面前走过，他知道我是来这个村帮助种水稻的右派技术员，而他的儿子是村治保主任。那时，村里治保主任专管地、富、反、坏、右五类分子，平时我见了治保主任会害怕得浑身起鸡皮疙瘩。而现在治保主任的爸爸晚上竟拿了白菜、土豆来送给右派分子，这要叫村里人知道了，是什么样的一个"政治事件"，他儿子怎样下得了台？但这位老贫农，一定是出于人的善良、同情弱者的天性，才做出这件"反常"的事来。不知道为什么，我现在只要一吃到土豆，就会想起治保主任的爸爸，那位老大爷送给我的土豆比现在餐桌上的土豆要香多了。

牲口棚的温暖

1961 年冬，我住在村里的仓库里。三间大仓库里放的是生产队的萝卜，

外 面大雪纷飞，室内没有任何取暖设备。晚上，一位饲养员来了，他对我说："今天天气格外冷，你这屋里又没有煤火，到我的牲口棚去睡吧。"冬天，一个生产队最暖和的地方就是牲口棚，因为一不能让牲口冻着，二有句话是"马无夜草不肥"，骡、马必须在夜里不断地吃草料才行。后来在"文革"中，我当过饲养员，才深深懂得这个道理，牲口棚暖和，饲养员才能整夜不断地加草料，要一点一点地加，如果一下子把牲口槽都放满了草料，骡、马就不吃了。这位饲养员的热情相邀使我非常高兴，在大雪纷飞之夜，我可以不受冻了。牲口棚的确温暖如春，这种感觉，现在回忆起来，比五星级宾馆还要舒服。我们刚躺下，一个平时与我不对眼的村干部来了。我看他不顺眼的是，他经常在食堂停发他看不顺眼的社员的饭票，用的是当时最恶毒的饿刑，但他却可以在集体食堂随便吃，老百姓敢怒不敢言。他看我不顺眼的是，我常常向领导反映他对社员采取饿刑。不知道哪来的情报，听说我去牲口棚睡安稳觉了，他立即把饲养员叫了出去，批评饲养员失去了立场。如果这个右派、阶级敌人把牲口毒死了，责任谁负？这位饲养员当场保证，一切后果由他承担，如果牲口被毒死了，他就去法院。就这样，我才在这个温暖的牲口棚里住了一夜。那晚上我睡得安稳踏实。

好心的售货员同志

我的肝炎病已被确诊，眼睛发黄，经常腹泻，人消瘦，易呕吐，所以除了吃药、打针，还需要补充营养。但在那个年代，人们无药可吃，无针可打，更谈不上补充营养。我比农村老百姓好一点的就是每月还有 26 斤粮票和 26 元生活费。更主要的是，我才 25 岁，单身一人，属于那种一人吃饱全家不饿的人群。我是那个公社的"名人"，大家都知道有一个大学毕业的右派，在这里教老百姓怎样种好水稻。我的劳动获得了老百姓的认可，我患甲肝的事大家也都知道。据说患甲肝的病人要补充糖，但白糖在当时是珍贵物品，黑市上的白糖要近十块钱一斤，我能吃得起吗？但公社供销社售货员偷偷地按平价把白糖卖给我，才一块多钱一斤。最多时，一下子就卖给我两斤。那时白面也是紧缺物品，如果拿粮票去粮站买粮食，只给你 20% 的细粮（白面），其他的是玉米面、高粱面。粮站售货员知道我有病，卖给我 100% 的细粮。因为他们看出来，我在村里两年多，并不是敌人。我整天和社员们一起翻地、插秧、做技术指导，和他们在一道吃、住，看不出"反革命"的样子，因此他们才暗暗地照顾我、保护我。的确如此，当 1979 年地委组织部部长找我谈话时，问我："这么多年你受了不少委屈，为什么还这样努力工作？"我回答他："我没有反对共产党和政府的基础，我们家几代人没有一个在新中国成立前当过官，我父母一生以教书糊口，我的两个舅舅虽然在国外，但他们是在新中国成立前去国外留学的，而且其职业都是教师。我父亲于 1951 年因病去世，我母亲当教员，是党和政府培养了我们兄妹仨读大学，我们为什么要反对党和政府？为了感谢党和政府，我必须努力工作，为人民服务。"组织部长听了直点头。从那次起，我走上了仕途，这是后话。

收旧书的老大爷多给我一块钱

我患肝炎，公社有医院，我几次向医生申请住医院治疗。这位认识我的医生每次都说："无床位。"我问得多了，他才说实话，是公社领导不让我住院。我没办法，只好到石家庄的医院去看病。那天，下着雪，我找了十多本我喜欢的小说和一些技术书籍，记得有托尔斯泰的《安娜·卡列尼娜》《复活》，有莫泊桑的《俊友》，有大仲马的《三剑客》等，还有一本俄文原版的《生物学》。我把这些书卖给石家庄的一个旧书店，那位收书的老大爷一眼看出我是一个小知识分子，说："这些书你不要了？"我说："没办法，我生病了，急需要去医院。"他很同情地看了我一眼，对我说："这些书可以卖五块钱，我给你六块钱，你去治病吧！这十多本书我替你留着，过些时候你有了钱，我再退给你。"我又遇到一个好心人！我用了三块钱，在火车站附近的小旅馆住了两晚上。在石家庄中医院我意外地见到了当年在苏州上中学时的同学，她那时已是医生了。她为我开了一点中药（当时中药很便宜）。就这样，我的甲肝在这些好心人的帮助下，竟奇迹般地好了。

这些往事过去快半个世纪了，当年关怀我的老大爷们已经作古，就连我的那些伙伴也进入古稀之年。我忘不了他们，因为当他们为我做出善举时，并不想取得任何回报。若干年后，我当了副县长、副省长，曾几次去看望他们。我们的眼睛里饱含着泪水，回忆往事，但他们从没有向我提出什么要求，要我为他们办过什么事。他们只是说：你当了"大官"，没忘记我们就好。他们只是凭着一颗善良的心，不单单是同情。

（摘自《读者》2006 年第 16 期，有删节）

小草易生

周大鹏

　　十年前我曾去过一次海南岛，在由海口至三亚的途中，见到了奇异的景致：由于常有台风登陆，公路边的大树无一棵直的，不是匍匐在地，就是欹侧斜出；凡长得高大的灌木也大都盘曲扭结，乱成一团；可是路边的小草却长得芊芊绵绵，翠色如洗，令停车小憩的旅客浮想联翩。

　　我想到了曾插过队的关中西部，那里虽没有台风摧残乔木，但彻底的童山秃岭更令人骇目，唯有小草是那么安详地延续着生命。小草易生，大树难成，自然和人世一样。旧社会有个词，叫草民，是专指最底层的百姓的，当是指他们轻贱如草，卑微似芥，被人蔑视，苦不堪言。可正是这些所谓的草民，当年曾是我们接受再教育的老师。实话说，他们并没有给我们传递可称得上学问的书本知识，但他们却为我们翻开了底层生活的一册大书，任由我们去品读。

140 ·

宝 堂

乡下人看上去显得面老，一打问，才知道年龄并不大。宝堂的年龄是个谜，当时我们看他有小四十的年纪，他独自一人住在一孔破窑里，再无任何亲属。这个小山村的人多有大骨节病，也多有智力低下的人。20世纪60年代初"三年自然灾害"期间饿死了一批病情严重的"瘫瘫""瓜瓜"，宝堂的情况要好一些，可以干简单农活，自己可以打柴、烧饭，所以他活下来了。我们住的窑洞跟他的连着，抬头不见低头见，是友好的邻居。

宝堂虽说是个残疾人，个子很矮，却长得相貌堂堂，很像《列宁在十月》电影中的那个克里姆林宫的卫队长。他给生产队放牛，回来时带上一捆柴，然后生火做饭，饭做好后就一手抓个馍馍，一手端着苞谷糁儿稀汤从窑洞里踉踉跄跄出来，一路上见谁让谁："吃馍馍，喝面汤……"然后就到了知青的窑前，把我们挨个让过，才开始吃饭。山里的农民是夜不闭户的，也从来没有贼"光顾"过，因为家里除了铁锅是囫囵的，其他实在无多少长物可取。白天，无论宝堂在做什么，脸上总带着粲然的笑；晚上，他那破窑里传出如雷的鼾声。听着那静夜里的鼾声，你会产生平静、安详和天下太平的感觉，使我们这些读过点书的小资们的忧郁、愁绪扫之一空，连"文化大革命""斗私批修"的沉重，都在那粲然的笑容和可传到山背后去的鼾声中消解了。

宝堂有一口破窑、一炕、一灶、一案和一对木水桶，他肯定觉得自己是富有的。当我们因吃霉变的返销高粱米而大便不下痛苦不堪时，他那强健的脾胃却显示出极强大的生命优势。因此，他从不向任何人诉苦，也从不向任何人求助，他所有的一粥一饭虽微薄，却总是让遍了可碰见的所有人后才食用。

宝堂自食其力，自得其乐，凡事自己动手。有一次，他要把窑门框上的一个突出的钉子拔下来。这件事原来很简单，随便谁都可以帮他做好的，但他没求任何人。他眼睛视物不清，几乎把眼睛贴在钉尖上去用力拔，结果钉子拔出来了，却扎进了他的一只眼睛里，他又一使劲把钉子从眼球里拔了出来，那只眼睛当即废了，一年四季充着血，但他什么事也没发生似的，依然早出晚归，依然带着粲然的笑，吃馍馍喝稀饭。

1969年春节，我的一位同学悄悄给他买了一顶制帽、一双袜子和一副手套，他全都穿戴在身上，逢人便说："这是大章给我的，大章，大章……"

宝堂何时死的，我们不知道。他埋在何处，也无人说及。进城工作后的30年间，我们集体回去过好多次，乡亲们无人再说过宝堂。他们认为宝堂的死去是件很自然的事。他既然是棵小草，现在又回归了自然，与天地万物融为一体了。只是我心中留下了沉沉的遗憾，宝堂给过我粲然的微笑，给过我幸福的鼾声，更给过我参悟的机缘，可是我给过他什么呢？尽管他并不需要更多的什么，我还是羡慕我的同学大章。

劳　劳

我们1968年刚下去的时候，劳劳是个普通社员，他有大骨节病，独身，跟老娘住在山沟尽里头的一个低矮的小窑洞里。老娘托人给他说了一个媳妇后，撒手走了。在山里，那女人算是漂亮的，只是有智力障碍，她给劳劳生下两个漂亮的女儿后，不几年也死了。劳劳说话慢，一字一字地，但思维清晰，人极诚实忠厚，对公家的事一丝不苟。精明的社员有的出山当木匠，有的劁猪（给公猪做节育手术）去了，他便被任命当了队长。他是我见过的最好的生产队长，不在于他的能力，而在于他的诚实与敬业。

至今我耳际还响着那惊天动地的一声吼，他立在崖畔上，冲着整个山沟大喊："白雨来啦！"那是周辅国式的，还是帕瓦罗蒂式的，或者巴顿将军式的？我在沟底向上看见了他，那佝偻的双腿、菜色的面容好似全都变成了英雄的威仪。就这一声吼，全村老少扔下饭碗全都跑上麦场，趁白雨到来之前把场上的麦子都收拾起来。

劳劳是有个性、有脾气的。我的一个有心的同学告诉我，说他家总共算起来没有十块钱的家当。他没有风箱，做饭时趴在灶火眼儿前用嘴吹火，结果锅溢了，稀汤灌了他一耳朵眼儿，其疼痛可想而知。他登时被激怒了，捡了块顽石把铁锅砸了个稀巴烂。等冷静下来，他便进了城。晚上喝汤前他由城里回来了，肩上背了个风箱，风箱上扣了一口大铁锅。进一趟城徒步往返60里，他腿脚有疾，每天早上先要在炕上揉半天脚才能下炕。这60里的确够他走的。但第二天他又一大早立在崖畔上喊人出工，特别点我们的名："知识分子青年，赶紧起来倒尿尿咧。"劳劳当队长没干多久，后来又换了人。

十多年前我们几个同学带着各自的孩子回队里，这时老乡们已经从沟里搬到了坡上头，家家都盖了新的厦子房，连劳劳这全村最穷的人家也住进了新屋。那时他的妻子早已去世，他带着两个女儿过活。我们的孩子都挤进他的新居去参观：屋里几乎什么都没有，连新炕也没盘起来，两个女儿就睡在麦秸窝里。他在新房外头搭了个牲口棚，地上也摊了个麦秸窝，他天天晚上钻到麦秸窝里跟牲口做伴。一大锅白面条刚煮好，他端了一大碗让我们吃，那碗里除了面，连根菜毛都没有。后来房东大姐告诉我们，劳劳吃盐还是乡邻接济的。大女儿刚放牛回来，见了生人直往屋里躲。两个女儿看起来都严重发育不良，两只小猫似的偎在灶头往嘴里扒饭，见到我们，她们显然感到了不安。我鼻子一酸，拉过我的女儿说："你看看……"我不知该向女儿说些什么，只是企盼她千万不要把此行当作一次单纯的出游。有人开始掏钱给劳劳，是啊，我们也曾是他们中的一员……

去年夏天我因办理当年插队的证明，又回了生产队一趟，劳劳已不在人世了，他的最可爱的小女儿大概是夭折了。我问劳劳还有没有亲人在。房东大姐说，大女儿已成家，劳劳临死前招了个上门女婿，现在小两口就住在他爹留下的厦子房里。说话间天色已黑下来,我坚持要去劳劳家一趟,房东大姐拗不过,便打发她的小儿子领我前去。灯影中,劳劳房前的场院里有人正在收拾晒了一天的小麦。我们上前去,看见一男一女两青年。女的无疑是劳劳的后人了,虽然一身尘灰,却透着掩不住的俏丽;女婿脸黑如炭,但结实健壮。我真的舒了口气。

我递给劳劳的女儿一桶茶叶,那茶叶桶是红色的,是我要专门送给劳劳的。我对陌生的女孩说:"原是来看你父亲的,没想他不在了。"女孩一言不发,只是怔怔地看着脚前的麦堆。我把茶桶递到女孩手里,忍不住泪,掉头走了。

那一夜,我没睡着。

(摘自《读者》2003 年第 8 期)

麦田里

余 华

　　我在南方长大成人，一年四季、一日三餐的食物都是大米，很少吃包子和饺子，这类食物经常和节日有关系。小时候，当我看到做外科医生的父亲手里提着一块猪肉、捧着一袋面粉走回家时，我就知道这一天是什么日子了。在我小时候有很多节日，五月一日是劳动节，六月一日是儿童节，七月一日是建党节，八月一日是建军节，十月一日是国庆节，还有元旦和春节，因为我父亲是北方人，在这些日子我就能吃到包子或者饺子。

　　那时候，我家在一个名叫武原的小镇上，我在窗前可以看到一片片的稻田，也能够看到一小片麦田，它处在稻田的包围中。这是我小时候见到的绝无仅有的一片麦田，也是我最热爱的地方。我曾经在这片麦田的中央做过一张床，是将正在生长中的麦子踩倒后做成的，夏天的时候，我时常独自一人躺在那里。我没有在稻田的中央做一张床是因为稻田里有水，即使没有水也是泥泞不堪，而麦田的地上总是干的。

那地方同时也成了我躲避父亲追打的避风港。不知为何，我经常在午饭前让父亲生气，当我看到他举起拳头时，立刻夺门而逃，跑到我的麦田里。躺在麦子之上，忍受着饥饿去想象那些美味无比的包子和饺子。那些咬一口就会流出肉汁的包子和饺子，就是我身旁的麦子做成的。这些我平时很少能够吃到的美食，在我饥饿时的想象里成了信手拈来的食物。而对不远处的稻田里的稻子，我知道它们会成为热气腾腾的米饭，可是虽然我饥肠辘辘，对它们仍然不屑一顾。

我一直那么躺着，并且会渐入梦乡。等我睡一觉醒来时，经常是傍晚了，我就会听到父亲的喊叫声，父亲在到处寻找我，他喊叫的声音随着天色逐渐暗淡下来，变得越来越焦急。这时候我才偷偷爬出麦田，站在田埂上放声大哭，让父亲听到我和看到我。等父亲走到我身旁，我确定他不再生气后，就会伤心欲绝地提出要求，我说不想吃米饭，想吃包子。

父亲每一次都满足了我的要求，他会让我爬到他的背上，任凭我把眼泪流进他的脖子里。当饥饿使我胃里有一种空洞的疼痛感时，父亲将我背到了镇上的点心店，让我饱尝包子或者饺子的美味。

后来父亲发现了我的藏身之处。那一次还没有到傍晚，他在田间的小路上走来走去，怒气冲冲地喊叫着我的名字，威胁我，说如果我再不出来的话，他就会永远不让我回家。我当时就躺在麦田里，一点都不害怕，知道父亲不会发现我。虽然他那时候怒气十足，可是等到天色黑下来以后，他就会怒气全消，就会焦急不安，就会带我去吃上一顿包子或饺子。

倒霉的是，一个农民从我父亲身旁走过去了，他在田埂上看到麦田里有一块麦子倒下了，就在嘴里抱怨着麦田里的麦子被一个王八蛋给踩倒了。他骂骂咧咧地走过去。他的话提醒了我的父亲，这位外科医生立刻知道他的儿子身藏何处了。于是我被父亲从麦田里揪了出来，那时候还是下午，天还没有黑，父亲也还怒火未消。所以，那一次我没有像往常一样，因祸得福地饱尝一顿包子或饺子，而是饱尝了皮肉之苦。

（摘自《读者》2012 年第 24 期）

功夫的原理

李小龙

功夫是一种特殊的技巧，是一种精巧的艺术，而不仅仅是体力活动。这是一种必须使智力同技巧相配合的精妙艺术。功夫的原理不是可以刻意学得到的，它并不像科学一样，需要寻求实证，而是在实证中得到结论。功夫必须顺其自然，像花朵一样，由摆脱了感情与欲望的思想中绽放出来。功夫原理的核心是道，也就是宇宙的自然性。

在经过四年严格的训练之后，我开始了解也体会到了"柔能克刚"的道理，也就是如何消除对手的力道，减少自己力道损失的方法。这一切都必须先求得气定神闲。话说起来很简单，实际做起来却很困难，一旦和对方交手之后，我的思想就很难保持清明而不受扰乱。尤其是在对过几招之后，我就忘了"柔"的理论，唯一想到的是，不管怎样，我都得打赢他。

我的老师叶问先生——广东咏春门第一高手——就会过来告诉我："小龙，放松一点儿，定下神来。忘掉自己，注意对手的招式，让你的脑子不受任何意志的干扰，完全出于本能地指挥你去反击。最重要的是要学会超然。"这就是了，我必须放松自己。不过就这样，我又已经是在运用意志力了。也就是说，在我想"我必须放松"的时候，这种要达成"必须放松"所需的力气，已经与"放松"的定义相违背。

等我这种"自我修炼"达到相当程度时，我的师傅又会过来告诉我："小龙，让自己顺乎自然而不加干涉。记住，绝不要让自己逆抗自然，不要直接去对抗难题，而要学会因势利导、顺势而为。这个星期不要再练了，回去好好想一想。"那一个星期我留在家里，沉静下来，用心思考了很久。练了几回之后，我决定放弃了，改乘一条小船出海。

在海上，我回想起我所接受的训练，跟自己生起气来，就用拳头去打海水。在那一刹那，我突然悟到了——水，这种最基本的东西，不正是在向我说明功夫的要义吗？我刚刚用拳头打水，可是水并不感到痛。就算我用尽全力打下去，水也不会受伤。我想去抓，却不可能。水是世界上最柔软的物质，可以适应于任何容器。这就是了，我一定得像水的本性一样：保持空灵之心，做到无形、无法。

突然有一只小鸟飞过，它的影子倒映在水里，就在那一瞬间，另一层隐藏着的意义跃进我的脑海。我站在对手面前时，我的那些思想和感情不也像小鸟在水中的倒影一样吗？这正是叶问先生所说的"超然"的意思——不是说全无感情或感觉，而是要让你的感觉不受滞留或阻碍。所以要控制自己，就必须要以顺乎自然之心来接受自己。

我躺在船上，觉得自己已领悟到如何将刚柔合而为一，已经和大自然浑然一体。我只是躺在船上，让船自由自在、顺其自然地漂着，因为在那一刻，我已经获得了一种内在的领悟。所有的反抗意识都消除了，在我的思想中再没有矛盾，在我的眼里，整个世界都是一体。

(摘自《读者》2014年第12期)

老舍过年

舒 乙

我这里所说的父亲过年是指老舍先生 50 岁以后的过年。因为这一时期的过年比较欢快，有情有趣，有故事，很值得一写。

由父亲的小说中可以发现，他对生活中美好的东西，总是有一种恋恋不舍的心态。他欣赏那些懂规矩讲礼貌的老伙计，可是这些老店铺总赛不过花里胡哨的新铺子。新铺子一会儿打鼓吹号，一会儿大甩卖打六折，南货店里愣把南方来的火腿和北方来的大红枣放在一个柜子里卖，让老伙计看着眼晕。时代在进步，一些过去的美好被无情地抛弃，毫不可惜。老舍先生是个有先进思想的人，他反对落后，反对愚昧；可是他不愿意看见美好的东西被白白地扔掉。他常常处在矛盾之中。而这矛盾，在他的笔下，就是小说的好题材，像《老字号》《断魂枪》等等，莫不如此。

所以，只要有可能，父亲总要像变戏法一样，变出几样"老式"的花样来，展览一下，恢复一下，重温一下，延续一下，好像要证明给别人看：怎么样？不坏吧？带着一种很容易让人察觉的自豪、骄傲，甚至夸耀。

过年之前，腊月是最忙的，有严格的日程。

最早的准备是"腊八蒜"。喝腊八粥那一天，要开始泡腊八蒜——把剥好的蒜瓣泡在醋里，一直泡到大年初一，为了那一天吃饺子用。北方人吃饺子要蘸醋，就蒜瓣。而泡腊八蒜可以一箭双雕，得到有蒜味的醋和有醋味的蒜，都是佐食饺子的好配料。腊八蒜泡到过年时，蒜瓣的颜色会由白色变成翡翠色，极其可爱，真是色、香、味俱佳。腊八蒜似乎从来没有卖的，总是自制的。父亲在喝腊八粥的时候，总是惦记着要泡腊八蒜，此刻便掀开了过年的序幕。

自制的总是比买现成的多着一分劳动，多着一分亲切。到大年初一那一天，当热气腾腾的饺子端上来的时候，父亲必然要喊一声："拿腊八蒜！"嗓音高着八度，透着自豪，连饺子都会多吃好几个！

翡翠色的腊八蒜便是一种标志，小小的标志，那是生活的乐趣。

腊月二十三是"糖瓜祭灶"的日子，又称过小年，宛如过年的预演。这一天对父亲来说是有双重意义的，腊月二十三是他的生日，特别好记。看见卖糖瓜的，便想起了他的生日。他总要买好些糖瓜分给孩子，甚至分给大人。有一年他上天桥去看戏，还走上后台去看望演员，由兜儿里掏出一个纸包，递给大家，一人分一个糖瓜，说："灶王爷上天的时候正是我落生的时候，吃吧，今天是我的生日。"演员们瞧瞧手里的糖瓜，再瞧瞧这位小老头，觉得非常可乐。

过完"小年"，父亲便全家总动员进行大扫除，按北京的风俗，这是一年一度的"扫棚"，总要严格按日程如期举行。此种年根底下进行的大扫除，按父亲的要求，往往是相当彻底的，远远超过"扫棚"的范围。书架子上的书要一本一本地取下来，一本一本地传到室外，大家排成一行，一手递一手，接力，按顺序取下码好，以便再按顺序复归原位。书取空之后，用湿手巾擦除书架上的灰尘，包括书架顶灰。父亲还让孩子们登高，去擦顶棚下面雕花隔扇上的灰尘。遇见镂空的雕花，还要把湿手巾塞进镂空的部位，来回抽送，清除空当中间的落灰。父亲腿脚不便，却坚持亲自动手，亲自指挥，亲自督战。洗涮脏手巾的活儿往往归他。大家站在高处，纷纷把脏手巾扔给他，他在下面抱着一个脸盆，轮流地替大家洗脏布，再把洗好的像戏馆子里扔"毛巾把儿"那样送还原主，嘴里还说："接着，姑娘！"或者"小子，看镖！"登高的人一多，往往会搞得他手忙脚乱，他还得一趟一趟地倒脏水换上新水。忙中不免出错。一次，我新婚的妻子出门时突然找不到围巾了，问谁都不知道下落，仔细一看，原来让他老先生忙中出错地当成了抹布，可怜围巾早已成了深灰色的破巾，留下了一个可乐的"话把儿"。这种严格而又愉快的扫除劳动，年复一年地进行，但每进行一次，都会给所有的家庭成员留下深刻的印象，而且把它当成一种传统，这也是过年的一部分内容。

蒸馒头也有固定的日子，年前打扫完，就该蒸馒头和做年菜了。北京人讲究大年初一到初五家里不动刀、不动剪，以免"破"了什么，不圆满。要维持这种民间禁忌，就得在年前做出一批馒头来，做出一批菜来，到吃的时候，温一温就能开饭。父亲很欣赏这个风俗，不过他是从"解放妇女"的角度出发的，为的是让忙了一年的妇女们到过年的时候也歇一歇、玩一玩，包括家中的老保姆兼主勺。跟随母亲多年的陈妈是山东人，她的山东馒头历来做得又大又发，父亲曾和她开玩笑，说她蒸的是包子，吃一口咬不着馅，再吃一口就"过去了"，形容她发的面极"暄"，比重小而体积大。所以，大白馒头成了我家的一大特产，永远货源充足。年菜里的"保留节目"是"芥末墩儿""豆儿酱""小酥鱼"和"二冬"（冬笋和冬菇）。其中最地道、最好吃和最闻名的要数"芥末墩儿"，因此，每年都要做两大盆。父亲总是让母亲亲自操作，认为她是久经考验的，做出的"芥末墩儿"又脆又酸又甜还又凉，清爽可口，"销路"特别好。

听说当年他新婚不久，兴致很高，有了自己的家，要郑重其事地过一回年节，便建议母亲做几样北京的传统年菜，头一个就是"芥末墩儿"，第二个是"豆儿酱"。而母亲是一介书生，根本不会做菜，头一回上阵，旗开得"败"，一塌糊涂，"豆儿酱"冻不上，"芥末墩儿"毫无脆意，难吃无比。大概，经过了无数次的"跌倒了再站起来"，才摸到了门路。父亲亲历这些闯"名牌"的曲曲折折，自知其中甘苦，所以能够镇定自若，一张嘴总是"才"大气粗："来吧，我这儿芥末墩儿味儿冲，管够！"

父亲平时很忙，就是到了晚年，也每天伏案写作，没有星期天，没有休息日，除了偶尔打打牌，和孩子们一起玩的时候也很少有。可是，他知道，过年首先是孩子们的节日，便想办法和孩子们一起玩玩。吃饭的时候，他要和孩子们划拳。他自己已经不喝白酒了，过年时喝一点黄酒。孩子们不会划拳，他便和我们来"杠子、鸡、虫"或"石头、剪子、布"。他右手拿一根筷子，坐着和我们每个人对阵，我们也人手一筷，和他碰，三局两胜，谁输了谁喝酒。

酒足饭饱，父亲把我们聚在一起，然后由他的书房兼卧室抱出一沓红纸条，上面是他"创作"的谜语，让我们把它们挂在铁丝上，谁猜中了就有奖励。他的谜语有两大特点：一是谜面都挺可乐，充满了"老舍式"的幽默；二是都特容易猜，一点儿也不难。比如：

"杨八郎"——"多哥"；

"盼冬天"——"希腊"；

"丰收"——"喀麦隆"；

"今天"——"日本"

……

他的奖品也特别，大多是自造的。譬如自己写的一幅字、一首诗，或者，干脆三颗大蜜枣。

父亲有一句"格言"：自己包的饺子最好吃。这也是祖母留下来的"家训"。他小的时候，常常羡慕别人家过年请了两座小塔一般的蜜供，或者向母亲报告，谁家又杀了一口大肥猪。母亲总是摸着他的头说："过年的时候，咱们自己包饺子吃，虽然咱们的饺子肉少菜多，可是，自己包的饺子最好吃啊!"

到了他自己有了家甚至到了晚年的时候，他都奉行这一信条：自己包的饺子最好吃。

那么他的"腊八蒜"，他的大扫除，他的"芥末墩儿"，他的谜语，也都是一种"自己包的饺子"吧。

（摘自《读者》2002 年第 13 期）

钱阿姨

北 岛

一

1957 年年底，我们家来了个新保姆，叫钱家珍，江苏扬州人。她丈夫是个小商人，另有新欢，她一气之下跑到北京。她先住后母家，不和，下决心自食其力，经父母的同事介绍来到我家。钱阿姨和我互为岁月的见证——我从八岁起直到长大成人，当了建筑工人，而钱阿姨从风韵犹存的少妇变成皱巴巴的老太婆。

改革开放前，父母的工资几乎从未涨过，每月总共 239 元人民币（对一个五口之家算得上小康生活），扣除各自零花钱，全部交给钱阿姨，由她管家。

钱阿姨不识字，除了父母，我算是家中文化水平最高的，记账的任务自然而然落到我头上。每天吃完晚饭，收拾停当，我和钱阿姨面对面坐在饭桌前，大眼瞪小眼，开始家庭经济建设中的日成本核算。那是个 16 开横格练习本，封皮油渍斑斑，卷边折角，每页用尺子画出几道竖线，按日期、商品、数量、金额分类。钱阿姨掰着指头一笔笔报账，并从兜里掏出毛票、钢镚儿，还有画着圈儿、记着数的小纸条。

对我来说，这活儿实在令人厌烦，一年 365 天几乎从未间断——如果间断那么一两天，得花上更多的时间、精力找补才行。我贪玩，早就像弹簧跃跃欲试，随时准备逃离。钱阿姨先板脸，继而拍桌子瞪眼，几乎每天都不欢而散。其实这账本父母从未查看过，钱阿姨也知道，但这代表了她的一世清名。

关于钱阿姨的身世，我所知甚少。她总唠叨自己是大户人家出身，有屈尊就驾的言外之意。说来她素有洁癖，衣着与床单一尘不染；再者，她每回择菜，扔掉的比留下的多——这倒都是富贵的毛病。

钱阿姨有个同父异母的妹妹，接她的扬州来信是头等大事。为确保邮路畅通，她张罗着给邮递员小赵介绍对象，可候选人不是农村户口就是缺心眼儿。每次相亲我都在场，真替小赵捏把汗。说来还是钱阿姨的社交圈有限。小赵变老赵，单身依旧。

钱阿姨干完活，摘下围裙、套袖，从枕下抽出刚抵达的信。我展开信纸，磕磕巴巴念着，遇生字就跳过去。钱阿姨听罢满脸狐疑，让我再念一遍。接下来是写回信。上小学二年级时，我最多会写两三百个字，实在不行就画圈儿，跟钱阿姨学的。好在家书有一套模式，开头总是如此："来信收到，知道你们一切都好，我也就放心了……"

时间久了，才知道钱阿姨的妹妹也有"枪手"，是她女儿，跟我年龄相仿，后来去江西插队了。有一阵，我们同病相怜，通信中会插入画外音，弄得钱阿姨直纳闷儿。

二

钱阿姨虽不识字，但"解放脚"不甘落后，可要跟上那多变的时代不那么容易。保姆身份在新社会变得可疑，特别是在"文化大革命"的动荡中，甚至有政治风险。

1958年夏，"大跃进"宣传画出现在毗邻的航空胡同砖墙上，那色调让夏天更热。在变形的工人、农民代表的焦灼注视下，过路人全都跟贼似的，六神无主。可对孩子来说，那是激动人心的日子，几乎每天都像是在过节。

秋天到了，我们楼对面那排居委会的灰色平房办起了公共食堂。钱阿姨响应党的号召，撂下我们兄妹仨，套上白大褂，一转身飘飘然进了食堂。她简直变了个人儿，眉开眼笑，春风得意。一度，浓重的扬州口音飘浮在混杂的普通话之上，不绝于耳。

钱阿姨仍住在我家，对我们却爱答不理。到底是她跟父母有约在先，还是单边决定？那架势有随时搬出去的可能。我们兄妹仨全都傻了眼，别无选择，只能跟她去食堂入伙。我很快就体会到钱阿姨的解放感——独立，无拘无束，集体的空间和友情。

食堂没几个月就垮了。钱阿姨脱下白大褂，戴上蓝套袖，回家生火做饭。她整天哭丧着脸，沉默寡言，时不时站在窗口发愣，背后是炊烟浸染的北京冬日天空。

七八年后，老天爷又跟她开了个玩笑。1966年夏，"文化大革命"爆发。钱阿姨起初按兵不动，静观其变。直到一个红八月的早上，她一跃而起，身穿土黄色军装（有别于正统国防绿），胸戴毛主席像章，腰扎皮带，风风火火，把家门摔得砰砰响。她处于半罢工状态，不再按点开饭，只是在填饱自己肚子时顺便把我们捎上。那一阵她忙着跳"忠字舞"，参加居委会的批斗会，背语录——她的困难是不识字，扬州话还绕口。那年钱阿姨43

岁，或许是人生下滑前的最后挣扎，或许是改变命运的最后机会。

可没多久，钱阿姨急流勇退，脱下军装，翻出藏青小袄，像更换羽毛的鸟，准备过冬。

父亲的单位里贴出大字报，指名道姓，声称雇保姆是坚持资产阶级生活方式。父母有些慌张，当晚与钱阿姨紧急商量，请她暂避，并承诺为她养老送终。钱阿姨若无其事，早上照样用篦子梳头，盘好发髻。几天后，她为我们做好午饭，挎着包裹搬走了。最初还回来看看，久了，便从我们的视野里淡出。忽然传来她跟三轮车夫结婚的消息，在那处变不惊的年代，还是让我一惊。

一个星期日上午，我骑车沿西四北大街向南，终于找到钱阿姨家。那是个大杂院，拥挤而嘈杂。有孩子引路，钱阿姨一掀门帘，探出头。小屋仅四五平方米，炕占去大半，新换的吊顶和窗户纸。钱阿姨把我让到唯一的椅子上，自己坐在炕沿。我有些慌乱，说话磕磕巴巴的，终于问起她的婚事。

"老头子上班去了。"她表情木讷地说。

接下来是令人尴尬的沉默。钱阿姨沏茶倒水，还要给我做饭，我推说有事，匆匆告辞，转身消失在人流中。没几天，传来钱阿姨离婚的消息，在家里并未掀起什么波澜。据说离婚的理由很简单：钱阿姨嫌人家脏。

三

1969 年年初，钱阿姨又搬回来了，主要是照看房子——人去楼空：母亲去河南信阳地区的干校，弟弟去中蒙边界的建设兵团，我去河北蔚县的建筑工地，随后妹妹跟着母亲去干校，父亲压轴，最后去湖北沙洋的干校。

弟弟去建设兵团那天，父亲到德内大街的集合点送行后回家，在楼门口撞见钱阿姨。她气急败坏地说："要是保保（弟弟的小名）找个那里的女人回家，那可不得了。这事不能不管，你跟他说了没有？""没跟他说这个。"父亲答道,"别追了,他已经走远了。"钱阿姨仰天长叹:"我的老天爷!"

1970年夏,我们工地从蔚县搬到北京远郊,每两周休一次,周六中午乘大轿车离开工地,周一早上集合返回。到了家,钱阿姨围着我团团转,嘘寒问暖,心满意足地看着我狼吞虎咽的吃相。

她一下子老了,皱纹爬满脸颊、额头,还有老年斑,有照片为证。那是我拍的一张肖像照,为了办户口手续。要说拍照可是我的拿手好戏,苦练了好几年,不过拍摄对象都是漂亮女孩。先把白床单搭在铁丝上做背景,再调节三盏大瓦数灯泡做光源,用三脚架支起捷克"爱好者"牌120双反照相机,用快门线控制,咔嚓,咔嚓。我得承认,那的确是失败之作,正如钱阿姨的评价——"像鬼一样"。当然还有后期制作的问题。我去工地上班,把底片交给楼下的一凡,我们共用一台放大机。

一凡后来抱怨说,没辙,底片曝光不足,即使用四号相纸也是黑的。接着他犯了更大的错误,把十几张废照片随手扔进垃圾箱,不知被哪个坏孩子翻出来,贴在各个楼门口和楼道窗户上。钱阿姨就像通缉犯,这下把钱阿姨气疯了,到处追查,最后发现罪魁祸首是我。

在家闲得无事,她心里不踏实,花了120元给我买了块"东风牌"手表。阴错阳差,我收到父亲的信,原来干校又传出闲话,正被监督劳动的父亲陈述难言之隐。钱阿姨一听就明白,于是告老还乡。我们家最终未实现给她养老送终的承诺。

四

1982年春,作为世界语杂志《中国报道》的记者,为采写大运河的报道,我从北京出发,沿大运河南下,途经扬州。事先给钱阿姨的妹妹写信,通报我的行程。那天下午,去市政府采访后,我来到她妹妹家。钱阿姨显得焦躁,一见我,小眼睛眨巴眨巴的,却没有泪水。我从她妹妹的语气声调中，能感到钱阿姨在家中毫无地位可言。我提议到她的住处坐坐。——

　　沿潮湿的青石板路，我们并肩走着。钱阿姨竟然如此瘦小，影子更小，好像随时会在大地上消失。所谓家，只是一小间空木屋，除了竹床，几乎什么都没有。我带来本地买的铁桶饼干、一台半导体收音机，这礼物显得多么不合时宜。

　　在她浑浊的眼神中，我看到的是恐慌，对老年、对饥饿、对死亡的恐慌。她迟疑地嗫嚅着，直到我告辞时才说出来："我需要的是钱！"我傻了，被这赤裸裸的贫困的真理惊呆了。在大门口，夕阳从背后为她镀上金色。她歪歪嘴，想笑，但没笑出来。我请她放心，答应回家就把钱汇来（后来母亲汇了 70 元）。

　　大街小巷，到处飘荡着钱阿姨讲的那种扬州话。原来这是她的故乡。

（摘自《读者》2014 年第 20 期）

汽笛·布鞋·红腰带

陈忠实

　　一个年过五十的人，依然清晰地记得平生听到第一声火车汽笛时的情景。

　　他当时刚刚勒上了头一条红腰带。这是家乡人遇到本命年时避灾禳祸乞求平安福祉的吉祥物，无论男女无论长幼无论尊卑，都要在本命年到来的头一天早晨穿裤子时勒上腰的。那是母亲用自纺的棉线四股合成一股，经过浆洗经过大红颜色的煮染再经过蜂蜡的打磨，然后把经线绷在两个膝盖之前织成的。早在母亲搓棉花捻子和纺线的时候就不断念叨："娃的本命年快到了，得织一条红腰带。"在标志着一年将尽的最后一个月份——腊月——到来之前，母亲已经织好了一条红腰带，只让他试着勒了一下就藏进木板柜里，直到大年三十晚上才取了出来放在枕头旁边，叮嘱他天明起来换穿新衣新裤时系上那根红腰带。

　　半年以后，他勒在腰里的红带已经变成了紫黑色的了，鲜艳的红色被汗渍以及褪色的黑裤污染得失去了原本的颜色。他依旧勒着这条保命带，走出了家乡小学所在的小镇，到 30 里外的历史名镇灞桥去投考中学。领着他的是一位 40 多岁的班主任老师，姓杜。和他一起去投考的有 20 多个同学，他是他们当中年龄最小个头最矮的一个。

这是一次真正的人生之旅。

从小镇小学校后门走出来便踏上了公路。这是一条国道，西起西安沿着灞河川道再进入秦岭，在秦岭山中盘旋蜿蜒一直通到湖北省内。这是他第一次走出家门 3 公里以外的旅行，他昨夜激动惶惧得几乎不能成眠。他肩头挎着一个书包，包里装着课本，一支毛笔和一个墨盒，还有几个学生灶发给的混面馍馍，一块洗脸擦脸用的布巾，同样是母亲用织布机织下的手工布巾……口袋里却连一分钱也没有。

走出 10 多里路后，他感觉脚后跟有点疼。脱下鞋来看了看，鞋底磨透了，脚后跟上磨出红色的肉丝，淌着血，血渗湿了鞋底和鞋帮。在他没有发现鞋破脚破之前还能撑持着往前走，而当他看到脚后跟上的血肉时便怯了，步子也慢了。

似乎不单是脚后跟上出了毛病，全身都变得困倦无力，双腿连往前挪一步的勇气都没有了，每一次抬脚举步都畏怯落地之后所产生的皮肉之苦。他看见杜老师在向他招手，他听见同学在前头呼叫他。他流下眼泪来，觉得再也撵不上他们了。

他看见杜老师和一位同学倒追过来，立即擦干了眼泪。老师和同学的关心鼓励丝毫也不能减轻脚下的痛楚和抬脚触地时引发的内心的畏怯。老师和同学不能只等他一人而往前走了。他没有说明鞋底磨透脚跟磨烂的事，不是出于坚强而纯粹而是因为爱面子，他怕那些穿得起耐磨的胶底球鞋的同学笑自己的穷酸。

他已经看不见杜老师率领着的那支小小的赶考队列了。他期望在路上捡到一块烂布包住脚后跟，终于没有发现哪怕是巴掌大的一块碎布而失望了。

他从路边的杨树上捋下一把树叶塞进鞋窝儿，大约只舒服了两分钟，走出不过十几米就结束了短暂的美好和幼稚。他终于下狠心从书包里摸出那块擦脸用的布巾，相当于课本的两倍大小，只能包住一只脚。洗脸擦脸已经不大重要了，撩起衣襟就可以代替布巾来使用。用布巾包住的一只脚不再直接遭受砂石的蹭磨减轻了疼痛，况且可以使另一只脚踮起脚尖而避免脚后跟着地。他踮起一只脚尖就着往前赶，果然加快了行速。走过不知有多少路程，布巾很快又磨透了，他把布巾倒过来再包到脚上，直到那块布巾被踩磨得稀烂而毫无用处。他最后从书包里拿出了课本，先是《算术》，后是《语文》，一扎一扎撕下来塞进鞋窝……只要能走进考场，他自信可以不需要翻动它们就能考中；万一名落孙山，这些课本就都变成毫无用处的废物了。那些课本的纸张更经不住砂石的蹭磨，很快被踩踏成碎片，从鞋窝里泛出来撒落到砂石国道上，像埋葬死人时沿路抛的纸钱。直到课本被撕光，他几乎完全绝望了，脚跟的疼痛逐渐加剧到每一抬足都会心惊肉跳，走进考场的最后一丝勇气终于断灭了。他站起随之又坐下来，等待回程的马车，即使陌生的车夫也要乞求。他对念中学似乎也没有太明晰的目标，回家去割草拾柴也未必不好……伟大的转机就在他完全崩溃刚刚坐下的时候发生了，他听到了一声火车汽笛的嘶鸣。

他被震得从路边的土地上弹跳起来。他被惊吓得几乎又软瘫坐下。他的耳膜长久地处于一种无知觉的空白。他的胸腔随着铿锵铿锵的轮声起伏着、战栗着。他惊惧慌乱不知所措而茫然四顾，终于看见一股射向蓝天的白烟和一列呼啸奔驰过来的火车。他能辨识出火车，凭借的是语文课本上的一幅插图。这是他平生第一次看见火车，第一次听见火车汽笛的鸣叫。隐蔽在山坡皱褶里的家乡村庄，一年四季只有人声牛哞狗吠鸡鸣和鸟叫。列车从他眼前的原野上飞驰过去，绿色的车厢绿色的窗帘和透明的玻璃，启开的窗户晃过模糊的男人或女人的脸，还有一个把手伸出窗口的男孩的脸……直到火车消失在柳林丛中，直到柳树梢头的蓝烟渐渐淡化为乌有，直到远处传来不再那么震慑而显得悠扬的汽笛声响，他仍然无法理解火车以及坐在火车车厢里的人会是一种什么滋味儿？坐在飞驰的火车上透过敞开的窗口看见的田野会是怎样的情景？坐在火车上的人瞧见一个穿着磨透了鞋底磨烂了脚后跟的乡村娃子会是怎样的眼神？尤其是那个和他年岁相仿已经坐着火车旅行的男孩。

天哪！这世界上有那么多人坐着火车跑哩，根本不用双腿走路！他用双脚赶路，却穿着一双磨穿了底、磨烂了脚后跟的布鞋，一步一蹭血地踯躅！一时似乎有一股无形的神力从生命的那个象征部位腾起，穿过勒着红腰带的腹部冲进胸腔又冲上脑顶，他无端地愤怒了，一切朦胧的或明晰的感觉凝结成一句话，不能永远穿着没后底的破布鞋走路……他把残留在鞋窝里的烂布绺、烂树叶、烂纸屑腾光倒净，咬着牙在砂石国道上重新举步，腿上有劲了，脚后跟也还在淌血还疼，走过一阵儿竟然奇迹般地不疼了，似乎那越磨越烂得深的脚后跟不是属于他的，而是属于另一个怯弱者懦弱鬼王八蛋的……在离考场还有一二里远的地方，他终于追赶上了老师和同学，却依然不让他们看他惨不忍睹的脚后跟。

他后来成为一个作家，但不是著名的，却终归算一个作家。这个作家已过"知天命"的年岁，回顾整个生命历程的时候，所有经过的欢乐已不再成为欢乐，所有经历的灾难挫折引起的痛苦也不再是痛苦，变成了只有自己可以理解的生命体验，剩下的还有一声储存于生命磁带上的汽笛鸣叫和一双透了鞋底的布鞋。

他想给进入花季刚刚勒上头一条或第二条红腰带的朋友致以祝贺，无论往后的生命历程中遇到怎样的挫折怎样的委屈怎样的龌龊，不要动摇也不必辩解，走你认定了的路吧！因为任何动摇包括辩解，都会耗费心力耗费时间耗费生命，不要耽搁了自己的行程。

（摘自《读者》2010 年第 20 期）

火车之歌

肖复兴

　　在北大荒插队时，每次回家，都先要坐上一个白天的汽车到达一个叫作福利屯的小火车站，然后坐上一天蜗牛一样的慢车才能够到佳木斯，在那里换乘到哈尔滨的慢车，再在哈尔滨换乘到北京的快车。一切都顺利的话，起码也要三天三夜的样子才能够回到家。路远时间长都在其次，关键是有很多的时候根本买不到票，而探亲假和兜里的钱都是有数的，不允许我在外面耽搁，因为多耽搁一天就多了一天的花销少了一天的假期。那是我最着急的时候了。

　　那一年的夏天，我和一个哈尔滨的知青一起回家，在佳木斯买不到火车票，我焦急万分，他对我说："你别急，我有法子。"他是一个大个头的小伙子，以打架出名，我怕他惹事。他一摆手："你放心，这地方我比你熟！"说着拉我从火车站的售票处走出了老远，一直走到铁轨交叉纵横的地方，货车列车和破车杂陈，像是一个停车场。见我有些疑惑，他说："你跟我走保你今天走成！我前年在佳木斯干了整整一冬，给咱们兵团运木头，这地方我贼熟！别说买不着火车票，就是买得着火车票我也不买，就从这里上车，乖乖儿拉咱回家！"然后他带我穿过那些杂七杂八的车厢，看准了车牌子上写着"佳木斯—哈尔滨"的一挂车，指指车牌子对我说："上，就这辆！"

那车要在黄昏的时候才能够进站开车。我们俩在车厢里面一个人占一排长椅子整整睡了一觉，直到车厢轻轻一晃动才醒来。这时候，列车员走了过来，冲我们喊道："谁让你们上来的？"他立刻回答："车长！"列车员便也不再说什么，没再理我们。而当列车长走过来的时候，我有些紧张，生怕一问我们，再和列车员对质穿了帮，但列车长根本连问都没问，只是看了看我们就走了。一直到列车开进了站台，我们还真的相安无事。他跳下车，在站台的小卖部买了点儿面包跑回来说："现在你该踏实了吧？吃吧，吃饱了睡上一觉，明早上就到哈尔滨了！"后来，他告诉我他这样如法炮制坐过好几次车都没问题。我问他为什么有这样大的把握，他说："你告诉列车员是车长让咱们上的车，列车员不说什么了，车长来了一看你都在那儿坐老半天了，肯定是列车员允许了，还问什么？再说了，他们家里谁没有插队的知青？一看咱俩这一身打扮还看不出来是知青，还跟咱较劲？"

在那些个路远天长的日子里，火车没有给我留下任何好的印象。在无边的北大荒的荒草甸子里，想家、回家，成了心头常常念想的主旋律，渴望见到绿色的车厢，又怕见到绿色的车厢，成了那时的一种说不出的痛。因为只要一见到那绿色的车厢，对于我来说家就等于近在咫尺了，即使路途再遥远，它马上可以拉我回家了；而一想到探亲假总是有数的，再好的节目总是要收尾的，还得坐上它再回到北大荒去，心里对那绿色的车厢总有一种畏惧的感觉，以致后来只要一见到甚至一想到那绿色的车厢，头就疼。

在北大荒插队 6 年之后，我回到了北京，再也不用坐那遥远得几乎到了天尽头的火车了，心里有一种暗暗的庆幸。但是，有一次朋友借我一本《巴乌斯托夫斯基选集》，又让我禁不住想起了火车，才发现火车并不像我想象的那样可恶。那里面有一篇《雨蒙蒙的黎明》的小说，讲的是一个叫作库兹明的少校，在战后回家的途中给自己一个战友的妻子送一封平安家书。库兹明在那个雨蒙蒙的黎明对战友的妻子讲述了自己乘坐火车时那瞬间的感受，即使过去了已经快 30 年，我记得还是那样清楚，他说："您有时大约也会遇到这类情形的。隔着火车车窗，您会忽然看到白桦树林里的一片空地，秋天的树叶迎着太阳白闪闪地放光，于是您就想半路跳下火车，在这片空地上留下来。可是火车一直不停地开过去了。您把身子探出窗外朝后瞧，您看见那些密林、草地、马群和林中小路都一一倒退开去，您听到一阵含糊不清的微响，是什么东西在响——不明白。也许，是森林，也许，是空气。或者是电线的嗡嗡声，又或者是列车走过，碰得铁轨响。转瞬间就这样一闪而过，可是您一生都会记得这情景。"

巴乌斯托夫斯基的感受如箭一样击中了我的心，在那 6 年中每次从北大荒回家的迢迢途中，隔着火车车窗，望着窗外东北原野和森林以及松花江，无论是在冬天的白雪茫茫还是在春天的桃红柳绿之中，不也有过同样类似的情景吗？那曾经美好的一切并不因为我们的痛苦就不存在，就如同痛苦刻进我们生命的年轮里一样，那些转瞬即逝的美好也刻进我们生命的回忆里，在以后的岁月里响起了虽不嘹亮却难忘的回声。

去年，我听美国摇滚老歌手汤姆·韦茨的老歌，其中一首《火车之歌》，听得让我心里一动，不是滋味。他用他那苍老而浑厚的声音这样唱道："我喝光了我每次借来的所有的钱……现在夜晚的黑色就像乌鸦，一辆火车要带我离开这里，却不能再带我回家。那些使我梦想成空的东西，正在火车站上彷徨。我从十万英里远以外的地方来，没有带一样东西给你看……"他唱得是那样凄婉苍凉，火车真的是这样吗？不是哪怕再遥远也能够带你回到温馨的家，就是带你双手空空无家可归？想想，在那些从北大荒回家或从家回北大荒的火车上，我们的心情不正是如同汤姆·韦茨唱的一样颓然而凄迷吗？

　　火车带给我的回忆，也许就是巴乌斯托夫斯基和汤姆·韦茨的矛盾体。火车颠簸着一代人抹不去的记忆。

　　　　　　　　　　　　　　　　　　　　（摘自《读者》2005 年第 23 期）

一张生命的车票

叶明珠

现在，遥想 20 年前蓝光闪过的夜晚，仍隐隐感到恐怖和悲戚……

7 月 28 日，是我们刚刚结婚后的第 4 天，我们本来已经计划好，利用婚假的剩余几天去北戴河、秦皇岛好好玩一玩，两张火车票已经买好，就放在床头柜上。这个建议是我提出来的，就在灾难降临的前一天提出来的。我对他说：我在唐山生活了 25 年，还没有迈出过唐山市的大门，我想去北戴河，可以吗？他轻轻地抚摩了一下我的头，笑吟吟地说：为什么不可以呢，今后只要我们能挣到钱，我每年都和你到外地玩一次，让你走遍全国。我满意地笑了，说：今年是我们两个人，以后就是我们 3 个了。他听了我的话，眼里闪着希望的光芒，轻轻挽着我的手臂，在屋里转了几圈。

吃过晚饭，我们在一起准备好了行囊，就甜甜地进入了梦乡。不知睡到什么时候，我做了一个梦，梦中我俩穿着鲜艳的泳衣，携手奔向蓝蓝的大海，在清凉的海水里上下起伏，随波逐浪。忽然间，一阵大浪向我们压来，并且伴随着震天动地的吼声……当我挣扎着睁开双眼时，周围漆黑一片，仿佛整个天空都坍塌下来一般。这时我听到了一个痛苦的呻吟声，是他的，就在我耳边。恐惧一下子袭遍了我的全身。我听到了他扭曲的声音：我……被……压住……了。我几乎带着哭腔不知是问他还是问自己：这是怎么了？这是怎么了？房子塌了吗？难道是地震了吗？我说对了，是地震，一场灾难性的地震发生了。我想坐起来，想弄清究竟怎么了，可我刚刚一抬头就重重地撞在了上面坚硬的水泥板上，差点晕过去。我只好让手在他身上一直摸过去。在水泥板和他身体相交的地方，我摸到了黏黏的、掺杂着碎沙石颗粒的液体。血！从他身体里浸出的浓浓的热血。我哭了，几乎是号啕大哭。我紧张地问：疼吗？他说不疼。然后他用另一只没有压伤的手牢牢地抓住了我颤抖的手，关切地询问：有没有……东西……压在你……身上？我活动了一下身体，告诉他没有。他说：那就不要哭了，我是顶天立地的男子汉，敢与天斗与地斗，现在正是天地考验我的时候，我一定能战胜它们！我紧紧地贴在他身边，鼻子酸酸的：都什么时候了，你还说笑话。

我们仰脸躺在床上，用两个人的 3 只手臂一起向上推那块水泥板，试图把它推开。然而失败了，水泥板像焊在那里一样，纹丝不动，只有几粒沙尘哗哗落下来。他鼓励我别怕，过一阵会有人来救我们的。我告诉他：只要在你身边，我什么都不怕。

枕头下的手表"嗒嗒"地敲击着狭小的空间。我用手向另一侧摸去，幻想能摸到一丝光明，摸到一线生的希望。水泥板，还是水泥板；砖块，还是砖块……我几近绝望，生命的支柱一瞬间像房屋一样坍塌了。

真的不甘心走向死亡啊，我们刚刚结婚还不足 4 天呐，蜜月还没有度完，我还没有生过孩子，女人该做的事情还没有做完，今后的路还应该很长，对，还有北戴河、秦皇岛，还有那两张车票，就放在床头柜上。车票，使我产生了新的动力和勇气，于是继续摸索。床头柜——车票——我真的触摸到了一张硬纸板，真的是车票！我欣喜万分地把车票攥在手里，激动地摇着他的肩膀：我找到了车票！他也很高兴：两张，车票？我心头一沉，一张，可另一张呢？另一张车票被水泥板牢牢地压住了，只露出极小的一角，我试图把它拉出来，却几次都未如愿。我无言对答，默默地流泪。他好像什么都知道了：不要紧，我们可以……再买一张……

沉重的水泥板一端压在他的身上，一端压在床头柜的车票上，两个支点为我留下了一块赖以生存的空间。

不知什么时候，表的"嗒嗒"声停止了，我们不知道已经过了多少时间，也不知道外边的世界发生了怎样的变化，除了一张车票和一个他，我什么都没有，就连一点点生的希望都在渐渐稀释、融化。肚子"咕咕"地叫个不停，嘴唇像干裂的土地，四肢瘫软无力，眼里闪着眩晕的亮星。似乎他已经意识到了我的信念正在一点一点地崩溃，便开始向我讲述外部世界的故事：北戴河的海滨清爽怡人，海是湛蓝的，人是欢乐的；美丽的西双版纳聚居着很多少数民族，每年一度的泼水节异常热闹；橘子洲头遍地生长着橘树，秋天的橘子水分充足，甘甜如蜜……他讲述的每一段情景都让我产生许多遐想，仿佛大海就在眼前，泼水节的水就泼在我的身上，橘子就在我的唇上滋润……一种无形的力量在我身体内涌动，一个生命的光环在眼前扩散，越来越大，越来越亮。

他用生命的余晖，为我点燃一支希望的蜡烛，这只蜡烛一直照耀着我走出地狱之门，重返光明的人间。7月31日清晨（这是后来才知道的），压在我们头顶的水泥板被掀开了，一道阳光瞬间泻在脸上，我仿佛一下子从梦里醒来，竟意外地喊出了声音：我们活了！当我急急地附在他身边时，映入眼帘的一幕突然间让我变傻了：他的右半部身体完全被砸成了肉泥，殷红的血凝固在废墟的石堆里。他只看了我一眼，嘴角渗出一丝浅浅的笑纹，就闭上了双眼。他以最顽强的精神、最坚韧的毅力和最深切的爱恋，陪伴和激励我度过了最艰难、最黑暗的3个昼夜，然后才安心地走了。

当我的身体复原不久，我也离开了唐山——那座令我怀恋的城市。随身带走的，只有一张车票。

20 年过去了，20 年的岁月里我没有去过北戴河、秦皇岛，甚至没有离开过现在生活的城市。没有他的陪伴，我将不会再去任何一个地方。我是一个唯物主义者，知道人不可能再有来世，可我又总是在想：如果真的能有来世，该多好，我们重将成为眷属，携手走遍天涯海角。

那张车票我至今还完好无损地保存着，我相信，定将有一天，它会带我踏上隆隆作响的列车，驶向他的身边。

（摘自《读者》1996 年第 11 期）

交大西迁

刘 苗

62 年前，数千名交通大学师生响应中央号召，告别繁华的上海，扎根古都西安，为科学发展与西部建设奉献芳华。

62 年后，他们中的许多人已长眠于黄土地下，曾经的热血青年变成耄耋老者，拳拳爱国之心却从未褪色。

那是一场怎样的迁徙？这些西迁的老教授，又有着怎样的故事？

缘 起

1955 年 4 月初的一个夜晚，时任交通大学校长、党委书记的彭康接到一通来自高等教育部的电话。他被告知一个重大决策：党中央决定将交通大学由上海迁往西安。

彼时，朝鲜战争已结束一年多，国家对国民经济建设方针做出调整，把工业布局的重点放在内地，紧缩沿海建设，重要工业内迁。交大内迁，正是基于西北工业基地建设的要求和远离国防前线的考量。

"当时我们开了很多会，白天晚上不间断。校党委关于西迁的意见始终是一致的，即坚决贯彻中央关于交大西迁的精神。"西安交通大学原校长史维祥当时任交通大学机械系党总支书记。他至今记得当时的情况："学校雷厉风行，彭康校长4月9日向校务委员会和党委常委会通报中央的决定；4月中旬，任梦林总务长和王则茂科长等即赴西安察看及选择校址。"

史维祥说，上海人素来眷恋繁华都市，"所谓'宁要市区一张床，不要郊区一套房'。要把数千师生员工从繁华舒适的上海，迁到相对落后的大西北来，现在仍难以想象"。

尽管如此，全校师生还是在最短时间内达成了共识。

1955年5月26日，彭康向师生们公布了西迁的决定，全校积极响应。

那是一个炽热的年代，第一个五年计划正如火如荼地展开。到祖国最需要的地方去，"为建设祖国出一份力"，是所有年轻人心中的至高理想。

"现在很多年轻人问我，你们当时怎么那么伟大，把上海抛开，到那么艰苦的地方去？"87岁的退休教授张娴如当时是交大机械系的一名普通教员，她笑言，"他们可能不了解情况，我们当时是热血青年嘛，那时一动员，大家都是非常积极的。"

当时，许多班级写信、写稿给校刊，表示决心克服困难，迁往西安。交大校刊就曾刊载一篇锅炉41班写的题为《我们向往着西安》的文章："西安的生活条件要比繁华的上海差一些，这是事实；初去不习惯，也是必然的事。但这种属于个人生活上的困难与不便是一定能被克服的。就像有一些树木，随便种在什么地方都会欣欣向荣地成长、壮大、成荫。我们就要学习这种随处生根的坚韧气质。"

现今84岁的退休教授胡奈赛当时还是交大机械系学生，1956年毕业后留校担任物理教研室助教。回想当年的情境，她依然心潮澎湃："就是要建设国家，到哪里去，那是个最小的问题。"

迁　徙

根据交通大学校务委员会的部署，1955 年至 1957 年两学年内，全校在上海的 2812 名学生、1472 名教师职工及家属，还有教学器材设备将分批、无损失、安全地迁往西安。

继先遣部队之后，1956 年 8 月 10 日，千余名西迁的交大师生员工和家属背负行囊，汇集在上海徐家汇火车站，在锣鼓喧天中，踏上了西去的专列。

当时，乘车师生都持有一张粉色乘车证，正面印有一行字："向科学进军，建设大西北！"

胡奈赛回忆，当年西迁的专列上，师生们情绪高昂，嘴里不时哼唱着欢快的歌，"那时大家都觉得，未来的生活充满阳光"。

当年，17 位交大党委委员中有 16 位迁到西安，西迁的教授、副教授、讲师和助教占交大教师总数的 70%以上，一大批德高望重的老教授、年富力强的学术骨干更是舍弃上海优越的生活条件，义无反顾地成为黄土地上的高教拓荒者。为了积极响应迁校号召，心无牵挂地奔赴大西北，他们中的许多人，毅然卖掉了交大或上海的原有住房。

被誉为"中国电机之父"的钟兆琳教授，当年已近花甲，身患多种慢性病，妻子也卧病在床。周恩来总理提出"钟先生以留在上海为好"，但他安顿好夫人后，毅然决然只身加入首批西行的队伍中。

在当时西迁的 25 名教授中，时年 38 岁的陈学俊是最年轻的一位。1957 年临行前，他与同在交大任教的夫人袁旦庆，将自家位于上海国际饭店后面的房子无偿上交上海市房管部门，带着 4 个孩子随校西迁。

"至今仍有人说起此事，认为我们太亏了，保留到现在，那两间在牯岭路（国际饭店后面）的房子不是很值钱吗？但当时我们想，既然要扎根西北的黄土地，就不要再为房子所牵缠，钱是身外之物，不值得计较。"后来，成为院士的陈学俊这样解释。

来到西安后，陈学俊筹建了中国第一个工程热物理研究所，创建了全国唯一的动力工程多相流国家重点实验室。2017 年 7 月，98 岁高龄、仍在上班的陈学俊离世，他也是西迁教授中最后离世的一位。

据记载，当时西迁的校工中，年龄最小的赵保林 16 岁，年龄最大的是校医沈云扉，当年已 66 岁。曾是旧上海名医的沈云扉再三婉拒校领导的照顾，和侄儿沈伯参一同举家随校西迁。身为卫生保健科主任的沈伯参不仅带头西迁，还将在上海的私宅无偿提供给学校，作为驻沪办事处。

当然，西迁道路并非处处平坦。1956 年以来，国际形势有所缓和，党中央对原来的部署亦有所调整，交大内部也曾发起西迁是否必要的讨论。最后，经过反复分析商议，1957 年 7 月，迁校方案调整，学校分设西安、上海两地，大部分专业及师生迁往西安，小部分留在上海，与上海造船学院及筹办中的南洋工学院合并，作为交大的上海部分。

全校再次统一思想，迁校工作继续开展。

到 1958 年暑期，除造船系、起重系，交大的动力系和机电各系大都陆续迁至西安。全校 70%以上的教师、80%以上的学生来到西安新校园；74%的图书资料、大部分仪器设备及全部历史档案，均相继运抵西安。至此，学校西迁宣告顺利完成。

艰 辛

20 世纪 50 年代的西安，经济建设相当落后，尚处在"电灯不明，马路不平，电话不灵"的年代。最繁华的东大街也没有一所像样的房子，电线杆歪七扭八地立在马路中心。

交大西安新校址位于城墙东南外，在古长安唐兴庆宫旧址南侧。1955 年这里被勘察选定时，还是一片麦田，几个果园、几座荒坟点缀其间，乌鸦成群。

1956 年 9 月，开学前后的交大西安校园虽已初具规模，但也只能保证最基本的学习生活条件，校园看上去仍像一个喧闹的大工地。

史维祥回忆，师生员工刚到西安时正值 8 月雨季，道路泥泞，泥水沾衣。"学校还在进行基建，没有一条正规的道路，大家形象地称'下雨水泥路，晴天扬灰路'。"他说。

杨延篪教授 1929 年生于香港，1954 年回到交大担任助教。回想当年西迁的艰苦过程，他记忆犹新："抵达西安时正值大雨，一下车脚就陷进泥里，有很多同学都滑倒了。周围是荒郊，夜晚还能听到狼嚎。"

交大 1955 级学生谈文心回忆："每天我们踏着铺在烂泥地上的木板到教室上课，必须小心翼翼，谨防滑倒，感到既艰难又新奇；图书馆西南边，是一座用竹子和芦席搭建的草棚大礼堂，泥地上放了好多长条板凳，那是学生听大型报告或观看文艺表演的场所。草棚大礼堂面积很大，又四面透风，冬天礼堂内外温度相同，坐久了腿会发麻，大家都跺起脚来。现在提起草棚大礼堂，仍然倍感亲切。"

从繁华的上海迁到相对落后的西安，尽管师生员工已有足够的思想准备，但身处其中，仍发现困难比想象的更多、更具体、更实际。特别是接踵而来的三年困难时期，生活日用品短缺，副食供应匮乏，教学资源严重不足，与上海相比反差更大。

史维祥说，20 世纪 50 年代的上海，许多教师家里已通上煤气管道，而在西安则要花很多时间自己做煤块、打煤球。主食吃杂粮，每月给每户照顾发大米 30 斤，蔬菜水果很少、很贵。一些日用品如牙粉、灯泡等，有时还要从上海买来，"尽管工作、学习和生活条件如此艰苦，但大家都精神振奋，以苦为乐，决心为建设民主、富强的新中国，为早日恢复交大的教学科研，为建设大西北贡献一分力量"。

尽管迁校任务繁重，学习和生活条件艰苦，但全校师生并未因此松懈，从未放松对科学技术和生产实践的研究与探索。胡奈赛说，在当时的交大，流传着这样一句话："哪里有事业，哪里有爱，哪里就有家。"

踊跃投入西迁的力学专家朱城，创办工程力学专业，除了吃饭睡觉，全身心投入新专业的兴办和发展上。授课之余，他抓紧时间编写急需的讲义教材，著成堪与国际大师铁木辛柯的著作相媲美的中国版《材料力学》。钟兆琳教授年过花甲，孤身一人天天吃食堂，却第一个到教室给学生上课，并迎难而上建立了全国高校中第一个电机制造实验室。院士谢友柏，作为青年教师代表带头迁往西安任教，刚来时没有科研基础，没有实验室，他就带领几名年轻教师，从绘制设计图开始，直到把实验室建成。他废寝忘食地工作，常常几天不睡觉，困了就把木板铺在实验室的地上躺一躺，最终把实验室建成国内外轴承系统动力学领域知名的研究所。

时任副校长的张鸿亲自主讲"高等数学"，指导青年教师。而校长彭康、副校长苏庄经常到教室检查听课。

西迁师生员工在艰苦岁月的磨砺中创造了崭新的业绩：没有因为迁校而迟一天开学，没有因为迁校而少开一门课程，也没有因为迁校而耽误原定的教学实验。这被视为奇迹。

交大这棵在黄浦江边生长了 60 年的参天大树，就这样在黄土地深深地扎下根来，经过 62 年的生长，更加枝繁叶茂。

（摘自《读者》2018 年第 5 期）

天高歌长

程不时

立志设计飞机

我上初中三年级时，我们全家随父亲的单位搬到桂林。桂林有中国空军和美国"飞虎队"的联合空军基地。我们的课堂教学常被市区内独秀峰上发出的空袭警报打断。

我目睹过空战。从地面看去，飞得很高的飞机在蓝天上只是一些小小的白色十字，看起来行动很迟缓；但是飞机俯冲时发动机的尖啸声是那样凄厉，特别是当尖啸声与机枪连发的爆裂声一同从云端传来，声音尖厉无比，使人惊栗。

我家当时在与桂林城隔江相望的七星岩下。我放学回家经过漓江大桥时，常能看到我方的飞机在宽阔的漓江上空进行飞行练习，它们做出各种翻滚特技，多是机头画着"飞虎队"标志的美国 P-40 和 P-38 战斗机。每当这时，我都会长时间驻足观看。那时，在家中院子里抬头仰望，可以看见七星岩悬崖边的群鹰在翱翔。我常常畅想，有朝一日我设计的飞机也要像这些鹰一样展翼长空、御风破雾、追日耕云。

我寻找各种介绍航空知识的书刊贪婪地阅读，不放过任何参观飞机模型展览的机会。我还常在练习簿的空白处画飞机图样，并向同学们宣布：我将来要设计飞机。

1947 年，我高中毕业。之前，我从介绍大学的资料上得知，远在北平的清华大学开设了航空工程系。我便报考了清华大学航空工程系，并且被录取。

我满腔兴奋地进入清华园，几天后便参加了欢迎新生的座谈会。当时北平尚未解放，航空系系主任介绍本系情况时说，中国航空事业的发展势头很微弱，学航空的学生毕业后很难找到合适的工作。他建议航空工程系的新生考虑转到其他科系去。这对我简直是当头一棒！

应该说系主任说的是事实。第二学期果然有一些同学转到了其他科系。有一位同学转到了建筑系，他看我平时对艺术很有兴趣并有一定基础，就竭力鼓动我也转到建筑系去，他认为那是工程与艺术结合得很好的领域。但是，想到自己从小就向往征服天空，想到在国难当头期间亲历的那些血与火的苦难，我从悲痛忧愤的经历中树立起来的豪情壮志，难道就这样放弃了？不，我要设计飞机！凭着这一份执着，我坚定地继续学习航空工程。

21 岁时，我大学毕业。我们这一届毕业生，离校后便立即投入 20 世纪 50 年代开始的建设热潮。我毕业后接手的第一项工程，是设计共和国的第一批航空工厂。

共和国在 1951 年建立航空工业，首先需要建立生产能力。我们正是在这一年毕业，全班 30 多个同学约有 2/3 被分配到重工业部新成立的航空工业设计处，成为设计处的主力。

共和国首批选定的 3 个飞机工厂的地址，每一个都有一段不凡的历史。在东北的两座，一座曾是日本侵华时建的细菌工厂，另一座是日本"满飞"所在地——抗日战争胜利后伪满"皇帝"被押送苏联的起飞机场。在南方的一座，则是民国初期和意大利合资建立的飞机工厂，抗日战争时期这里曾是中国空军的出袭基地，执行轰炸江阴炮台等重要任务的飞机曾在这里起飞。但是，这里也经受过日本飞机强行降落，用机枪水平扫射，然后再次起飞的耻辱。

我们就是要在这样一个负载着耻辱和血泪的地址上，建设第一批现代化航空工厂。

魂牵梦萦的第一架飞机

1956 年 6 月，全国掀起"向科学进军"的热潮。在全国科学规划会议之后，经主管技术的航空工业局副局长徐昌裕提议，我国航空工业决定走出按照苏联图纸单纯仿制苏联飞机的局面，建立我国自己的飞机设计力量。

航空工业局决定成立沈阳飞机设计室，并将当时的飞机技术科科长徐舜寿、老工程师黄志千，以及共和国成立后从大学航空工程系毕业的顾诵芬和我调至设计室。徐舜寿担任设计室主任，黄志千担任副主任，我担任总体设计组组长，顾诵芬担任空气动力组组长。

我们首先讨论设计一架什么飞机。徐舜寿当时的主导思想是：要把需要和可能结合起来。因此他提出，设计室成立后设计的第一架飞机，应是一架喷气式歼击教练机。这不仅是出于培养新飞行员的需要，而且共和国的设计队伍本身也需要一个"教练"过程，应当通过这架教练机的设计使我们自己的设计队伍成长起来。因此，这里的"教练"是有双重含义的。另一方面，我们已经具备制造喷气式歼击机的工业基础，设计一架亚音速的喷气式教练机是完全可行的。这个意见，经过几次讨论，得到航空工业局领导的肯定。

这样，我们就开始对喷气式歼击教练机的设计目标进行准备。我分析了各国的驾驶员训练机制，收集了世界同类型飞机的资料和图片，分析其数据及设计特点，并开始酝酿方案，确定了设计要点。

共和国自主设计的第一架飞机，就是一架喷气式飞机，这个起点不低，赶上了世界航空技术发展的脚步。另一方面，新设计的飞机并不是对国外现成飞机照猫画虎的模仿，也不是仅仅做一些修修补补，而是根据飞机的任务需要，从世界航空技术总库中挑选合适的技术方法，进行新的"工程综合"来形成自己的设计。这是共和国从设计第一架飞机开始就建立起来的设计路线，也是世界航空工业发展所遵循的主要设计路线。

我深深地投入飞机总体设计的任务之中，不断调整、比较各种方案，简直达到废寝忘食的程度。

我们设计的第一架飞机，取名为"歼教-1"，即"歼击教练机1型"。在对设计方案做了一系列论证研究后，我们很快便绘出总体设计图，飞机即刻进入了实际设计阶段。

1958年7月，"歼教-1"完成了试飞前的一切准备。7月26日，全体机务人员在检查完飞机之后，在飞机旁列队立正。

执行"歼教-1"第一次试飞任务的是青年空军军官于振武，他飞行技术高超，是空军的打靶英雄。于振武来到登机梯前，看着这架崭新的飞机，不自觉地在地上磕了磕靴底的土，才攀梯登上飞机。

指挥台升起一颗绿色的信号弹。这是给"歼教-1"的放飞信号，是对我们这支航空设计队伍进行初次考核的信号，也是祖国航空设计事业起跑的信号。在这个历史性时刻，我眼里直冒泪花。

翱翔在祖国领空

1971 年 9 月一个阳光明媚的上午，在"歼教–6"的工段里，我穿着工作服正在工作台前进行日常生产劳动。一位同志对我说："厂部办公室来电话，叫你去一下。"来到办公室，一位女干部对我说："现在国家决定在上海研制一种民用飞机，组织决定把你调到那里去工作。以后，你就在民用飞机这条线上发展吧。工作等着要开展，你尽快去报到。"

在飞机出现后的半个世纪，大型喷气式运输机成为世界航空技术发展的前沿。航空运输带动经济腾飞，有了"地球村"的提法，并促进了 20 世纪末"世界经济一体化"的发展。大型喷气式飞机的发展在一个国家的政治、经济、军事、科技、工业等多个领域具有举足轻重的地位。

大型飞机的研制任务于 1970 年 8 月由国家下达。按照当时国家重大工程的编号惯例，这项工程被称为"708 工程"，指国家文件下达的时间是 1970 年 8 月，以后该机型被命名为"运–10"。

为了"运–10"的研制，航空工业部从全国调集了一大批航空技术人员。300 名来自各飞机设计所、飞机工厂、航空部门的技术人员，以及航空学院的教师齐聚上海。

"运–10"的设计于我是难忘的经历。仅它的平尾面积，就比我过去设计的喷气式战斗机的机翼面积大 5 倍。"运–10"是我国的飞机设计首次从十吨级向百吨级冲刺。在科学技术上，凡数量相差 10 倍就称为达到一个新量级，事物就会有质的变化。如果说我国过去设计的飞机是一些小艇，那么"运–10"就是一艘巨轮。

"运–10"工程中，采用的新设计方法、新规范、新技术、新工艺、新材料、新成品附件的数量，是以前的设计中所罕见的。"运–10"飞机上出现了许多国产飞机从未有过的系统和设备。这支生气勃勃、求实求新的技术队伍，通过不懈的努力，终于迈过一个又一个门槛，使需要与可能得到良好的结合，使我国飞机设计的能力进入一个新的阶段。

自任务下达的 1970 年 8 月以来，全国上下无数人付出了 10 年辛劳。1980 年 9 月，"运-10"飞机终于完成了一切试验及地面准备。

1980 年 9 月 26 日清晨，我们从上海市南面龙华机场附近的居住地坐车来到北郊的大场机场。到达机场时，太阳尚未升起，朝霞满天。这时，巨大的机库大门被推开了。机库里似乎还盛着昨夜的清凉，望进去，光线暗淡。首先是一个小甲虫似的牵引车从库内缓缓开出，出现在门外的霞光里。慢慢地，在它身后 5 米，出现了"运-10"巨大的流线型机头。接着，驾驶舱的前风挡玻璃出现了，像大睁着充满惊奇的眼睛探望着外面的世界！

"运-10"庞大的身躯逐渐显现。它是如此巨大！

现场的人都为"运-10"能否试飞成功感到紧张。临跑道的一侧，摆着几排座椅，一群白发飘飘的老工人和一位老工程师坐在那里。那老工程师身上挂着从体内接出盛体液的瓶子——大手术之后，他拒绝了继续休养的安排，要求尽快返回研制第一线，把从手术刀下夺回来的有限生命献给这架飞机。终于，他熬到了这一天，并执意要来观看"运-10"的首次试飞。

试飞机长王金大，是民航局的第一批机长。他把担任我国第一架自行研制的大型喷气式飞机"运-10"的试飞员当作一生最光荣的任务。

他胜利完成了试飞，驾驶"运-10"在机场轻盈地着陆，打开机翼上的减升板和反推力装置，如此巨大的飞机竟在很短的距离内停止了前冲。在飞行汇报会议上，王金大的评语是："飞机的操纵得心应手！"

1984 年 10 月 1 日，在共和国成立 35 周年的国庆游行中，"运-10"巨大的模型代表我国航空工业的成就通过天安门广场，雄伟的图像被传送到世界各地。

此后，"运-10"除了进行常规的试飞项目，还对国内一些城市做了适应性航线试飞。我曾乘坐这架装有 4 台喷气式发动机的大型客机从长江尾的上海直飞长江上游的成都，又顺流而下飞回上海。坐上自己参加设计的"大鹏"俯瞰祖国壮丽的山河，真令人浮想联翩。即便是幼年的梦境，也没有梦到如此辉煌的景象！

　　如果展开一张我国的地图，将"运-10"以华东的上海为基地所飞过的那些航线在地图上画出来，就可以看到，"运-10"飞过的航迹像一张大网，覆盖了我国版图内的众多大山和大江、高原和平地、荒漠和沃土、湖泊和海洋。

　　　　　　　　　　　　　　　　　　（摘自《读者》2018 年第 13 期）

泪洒中原

熊　能

周原站起来去找手帕。

都二十四年了，提起焦裕禄，他竟在我这个素不相识的小字辈面前，吧嗒吧嗒掉眼泪。

稍有年纪的人都不会忘记，二十四年前新华社三位记者写下的那篇著名通讯《县委书记的榜样——焦裕禄》。打那以后，焦裕禄的名字家喻户晓。

三位记者今都健在。穆青、冯健和周原。

穆青发问

1965 年。三年大饥馑的阴霾刚刚散淡，中国人脸上开始有了几分血色。

可周原还是怏怏的。右派，摘帽，摘帽右派。

那日，新华社副社长穆青去西安路过郑州，河南分社召集全体记者向领导汇报工作。周原也在坐着，他只能坐着。谁汇报谁发言上面早就指定，轮不到摘帽右派。

汇报全部结束。会场里鸦雀无声。就在这时，突然穆青发问：

"周原！我到河南来了，你为什么一言不发？"

穆青"明知故问"，周原"受宠若惊"。他刚从豫北灾区采访回来，那里干部群众抗灾自救的动人事迹多着哩，正愁没人听他讲。

穆青听得津津有味，还不住地点头。末了说："现在的时候，如果我们的记者不到灾区去和人民共呼吸，那就不是称职的好记者。"

穆青在夸谁？那年头那场合。周原坐不住了。

当晚，分社领导告诉周原，穆青临走时交代，叫周原在10天内，找好一个采访对象，选好一个文章题目，拟好一个采访计划。10天后穆青再到郑州来。

"具体写什么？"

"灾区！"

售票员纳闷

周原上路了。往哪走？

河南到处有灾区。豫北去过了，穆青也听过了，看来没有十分中意的选题。

那就往东。

说实在的，周原还从没到过豫东，只知道那里也是河南的重灾区。他人地两疏，却只有10天时间，心里直打鼓。

当时条件艰苦，分社派不出车。挤长途吧。

第一站到杞县。听说县里正在开公社书记会议，宣传"干部思想革命化"。好机会。可是，县委领导没空，总算派了个水利局长来应付，叽叽喳喳不知说些啥。

　　一无所获，周原急得火烧火燎。天麻麻亮他就走了，气鼓鼓跑到长途汽车站，见有辆车子要开，就"噌"地跳了上去。

　　也不问车子是往哪开，反正是豫东的长途，到哪都一样。

　　车开出半晌，他才请教售票员："这趟车开到啥地方？"

　　售票员好生纳闷。此公乘车不看路？于是冷冷地甩出两个字：

　　"兰考！"

　　兰考就兰考。他掏出空白介绍信，在颠簸的车厢里，一笔一画填起来。

一把破藤椅

　　周原走进兰考县委大院，他浑然不觉自己正在走上半个世纪记者生涯的辉煌顶巅。

　　"您哪来的？"

　　"新华社的。"

　　迎面碰上县委新闻秘书刘俊生。

　　怪了，那刘秘书像煞是大老早就候着周原来，不由分说，一把将他拽进办公室。没有客套也没寒暄，坐下来，张口就说一个人。

　　谁？焦裕禄！

　　周原第一次听到焦裕禄的名字。他做记者也有年头了，可从来没见过眼前这情景：一个县委普通干事，谈起一位已经去世的县委领导，居然会伤心得像个孩子一样呜呜哭。

　　"……那晚大风雪，我看见焦书记倚在门口发呆。兰考人的安危冷暖搅得他一夜没合眼。大清早他挨门把我们干部叫醒，干啥？他说快去看看老百姓：'在这大雪拥门的时候，共产党员应该出现在群众的面前！'那天，焦书记硬是忍着病痛，在没膝的雪地里转了9个村。一个无儿无女的盲眼老大娘

问他是谁？你猜焦书记咋说？'我是你的儿子！'

"……暴雨下了七天七夜，焦书记一刻不停，打着伞在大水里来去，亲自测绘洪水的流向图。到了吃饭的时候，村干部张罗要给他派饭。焦书记吃过灾民讨来的'百家饭'，喝过社员家的野菜汤，可这回说啥不端碗。为啥？他说：'下雨天，群众缺柴烧了。'

"……焦书记家里也困难，没条像样的被子，烂得不行了翻过来盖。我们县里补助他三斤棉花票，他就是不要，说群众比他更困难。

"……后来他得了肝癌，人都不行了，还在病床上念叨，张庄的沙丘，赵垛楼的庄稼、老韩陵的泡桐树。临死前还要我们去拿把盐碱地上的麦穗给他看一眼。"

……

就在他的办公室里，刘俊生珍藏着三件焦裕禄的遗物：一双旧棉鞋，一双破袜子，还有一把藤椅。

那把藤椅后来很出名，因为上面有个洞。焦裕禄带病工作，痛时常用硬物顶住肝部。天长日久，藤椅便破了个窟窿。

这天，周原正巧是坐在这把藤椅上，写下了他的第一页采访笔记。

县长与老母鸡

焦裕禄的事，讲得最详尽最生动的是张县长。张县长一口气讲了十八个小时。周原记了一天一夜，哭了一天一夜。

泪，流了不少。可记者的职业敏感使他心里不踏实。听说张县长有个雅号叫"铁嘴"，特别能说。他说的都可信么？要向穆青汇报，现在一件件去核实显然来不及。怎么办？

百听不如一见，周原想"见识见识"张县长。

"我们一起下乡好不好？"

"中!"县长一口应允。

他俩来到张庄。在村口遇到一位白发苍苍的老人。

"大娘,我来看看您。"

"呀,听声音像是张县长吧?!"

老人颤巍巍伸出手:"老张你走近点,让我摸摸你的脸……"

县长俯下身子,像儿子贴在母亲的怀里。

"印象"不错。可那天晚上发生了意外。饭摆好了。桌上有一碗热气腾腾的鸡汤。

鸡汤!!周原的心凉了半截。群众的温饱还没解决,县长下乡搞这个排场?看他怎么吃得下!

正想着,张县长进屋了。

"谁的主意?"老张勃然变色,"把鸡给我端走!"

谁也不吭声,只见在场的五位老农哗哗地淌眼泪。周原问他们咋啦。

原来,这碗鸡汤非同寻常。

"都是焦书记做下的规矩……"老农抹着眼泪说,"那回张县长来村里和俺们一起封沙丘,没有吃的,村里人去要饭,俺们把街上要来的馊菜剩饭做给县长吃。他走后俺们大哭一场,发誓哪天翻身了,一定要杀只最肥的老母鸡请县长,可他……"

总算"见识"了张县长。他的话可信。

第10天周原赶回郑州。

穆青已经在等他了。

周原的"小九九"

风风火火10天。然而晚了。同事们告诉周原,他至少晚了半年!

半年前《河南日报》已经发表过焦裕禄事迹的长篇报道,满满登登一大版。就连新华社自己都有记者去过兰考，稿子早就发啦，登在一年前的《人民日报》上。

兜头一盆凉水。

记者最忌个"晚"字。"焦裕禄"还能打动穆青吗？

到没到过兰考终究不一样。穆青是"隔山听锣"，周原哪能比张县长讲起来"声情并茂"。

当时在郑州定下要写一篇"重头文章"，主题是反映豫东人民抗灾斗争的英勇事迹。

那么"焦裕禄"呢？也要写。但要等。因为已经有报道在先，再写最好找个"新闻由头"。听说焦裕禄的坟墓将迁回郑州，到那时候动笔，"顺理成章"。

那时候是啥时候？猴年马月没准。

其实，周原打心眼里想写焦裕禄，他到过兰考，最明白，这是座罕见的富矿，工程才破土，深掘下去价值无量。

想归想，事情已经拍板。接下去要到豫东采访。穆青发话："周原你带路，在哪留往哪跑，我跟你走！"

机会来了。既然跟我走，那么其他地方点个卯，把时间留在最后，把兰考定在终点。周原确信：兰考人一定能"征服"穆青。

开路先锋得意地算起"小九九"。

"征服"穆青

果然，最后一站到兰考。穆青、冯健、周原，还有另外两名记者，风尘仆仆开进了兰考城。

张县长见这阵势有些发毛，问周原："谈什么？"

"焦裕禄"。

"怎么谈呢?"

"是啥说啥,一句不要夸大。"

讲焦裕禄还用渲染夸大?

字字情,声声泪。听着听着,穆青就哭了。

有关焦裕禄的事情太多了,在后来写成的那篇通讯里装也装不下。比如:"焦裕禄住院的消息传开后,四乡八村的老百姓涌到县委,都来问焦书记住在哪家医院,非要到病房里去看看他。县里干部劝也不听,东村刚走,西庄的又来了。后来焦裕禄的遗体运回兰考,那场面真叫人心碎。老百姓扑在他的墓上,手抠进坟头的黄土里,哭天哭地喊:回来呀,回来……有个叫靳梅英的老大娘,听说焦书记去世了,大黑天摸到县城,看见宣传栏里有焦裕禄的遗像,不走了,就坐在马路上,愣愣地看着遗像一动不动。那时,天上正下着雪……

会议室里的记者们,哭得泪人儿一般。

中午,谁也没有动筷子。

下午继续。更不行,伤心得连钢笔都捏不住。

晚饭摆好了,又凉了。咽不下。

第二天接着谈。开始都还强作镇静,不一会全散了架。县长哭,穆青哭,在场的人没有一个坐得稳……

干脆休会,不说了。

半小时后,周原到招待所穆青的房间去。穆青刚打完电话,回头看见周原,劈头就是一声喝:"立即把他写出来!"

"谁写?"周原问。

"你写!"

"不等迁坟了?"

"马上写!"

周原至今不忘,当时穆青还说了一句话:"干群关系到了这个程度,我们再笨，只要把事情写出来，一定能感动人民。"

击案叫好那一句

在兰考是没法写稿，泪珠子抹也抹不干，不得不转移到开封。

四位记者各把一头，写通讯、配评论、赶社论。四个人四间屋，没日没夜。周原回忆道："那几天穆青也不睡，他像个严厉的'监工'，不停地走，这屋转转那屋看看。"记得一次穆青走到周原的屋里，顺手拿起一页刚写出的稿纸，当看到"他心里装着全体人民，唯独没有他自己"这句话时，击案叫好："这样的话多来两句。"

一万两千字的初稿，周原挥泪一气呵成。穆青看罢——摇头。

泪太多了。悲而不壮。

必须修改。于是周原留在河南待命，穆青、冯健带着初稿返回北京。

与其说修改，不如说重砌炉灶。

初稿确实动情，但写焦裕禄不是为了让读者陪着流眼泪。焦裕禄对人民的感情是从哪来？焦裕禄在灾害面前顶天立地，在病魔面前视死如归，力量源泉何在？作为县委书记，他的工作方法领导作用是如何形成的？该如何体现？

改了又改，呕心沥血。写不好焦裕禄，对不起兰考父老。常常为推敲一个字甚至一个标点，穆青同冯健争得面红耳赤。

一直改到第九稿，穆、冯这才满意。稿子迅速传回河南，请周原再赴兰考核实。这时候周原发现，他的初稿已经"无影无踪"，除了基本素材，只字未改的原话似乎只剩下一句，就是穆青击案叫好的那一句："他心里装着全体人民，唯独没有他自己。"

山河动容

1966 年 2 月 7 日清晨。北京。中央人民广播电台录音室里，气氛异常。

长篇通讯《县委书记的榜样——焦裕禄》上午就要播出，可是录音制作却遇到了前所未有的"障碍"。稿子还没念到一半，中国"头牌"播音员齐越已经泣不成声……

中断，中断。录音一次次不得不中断。到后来连录音编辑都挺不住了，趴在操作台上长哭不起。

闻讯赶来的几十位播音员、电台干部肃立在录音室的窗外，静静地看、默默地听、悄悄地擦眼泪。

终于，齐越念到最后一句："焦裕禄……你没死，你将永远活在千万人的心里！"

千千万万的人听到了，千千万万颗心震颤了，山河动容，泪飞顿作倾盆雨……

这天上午，一个伟大的名字传遍了中国。

（摘自《读者》1991 年第 1 期）

临危受命

达 万

1950 年，是极不平凡的一年。在那火红的岁月里，中国高级领导层作出了一项震动世界的重大决策。

10 月 1 日，国庆节。正当"站起来了"的中国人民欢庆共和国成立一周年的时候，毛泽东主席收到了朝鲜金日成首相和朴宪永外相的电报。

这是一封关于朝鲜战局的告急电报。电报中说，战争以来，敌人利用约千架各种飞机，不分昼夜地轰炸我们的前方与后方，我们兵力和物资方面的损失是非常严重的。9 月中旬美军在仁川登陆后，对我们已造成了很不利的情况，敌人登陆部队与南线部队已经连接在一起，切断了我们的南北部队。如果敌人继续进攻三八线以北地区，则只靠我们自己的力量是难以克服此危机的。

电报明确提出：

　　因此，我们不得不请求您给予我们以特别的援助，及在敌人进攻三八线以北地区的情况下，急盼中国人民解放军直接出动援助我军作战。

朝鲜已处在存亡危急之中，毛泽东主席极为关注。

10 月 4 日中午，中央派飞机去西安，接彭德怀同志急回北京。当天下午 4 时左右，彭总到了中南海。此时，中央正在开会，研究出兵援助朝鲜的问题。当彭总踏进颐年堂会议室时，正在主持政治局扩大会议的毛泽东主席迎了上去，笑着说："彭德怀同志，你来得正好哇！恐怕催你催得急了点，可是这有什么办法？这是美帝国主义'请'你来的呀！"又说："我们的恩来同志早就警告过这位杜鲁门先生，说你不要过三八线，你要过了这条线，我们就不能置之不理。可是人家硬是过来了。我们可怎么办呢？究竟是出兵参战，还是听之任之？请你彭老总也准备发表个意见。"

　　会后，毛主席又单独对彭总说："德怀同志，我这个决心可不容易下哟！一声令下，三军出动，那就关系到数十万人的生命。打得好没有可说的。打不好，危及国内政局，甚至丢了江山，那我毛泽东对历史、对人民都没法交代哟！政治局扩大会议上，大家的担心都是有道理的。不过金日成危急了，我们要不管，那社会主义阵营还不是一句空话！"

　　彭总极其关注地倾听着毛主席的每一句话。当晚在下榻的北京饭店里，怎么也睡不着。想着美国占领朝鲜，与我隔江相望，威胁东北；又控制我台湾，威胁上海、华东。它要发动侵华战争，随时都可以找到借口。老虎是要吃人的，什么时候吃，决定于它的肠胃，向它让步是不行的。它既要来侵略，我们就要反侵略。不同美帝国主义见过高低，我们要建设社会主义是困难的。为本国建设前途着想，应当出兵；为了鼓励殖民地、半殖民地人民反帝、反侵略的民主革命，也要出兵；为了扩大社会主义阵营的威力，更要出兵。

　　"你们说的都有理由，但是别人危急，我们站在旁边看，怎么说心里也难过。"彭总把毛主席的这句话，反反复复叨念了几十遍，体会到这是一个国际主义和爱国主义相结合的指示。

第二天下午，彭总在会上发言："出国援朝是必要的。打烂了，等于解放战争晚胜利几年。如果美军摆在鸭绿江边和台湾，它要发动侵略战争，随时都可以找到借口。"

10 月 8 日，中央正式决定彭德怀同志去朝鲜。彭总二话没说，立即乘飞机去沈阳。

当天下午，彭总在沈阳紧急召集十三兵团及东北军区负责人邓华、韩先楚、洪学智、解方、杜平及李富春、贺晋年、张秀山等，商定于次日召开参战部队军以上高级干部会议，部署出国前的准备工作。

10 月 9 日，辽宁宾馆会议厅，宽敞明亮。20 多位军以上干部陆续到达。他们中，有的过去长期并肩战斗在一起，情谊很深；有的还是从长征后，久别重逢，感到格外亲热；有的虽是初次见面，但为了一个共同目标来到一起，同样像老朋友一样，话匣子就关不住啦！

"怕个熊，美国鬼子又不是三头六臂，我们把纸老虎当真老虎打就是了，打他个人仰马翻，给世界人民看一看！"吴信泉的声调很高。

"刀枪入库，马放南山，迟早要吃亏的呀！"邱创成那平江话尾子特别浓。

……

不过，在这火烧眉毛的时刻，谈论的中心还是猜测"到底谁是司令员？"

他们把中国当代有名的军事家一一排队，逐个估量，大都认为，林彪挂帅的可能性大。因为志愿军战略后方基地是东北，林彪在这里待的时间长，情况熟悉；准备入朝的部队，又大都是四野的主力——十三兵团的东北炮兵师，林彪是最合适不过的人选了。

但是，他们谁都不知道，在中央政治局扩大会议上，林彪提出的观点是"不要出国作战"。其理由是：我军装备落后，大都是缴获日本的三八大盖。

美军一个军有各种火炮1500门，我们一个军还不到300门，坦克更少。如果没有三倍、四倍于美军的炮兵和装甲兵，是顶不住的。一旦顶不住，美军打过鸭绿江，那后果就不堪设想了。

毛主席起初确实提到了林彪。林彪怕担"千古罪人"之名，害怕打不赢麦克阿瑟，失了他"林总"的威信，借口身体欠佳，把这副重担撂了下来。就是彭总也多次问过毛主席："主席，林彪现在怎么样?"毛主席大手一挥："不谈他，不谈他。他这个人打起仗来，谨慎有余，胆量不足，不谈他。"

正当大家谈得兴浓的时候，忽然"吱呀"一声，会议室的大门打开了。由东北局负责人高岗陪同，彭总巍巍地站在会议室门口。大伙都赶紧回到自己的座位上，端端正正地注视着。

"中央确定彭德怀同志为志愿军司令员兼政治委员，率领大家抗美援朝。我们欢迎!"高岗话音一落，将军们"哗"的一声站了起来，使劲鼓掌。

彭总慈祥的脸上，稍带一丝微笑，一招手，让大家落座。"同志们好!"彭总频频点头，向大家表示问候。

接着，邓华同志向彭总介绍参战部队领导。

"这是38军梁兴初军长、刘西元政委。"

彭总紧握梁军长的手，端详了一阵说："比以前瘦了些，要好好注意身体，争取多打几个漂亮仗，才不愧是红军的老家底呐!"

"是! 我一定遵照你讲的去做。"梁军长的脸显得精神焕发。

"这是39军吴信泉军长、徐斌州政委……这是炮兵邱创成政委、匡裕民副司令员。"

彭总与他们一一握手。在与匡裕民握手时，彭总说："我们的炮比美国少得多、差得远，你们得想办法，打得快，打得准，打得狠。这全仰仗你这个司令啰!"

"我们一定做到!"匡裕民赶紧收腹挺胸，斩钉截铁地回答。

彭总十分满意地点了点头。

彭总先在会上谈了出兵的意义和必要性。然后，着重谈了自己的看法："我们的敌人不是宋襄公。它不会愚蠢到这种地步，等我们摆好了阵势才来打我们。大家看到现在有这种打法吗?"

"没有!"大家齐声回答。

"对! 没有嘛! 他们是机械化，前进速度是很快的，我们必须抢时间。中央要我到这里来，也是 3 天前才作的决定。我彭德怀本事不大，确实是廖化当先锋啰! 中国生，朝鲜死，朝鲜埋，光荣之至!"

接着，彭总提高嗓门，以洪钟般的声音宣布："我命令，所有参战部队，从现在起，10 天内做好一切出国作战准备!"

彭总的声音在大厅里回荡，将军们的心都震撼了。

(摘自 《读者》 1991 年第 3 期)

谢觉哉办案

佚 名

　　"合乎人情的习惯，即是法。""司法的人，要懂情理。要懂得不近情之理和不合理之情，然后断案，就会合法。"

——谢觉哉

　　中央西北办事处司法部成立不久，省裁判部送来"王观娃死刑案"，要谢老批复。案情报告中说王观娃当过土匪，今年又抢过一次人。因此原判机关认定："非处死不可！"谢老反复看了案卷，提出了一系列可疑之点：王观娃的罪到底是什么？当了几年土匪都有什么事实？今年抢人抢了些什么？在何处抢的？抢的情形怎样？怎样活动人当土匪的？都是哪些人？他指出，凡此种种事实情节，都没有说清，在案卷报告上看不出来，这样马马虎虎，怎好来定他的死刑？于是，他拿起毛笔，重重地写了四个大字："无从下批！"省裁判部看到谢老的批复后，重新查据审理，结果以"无罪释放"结案，一条人命活了下来，王观娃高兴地回家搞生产去了。

　　"杀人一定要慎重，一个人只有一个脑袋，杀掉了就不能再安上。"

——谢觉哉

　　1961 年的一天，他审核云南送来的一个案卷：被告是一个五十多岁的地主婆，罪状是她同社员一块到山上拣蘑菇，拣回来拿到食堂煮。蘑菇熟了，别人都吃，唯独她不吃。有几个社员食后中毒拉肚子，大家便怀疑是她捣鬼，把她扭送到法院。当地基层法院认定被告是蓄意破坏三面红旗，破坏大办食堂，毒害社员，属阶级报复行为，不杀不足以平民愤，便判处她死刑，省法院已同意，报送最高人民法院核准。

　　谢老看完案卷，沉思良久，心生疑问：一、蘑菇是大家一起拣的，谁能证明有毒的就一定是被告拣的呢？二、为什么有人吃了中毒，有人没中毒？毒蘑菇毒性到底有多大？三、被告是有意还是无意，或者根本认不出蘑菇有毒没毒？如果蓄意毒害，大家叫她吃时，她完全可以挑些无毒的吃，这不就可以掩盖罪行了吗？为什么她不吃？谢老感到这些问题办案人员根本没有弄清就判决，会不会是因为被告是五类分子，就草率从事呢？他决定将此卷退回云南省高级人民法院重新审核。

　　云南省高级人民法院非常重视，立即组织人员重新调查。终于，疑点全部弄清。原来被告根本分不清哪些蘑菇有毒哪些没毒；也找不出任何证据说明有毒的蘑菇是她拣的；当时她所以不吃，是因为她去食堂烧火前，在家里吃了自己拣的蘑菇，已经吃饱了，不想再吃。事实真相大白，云南省高级人民法院修正错误，改判死刑为无罪释放。

　　"一念之忽差毫厘，毫厘之差谬千里。胭脂一剧胜神针，启智纠
　偏观者喜。"

——谢觉哉

　　1961 年 3 月间，秘书林准从人民来信中看到一封保价信，信封上写着"谢觉哉院长亲收"。拆开一看，里面有两元钱、几斤粮票和一份申诉材料。信是从甘肃省某个劳改农场寄来的，署名张志运。

这封信引起谢老的重视：一个劳改犯人给我写信，不寄平信，也不寄挂号信，而是寄保价信。他是有话要说，怕我收不到吧？谢老仔细地看完申诉材料，对林准说："给张志运回封信，说申诉材料收到了，我们会重视的。"说完又补充一句："把钱、粮票一并退还给他。"随即调卷审阅。据案卷记载，张志运于 1950 年十八岁参加革命后，随前西北卫生部民族医疗队到甘肃省天祝藏族自治县为兄弟民族治病。1953 年，张志运利用驱梅注射工作之便，强奸了一个十三岁的藏族幼女，破坏民族政策，天祝县人民法院判张十年徒刑，投入监狱。此案是经过三级法院判决的，但张一直不服，坚决否认强奸幼女的犯罪事实，虽经过三次申诉，都被驳回，其中一次还是 1956 年由最高人民法院直接驳回的。

谢老同最高人民法院审判员一起，共同分析案情。他说：这个案子值得怀疑，张本人是医生，难道不知道梅毒的传染途径？而且事情发生在医院妇产科诊疗室，光天化日，人来人往，他怎么作案呢？再说一个判了十年刑的人，已经坐了八年牢了，还不断申诉，应不应该考虑他有冤呢？他建议最高人民法院亲自派人再去详细调查。

大家都同意谢老的分析，决定派有经验的女审判员丁汾和甘肃省高级人民法院一起复查。

经过一个多月的调查，事情终于水落石出。原来这个案件有政治背景。天祝县是藏族聚居地区，1952 年发生此案时，这里还未镇反和土改，牧主粮户（即牧主兼地主）还是当权者，一些与本案有关的法院院长、区乡长、民兵队长等人，不少是牧主粮户的代理人，都十分害怕土改。牧主粮户的老婆相咎便利用这个十三岁的女孩不懂事，乘机造谣，制造事端，说张志运的医疗队是为土改打前阵的，以达到破坏土改、破坏民族团结的目的。前两次县院来调查时，相咎在背后操纵，暗地教原告死死咬住，不要改口。这是一个在坏人相咎一再教唆下制造的冤案。

谢老听完汇报说："不白之冤呀！冤枉了人家八年才给平反，太晚了，对不起人家。"

几个月以后，最高人民法院人民接待室里，来了一位青年人，他衣着整洁，带着大包小包土特产，要见谢老。他就是张志运。

他走进接待室，恳切地对接待他的同志说："谢觉哉院长帮我弄清了冤情，否则我这辈子就完了。我是从甘肃专程来谢谢他的，请你无论如何也让我见见他，如果他忙，见一面也行，几分钟，一两分钟……"由于太激动，他说不下去了。他千里迢迢来到北京，来到最高人民法院，恳切要求见法院院长，他觉得这里是人民说话的地方。是他一个中华人民共和国的公民可以来的地方。

接待室的同志被他的诚意打动了，打电话告诉谢老办公室。林秘书报告给谢老，谢老说："请接待室的同志跟他讲讲吧，这是我们法院应该做的事情，值不得感谢。"接待室的同志按照谢老的吩咐，劝了好久，才把张志运说服了。张志运拿起那大包小包的土特产，泪流满面，向法院深深鞠躬，哭着走出法院的大门。

几天后，他给谢老写来一封洋溢着深情的感情信。谢老看了，反而觉得不安，他认为法院让人家白白坐了八年牢，不仅不应该接受人家的感谢，倒应该向人家道歉。

> "这就叫宁'左'勿右，因为左是方法问题，右是立场问题，一说到立场问题就怕了，就将实事求是丢在一边了。"
>
> ——谢觉哉

1962年5月，谢老视察西安。他在抽调的案卷中看到王××反革命一案，案卷上写着：原审三原县法院，以王犯趁我党整风之机，先后向毛主席、周总理及人大常委会等写了十几封信，谩骂我党革命领袖，攻击各项政策，给章伯钧去信献策将农工民主党改为"农民民主党"等，判处王犯十年徒刑。王犯不服上诉，中级人民法院改判王犯有期徒刑二十年。投狱劳改后，王犯还不服，抗拒改造，法院又增刑四年，共二十四年。该犯仍然不服，又向最高人民法院写"控诉书"，控诉中央领导人放纵下级干部滥用刑法侵犯人权等，市法院拟判死刑，省人民法院决定改判无期徒刑。

谢老仔仔细细地看完案卷中的全部材料，认为案子判得有问题。他说："宪法有规定，人民有通信自由。对人民公社、"大跃进"有不同意见，写信给毛主席、周总理有什么罪？为什么反映问题就要判刑？而且判得这样重。这样做对广开言路有什么好处？"他主张改判无罪释放。

对谢老的这个建议，陕西省和西安市法院有关人员争论很大。在那年月，要将一个层层加码直到判为无期徒刑的犯人改为无罪释放，谈何容易。这个思想通了，那个思想不通。有的顾虑不好交代，有的怕人说右倾，将来犯错误。当然也有赞成谢老意见的。在这种情况下，谢老没有以命令的方式处理问题，而是把法院同志请来交换意见，并且开诚布公地提出自己的想法。他说："这个案卷怎么能存在档案室？几十年以后，我们这些人都死了，有人来翻看这个档案，他要说你们这个时代是什么时代？向毛主席写封信就犯了罪？他向最高人民法院告状，他们也不把状子送到最高人民法院去，反而把它扣压起来，这样做不行嘛。"同志们争论不休，各抒己见。谢老态度很明朗，认为错了就错了，应该实事求是，有错必纠。最后取得一致意见，将王××由无期徒刑改判无罪释放，但承办此案的同志怕负责任，在案卷上注明："这是谢觉哉同志在这里讲的，这个案子判错了，所以要改。"事后，谢老同内蒙古政法部门党员干部讲话时还谈起这件事，他意味深长地说："为什么这样写，就是准备反右倾时，反不到他。"

> "当一个人犯了法时，叫'犯人'，但'犯人'也是人，只不过头上多一个'犯'字，经过教育改造，帮他去掉'犯'字，不是就好了嘛。"

> ——谢觉哉

他经常教育大家，共产党是要改造世界、改造人类的，我们的政策如执行得好，可以改造很多人。他举特赦溥仪为例说："溥仪是一个两次被推翻的皇帝，都改造过来了。1959 年得到特赦，这连他自己也不敢相信。他自己说过:'我的前半生罪恶实在太重了，是一百个死、一千个死也赎不回来的。'并且认为自己脑子已经僵硬，无法改变也不想改变。但在长期关押期间，经过改造教育，经过学习和到各地参观，看到了祖国的伟大变化，认识到共产党和毛主席的正确，逐步认清了自己的罪恶，终于有了改恶从善的转变，决心脱胎换骨，重新做人。有一次，他见到我，说:'这是古今中外没有的。'溥仪那样的人都可以改造，普通的罪犯也可以改造。"

1960 年的中秋节，皓月当空，碧天如水。全国政协邀请各党派人士赏月，溥仪也去了。席间，溥仪走到谢老身边，恭恭敬敬地自我介绍:"我就是溥仪，您老把我特赦了。"谢老连忙请他坐下，说:"是共产党、毛主席把你特赦的。"溥仪回答:"那当然，那当然，我要感谢共产党、感谢毛主席、感谢最高人民法院，我的特赦证书上面盖着最高人民法院的章，我也要感谢您老。"谢老见溥仪有几分紧张，风趣地说:"我过去还是你的臣民哩。"溥仪一听，笑了，气氛顿时变得轻松起来。赏月的人群中也腾起一阵欢乐的笑声。过去的臣民、如今的最高人民法院院长同一位被特赦的旧"皇上"、新公民平起平坐在一起赏月，这个难得的历史场面立即被新华社记者摄入镜头。

回家路上，谢老的夫人王定国问谢老:"你刚才对溥仪讲臣民是什么意思?"谢老幽默地回答:"他三岁当皇帝的时候，我考中了秀才，不就是臣民么?"说罢，哈哈大笑。回到家里，他高兴地对秘书说:"赏月的时候，见到溥仪了，我们把皇帝也改造过来了。"神情异常高兴、自豪。

(摘自《读者》1984 年第 10 期)

钱学森与蒋英

王文华

儿时一曲 《燕双飞》

要谈钱学森和蒋英的爱情故事，得从他们的父辈谈起。

蒋英的父亲蒋百里，是民国时期著名军事理论家，陆军上将，也是著名文化学者，他著述宏富，以"兵学泰斗"驰名于世。

蒋百里与钱学森之父钱均夫早年都就读于浙江杭州求是书院（浙江大学前身），18 岁那年，两人又以文字互契而结为好友，分别于 1901 年和 1902 年留学日本数年，一个学军事，一个学教育，回国后均居北京。因此，蒋、钱两家关系甚密。

蒋英是蒋百里四个女儿中最美最聪明的一个，只有一个独生子的钱均夫仗着同蒋百里的特殊关系，直截了当地提出来，要五岁的蒋英到钱家做他的闺女。

蒋英从蒋家过继到钱家是非常正式的，蒋钱两家请了亲朋好友，办了几桌酒席，然后蒋英便和从小带她的奶妈一起住到了钱家。在蒋钱两家的一次聚会中，钱学森和蒋英当着他们的父母，唱起了《燕双飞》，唱得那样自然、和谐，四位大人都高兴地笑了。蒋百里忽然明白了什么："噢，你钱均夫要我的女儿，恐怕不只是缺个闺女吧?"

其实，蒋百里也十分喜欢钱学森，他多次对钱均夫说："咱的学森，是个天才，好好培养，可以成为中国的爱迪生。"

钱学森和蒋英更没想到，儿时的一曲《燕双飞》，竟然成为他们日后结为伉俪的预言，也成了他们偕行万里的真实写照。

晚年的蒋英回忆起那段经历时说："过了一段时间，我爸爸妈妈醒悟过来了，更加舍不得我，跟钱家说想把老三要回来。再说，我自己在他们家也觉得闷，我们家多热闹哇！钱学森妈妈答应放我回去，但得做个交易：你们这个老三，长大了，是我干女儿，将来得给我当儿媳妇。后来我管钱学森父母叫干爹干妈，管钱学森叫干哥。我读中学时，他来看我，跟同学介绍，是我干哥，我还觉得挺别扭。那时我已是大姑娘了，记得给他弹过琴。后来他去美国，我去德国，来往就断了。"

琴瑟好合，羡煞朋辈

曾有记者在采访蒋英时，问起她与钱学森结合的经过。

记者："看来你俩的结合是双方家长的意思啦?"

蒋英："我父亲倒是有些想法。他到美国考察还专门到钱学森就读的学校，把我的照片给他。"

记者："你俩之间谁先挑明的?"

蒋英："是他。他说:'你跟我去美国吧!'我说:'为什么要跟你去美国?

我还要一个人待一阵，咱们还是先通通信吧！'他反复就那一句话：'不行，现在就走。'没说两句，我就投降了。我妹妹知道后对我说：'姐，你真嫁他，不会幸福的。'我妹在美国和钱学森一个城市，她讲了钱学森在美国的故事：赵元任给他介绍了一个女朋友，让他把这位小姐接到赵家，结果他把人家小姐给丢了。赵元任说：'给他介绍朋友真难。'"

记者："您当时怎么想？"

蒋英："我从心里佩服他。他那时很出名，才36岁就是正教授，很多人都敬仰他。我当时认为有学问的人是好人。"

1947年桂子飘香的季节，钱学森与蒋英在上海喜结鸳侣。此时蒋英已是个才华横溢的音乐家，钱学森则是学识超群的科学家。

这年9月6日，钱学森与蒋英赴美国波士顿。他们先在坎布里奇麻省理工学院附近租了一座旧楼房，算是安家了。新家陈设很简朴：二楼一间狭小的书房，同时也是钱学森的工作室。起居间里摆了一架黑色大三角钢琴，为这个家平添了几分典雅气氛。这架钢琴是钱学森送给新婚妻子的礼物。

蒋英长期在德国学音乐，来到美国后，一时英语还不能过关。钱学森就抽空教她学英语，还不时用英语说一些俏皮话，逗得蒋英咯咯地笑。蒋英为了尽快地掌握英语，把几首德语歌曲翻译成英语，经常哼唱。因此，从这座小楼里时常传出笑语歌声。

钱学森的恩师冯·卡门教授谈到钱学森的婚姻时，也显得异常兴奋："钱现在变了一个人，英真是个可爱的姑娘，钱完全被她迷住了。"几年后，美国专栏作家密尔顿·维奥斯特在《钱博士的苦茶》一文中说："钱和蒋英是愉快的一对儿。作为父亲，钱参加家长、教员联合会的会议，为托儿所修理破玩具，他很乐于尽这些责任。钱的一家在他们的大房子里过得非常有乐趣。钱的许多老同事对于那些夜晚都有亲切的回忆。钱兴致勃勃地做了一桌中国菜，而蒋英虽也忙了一天来准备这些饭菜，却毫不居功地坐在他的旁边。但蒋英并不受她丈夫的管束，她总是讥笑他自以为是的脾性。与钱不一样，她喜欢与这个碰一杯，与那个干一杯。"

蒋英来到美国的头几年，钱学森去美国各地讲学或参观的机会比较多，每次外出他总忘不了买一些妻子喜欢的礼品，特别是各种新的音乐唱片。在他们家中，各种豪华版经典的钢琴独奏曲、协奏曲，应有尽有。多年之后，当蒋英忆及往事，依然回味无穷地说："那个时候，我们都喜欢哲理性强的音乐作品。学森还喜欢美术，水彩画也画得相当出色。

因此，我们常常一起去听音乐，看美展。我们的业余生活始终充满着艺术气息。不知为什么，我喜欢的，他也喜欢……"

在软禁中相濡以沫

1950 年 8 月 23 日，钱学森和蒋英买好了回国的机票，办好了行李托运及回国的一切手续，并和美国的亲友一一作了告别。但就在这时，美国当局突然通知钱学森不得离开美国，理由是他的行李中携有同美国国防有关的"绝密"文件。半个月后几名警务人员突然闯进了钱学森的家，说钱学森是共产党，非法逮捕了他。钱学森被送往特米那岛，关押在这个岛的一个拘留所里。9 月 22 日，美国当局命钱学森交出 1.5 万美元后，才让他保释出狱。但他仍要听候传讯，不能离开洛杉矶。

经过半个月的折磨，钱学森的身心受到严重伤害，体重整整减少了 30 磅。美国联邦调查局的特务时不时闯入家门搜查、威胁、恫吓，他们的信件受到严密的检查，连电话也被窃听。这时，蒋英像一名忠诚的卫士护卫着钱学森，把惊吓留给自己。

整整五年的软禁生活，并没有减损钱学森和蒋英夫妇回国的决心。在这段阴暗的日子里，钱学森常常吹一支竹笛，蒋英则弹一把吉他，共同演奏 17 世纪的古典室内音乐，以排解寂寞与烦闷。虽说竹笛和吉他所产生的音响并不和谐，但这是钱学森夫妇情感的共鸣。

为了能随时回国，当然也为躲避美国特务的监视与捣乱，他们租住的房子都只签一年合同，五年之中竟搬了五次家。蒋英回忆那段生活时说："为了不使钱学森和孩子们发生意外，也不敢雇用保姆。一切家庭事务，包括照料孩子、买菜烧饭，都由我自己动手。那时候，完全没有条件考虑自己在音乐方面的钻研了，只是为了不致荒废所学，仍然在家里坚持声乐方面的锻炼而已。"

在蒋英和亲朋好友的关怀劝慰下，含冤忍怒的钱学森很快用意志战胜了自己，他安下心来，开始埋头著述。一册《工程控制论》和一册《物理力学讲义》，便是蒋英与钱学森贫贱不弃、生死相依、笃爱深情的结晶。

科学艺术，相辅相成

在周恩来总理的努力下，1955 年 10 月 8 日，钱学森和蒋英带着他们六岁的儿子永刚、五岁的女儿永真，回到了日夜思念的祖国。回国后，蒋英的艺术才华又焕发出来了，她最初在中央实验歌剧院担任艺术指导和独唱演员，后来到中央音乐学院任歌剧系主任、教授。

蒋英非常热爱自己的事业，非常热心音乐教育工作。20 世纪 50 年代初磁带式录音机还未问世，蒋英和钱学森从美国带回来的唯一的奢侈品就是一台钢丝录音机。蒋英便把它拿去用于教学工作，让它发挥更大的作用。

从 20 世纪 50 年代中期到整个 70 年代，我国每次发射导弹、核导弹和人造卫星等，钱学森都要亲临第一线，在基地一蹲就是十天半月，甚至一个月。当时保密要求十分严格，钱学森出差在哪里、干什么，从来不对家人讲。有一次蒋英在家里一个多月都得不到丈夫的音讯，她不得不找到国防部五院询问："钱学森干什么去了，这么长时间杳无声息，他还要不要这个家了？"五院的同志和颜悦色地告诉她："钱院长在外地出差，他平安无恙，只是工作太忙，暂时还回不来，请您放心。"蒋英听了心里有数了，具体事情也不再多问了。

有人曾向钱学森请教过这样一个问题：你俩一个在科学上、一个在艺术上都达到高峰，共同生活了五十多年，这科学和艺术是怎样相互影响的呢？钱学森对这个问题作了明确的阐述："蒋英是女高音歌唱家，而且是专门唱最深刻的德国古典艺术歌曲的。正是她给我介绍了这些音乐艺术，这些艺术里所包含的诗情画意和对于人生的深刻理解，使我丰富了对世界的认识，学会了艺术的广阔思维方法。或者说，正因为我受到这些艺术方面的熏陶，所以我才能够避免死心眼，避免机械唯物论，想问题能够更宽一点、活一点，所以在这一点上我也要感谢我的爱人蒋英同志。"

共同的艺术情趣是蒋英和钱学森相互关怀、相互爱恋的沃土。即使在20世纪50年代遭受美国政府软禁的艰难岁月，夜晚，当孩子们入睡以后，有时他们也要悄悄地欣赏贝多芬、海顿、莫扎特的交响曲，感受那与命运顽强抗争的呼唤，乐观地面对人生的旋律，这也许就是贝多芬所要证明的："音乐，是比一切智慧和哲学更高的启示。"

在回国以后的四十多年里，每当蒋英登台演出，或指挥学生毕业演出时，她总喜欢请钱学森去听、去看、去评论。他也竭力把所认识的科技人员请来欣赏，大家同乐。有时钱学森工作忙，蒋英就亲自录制下来，放给他听。如果有好的交响乐队演奏会，蒋英也总是拉钱学森一起去听，把这位科学家、"火箭迷"带到音乐艺术的海洋里。钱学森对文学艺术也有着浓厚的兴趣，他所著的《科学的艺术与艺术的科学》出版时，正是蒋英给该书定了英译名。

蒋英教授对科技事业、科学工作者的艰辛十分关心和理解，她曾以巨大的热情，不顾连续几个月的劳累，参与组织、指导一台大型音乐会——《星光灿烂》，歌唱航天人，献给航天人。

蒋英和钱学森的日常生活也充满了艺术情趣，他们努力把科学和艺术结合起来。每逢星期天，如果天气好，他们总是带着孩子一起去郊外野游，到公园散步。香山、碧云寺、樱桃沟、颐和园、景山、北海，以及故宫、天坛、长城、十三陵，都留下他们的足迹和身影。

1999 年 7 月，中央音乐学院在北京隆重举办"艺术与科学——纪念蒋英教授执教 40 周年学术研讨会"，以及由蒋英的学生参加演出的音乐会等，88 岁的钱学森因身体原因不能出席，他特意送来花篮，写了书面发言，让女儿代为宣读，以表达他对蒋英的深深的爱意。

（摘自《读者》2003 年第 16 期）

中国"氢弹之父"

邵 峰

在中国核武器发展历程中,"氢弹之父"于敏所起的作用是至关重要的。因为他,如今的中国才能和美、俄、英、法比肩,成为全球拥有氢弹的五个国家之一。因为他,中国拥有了世界上最先进的氢弹技术,并且是在全球唯一能保持氢弹战备状态的国家!

少年励志

1926 年 8 月 16 日,于敏出生于天津市宁河县芦台镇。于敏的父母都是普通的小职员。和其他普通家庭一样,夫妻俩起早贪黑地工作,只为赚取微薄的收入养家糊口。对于这个聪明的儿子,他们并没有过多的时间去教导。

于敏自幼喜欢读书,有过目不忘之能,书中的那些人物,如诸葛亮、岳飞等都是他崇敬的对象。和许多热血少年一样,当看到岳飞荡寇平虏、诸葛亮兴复汉室的壮志时，于敏总是想象着有朝一日自己也能够为国家崛起效力，建功立业。

虽然家境贫寒，但是于敏自小聪明好学、机智过人。他在天津耀华中学念高中时，就以各科第一闻名全校。1944 年，他顺利考入北京大学。但恰逢此时，父亲突然失业，在同窗好友的资助下，于敏才得以进入北大求学。

于敏刚刚进入北大时读的是工学院机电系，后来他发现，工学院教的都是别人已经研究出来的东西，强调的是知识的运用，太过简单没有意思。而他更喜欢探索未知的领域，喜欢寻根探源，沉浸在"纯粹"的理论之中。大二时，于敏发现物理学中还有很多未知的领域需要探索，于是他转入理学院，将自己的专业方向定为理论物理，从此便沉浸在物理学领域一发而不可收。

1949 年大学毕业时，于敏以第一名的成绩考上了北大理学院的研究生。读研究生的于敏更是以聪慧闻名北大，让导师张宗燧大为赞赏。

国产专家

1951 年，于敏以优异的成绩毕业。很快，他被慧眼识才的钱三强、彭桓武调到中科院近代物理研究所，专心从事原子核理论研究。这个研究所集中了当时中国核领域的顶尖人才，其中就有于敏日后的挚友、两弹元勋邓稼先。

在进入研究所之前，于敏研究的是量子场论。于敏进入研究所时，我国已经开始了原子弹的理论研究。

量子物理和原子核物理是两个完全不同的物理学分支，于敏必须从头学起。学习对于敏来说，从来就不是一件难事。在不到四年的时间里，于敏不仅掌握了国际核物理的发展趋势和研究焦点，还在关于核物理研究的关键领域，写出许多有重大影响力的论文和专著，其中包括他与杨立铭教授合著的我国第一部原子核理论专著《原子核理论讲义》。

诺贝尔物理学奖获得者、日本专家朝永振一郎曾亲自跑到中国，点名要见于敏这位奇才。一番学术交流后，朝永振一郎问道："于先生是从国外哪所大学毕业的？"于敏风趣地说："在我这里，除 ABC 外，基本都是国产的！"在得知于敏是一个从来没有出过国，也没有受过外国名师指导，靠独自钻研获得如此巨大研究成果的本土学者后，朝永振一郎震惊得说不出话来。

隐姓埋名

1961 年，于敏已经是国内原子核理论研究领域的顶级专家，为我国原子弹工程做出了很大的贡献。但是这一年，他接到了新的任务。

1 月的一天，于敏奉命来到钱三强的办公室。一见到于敏，钱三强就直截了当地对他说："经所里研究，并报上级批准，决定让你参加热核武器原理的预先研究，你看怎么样？"

从钱三强极其严肃的神情和语气里，于敏明白了，国家正在全力研制第一颗原子弹，氢弹的理论论证也要尽快进行。

接着，钱三强拍拍于敏的肩膀，郑重地对他说："咱们一定要把氢弹研制出来。我这样调兵遣将，请你不要有什么顾虑，相信你一定能干好！"

钱三强之所以这样说，是因为他知道，原子弹和氢弹是两个完全不同的东西，一个是重核裂变，一个是轻核聚变，在理论研究上基本没有联系。让一个原子核物理专家去研究氢弹理论，不亚于强迫一只飞鸟去大海学游泳。

于敏若接受氢弹研究的任务，就意味着他得放弃持续了 10 年、已取得很大成绩的原子核研究，在一个基本不了解的领域从头开始。而且那个时候，氢弹理论在国内基本处于真空状态，找不到任何可供参考和学习的东西。虽然此时美、英、苏三国已经成功研制出氢弹，但是关于氢弹的资料都是绝密的，于敏研究氢弹，只能靠自己。

思考片刻后，于敏紧紧握着钱三强的手，点点头，毅然接受了这一重要任务。

这个决定改变了于敏的一生。从此，从事氢弹研究的于敏便隐姓埋名，全身心投入深奥的氢弹理论研究工作。

研究工作初期，于敏几乎是从一张白纸开始。他拼命学习，在当时中国遭受重重封锁的情况下，尽可能多地搜集国外相关信息，并依靠自己的勤奋进行艰难的理论探索。

与此同时，法国人也在研制氢弹，而且已经研究了好几年，科研条件也更好。那个时候，很多人都认为，以法国人的优越条件，一定会在中国之前研制出氢弹。

那个时候，可以说，除了知道氢弹是聚变反应，我国对氢弹的研究基本上是一片空白。于敏想去图书馆的书库中找与氢弹相关的点滴资料，比登天还难。于敏的研究方法也完全不同，既然找不到资料，那就自己去研究！

于敏研究氢弹理论的过程，完全可以媲美爱因斯坦思考出相对论的过程。二者都是不靠资料支持，完全凭无与伦比的智慧思考出来的。仅仅 3 年时间，于敏就解决了氢弹制造的理论问题，"突破了氢弹技术途径"。

从原子弹到氢弹，按照突破原理试验的时间比较，美国人用了 7 年 3 个月，英国用了 4 年 7 个月，苏联用了 4 年。其中一个重要原因，就在于计算的繁复，而中国当时的设备更无法与他们的比。国内当时仅有一台每秒万次的电子管计算机，并且 95% 的时间分配给有关原子弹的计算，只剩下 5% 的时间留给于敏用于氢弹研究。

不过于敏记忆力惊人，他领导下的工作组人员，人手一把计算尺，废寝忘食地计算。一篇又一篇论文交到钱三强手里，一个又一个未知的领域被攻克。

中国"氢弹之父"

在解决完理论问题后，接下来就是氢弹的制造问题了。但氢弹的制造难度比原子弹的要高千百倍。

1964 年，邓稼先和于敏见面，进行了一次长谈，这两位顶级物理天才在一起，梳理了我国这些年氢弹研究的历程，很快制订了一份全新的氢弹研制计划。此后，二人分工合作，共同开始了我国第一颗氢弹的研制工作。

1964 年 10 月 16 日，我国第一颗原子弹爆炸成功，在世界上引起轰动。

同年，于敏调入二机部第九研究院。9 月，38 岁的于敏带领一支小分队赶往上海华东计算机研究所，抓紧设计了一批模型。但这种模型重量大、威力比低、聚变比低，不符合要求。于敏带领科技人员总结经验，随即又设计出一批模型，发现了热核材料自持燃烧的关键，解决了氢弹原理方案的重要课题。

于敏高兴地说："我们到底牵住了'牛鼻子！'"他当即给北京的邓稼先打了一个电话。

为了保密，于敏使用的是只有他们才能听懂的暗语，暗指氢弹研制工作有了突破。于敏说："我们几个人去打了一次猎……打中了一只松鼠。"邓稼先听出是好消息，问道："你们美美地吃了一餐野味？""不，现在还不能把它煮熟……要留作标本……我们有新奇的发现，它身体结构特别，需要做进一步的解剖研究，可是……我们人手不够。""好，我立即赶到你那里去。"

这一年，于敏提出了氢弹从原理到构形的完整设想，解决了制造热核武器的关键性问题。由于于敏和邓稼先等人的努力，自此，我国氢弹研究开始从理论转入实际制造，我国第一颗氢弹爆炸只是时间问题。

而此时，法国人的研究依然停留在氢弹构形问题上。

1967 年 6 月 17 日早晨，载有氢弹的飞机进入罗布泊上空。8 时整，随着指挥员"起爆"的指令，机舱随即打开，氢弹携着降落伞从空中急速落下。十几秒钟后，一声巨响，碧蓝的天空随即翻腾起熊熊烈火，传来滚滚的雷鸣声……当日，新华社向全世界庄严宣告：中国第一颗氢弹在中国西部地区上空爆炸成功！中国自此成为世界上第四个拥有氢弹的国家！此时，法国人依然在黑暗中摸索。

三次与死神擦肩而过

在研制氢弹的过程中，于敏曾三次与死神擦肩而过。

1969 年年初，因奔波于北京和大西南之间，也由于沉重的精神压力和过度的劳累，于敏的胃病日益加重。当时，我国正在准备首次地下核试验和大型空爆热试验。那时他身体虚弱，走路都很困难，上台阶要用手帮着抬腿才能慢慢地上去。

热试验前，当于敏被同事们拉着到小山冈上看火球时，他头冒冷汗、脸色苍白。大家见他这样，赶紧让他就地躺下，给他喂了些水。过了很长时间，他才慢慢地恢复过来。由于操劳过度和心力交瘁，于敏在工作现场几度休克。直到 1971 年 10 月，上级考虑到于敏的贡献和身体状况，才特许已转移到西南山区备战的于敏的妻子孙玉芹回京照顾他。

一天深夜，于敏感到身体很难受，就喊醒了妻子。妻子见他气喘，赶紧扶他起来。不料于敏突然休克，经抢救方转危为安。后来许多人想起那一幕都感到后怕。

出院后，于敏的身体还没有完全康复，他又奔赴祖国西北地区。由于常年得不到休息，1973 年，于敏在返回北京的列车上开始便血，回到北京后被立即送进医院检查。在急诊室输液时，他又一次休克。

在中国核武器研发历程中，于敏所起的作用是至关重要的。于敏说，自己是一个和平主义者。正是因为怀抱着对和平的强烈渴望，才让本有可能走上科学巅峰的自己将一生奉献给了默默无闻的核武器研发事业。

于敏认为自己这一生有两个遗憾：一是没有机会到国外学习、深造、交流；二是对孩子们不够关心。

其实，于敏有很多次出国的机会，但是由于工作的关系，他都放弃了。

从1961年到1988年，于敏的名字一直是保密的。1988年，他的名字解禁后，他第一次走出国门。

于敏婉拒了"氢弹之父"的称谓。他说，一个现代化的国家没有自己的核力量，就不能算真正的独立。一个人的名字早晚是要被人遗忘的，能把微薄的力量融入祖国的强盛中，他便聊以自慰了。

（摘自《读者》2018年22期）

"中国的眼睛"

萨 苏

章照止先生是老一辈数学家，然而，在数学圈子以外，他的名字并不太响亮。因为他的研究方向带有一丝神秘。

20 世纪 60 年代和 70 年代，国际上一直认为，中国有一个神秘的人物，在他的面前，设计多么巧妙的密码都如同草芥。他们把他叫作"中国的眼睛"。

中美建交的时候，双方曾经互赠礼物。

美国赠送给中国的，是日本"宝船"阿波丸号的沉没地点，中国后来组织力量打捞，获得大量战略物资。

中国赠送给美国的，是一本小册子。

那就是中国方面破译的苏军最新军区级军用密码。

这套密码之准确，几乎让美军的情报人员吐血，他们马上就意识到，这肯定来自"中国的眼睛"。

其实，"中国的眼睛"不是一个人，而是一个小组。如果一定要把它聚焦在一个人的身上，那就是章照止先生。中国科学院数学所研究员章照止先生，是我国最出色的密码算法专家。

大家一定认为中国最出色的密码算法专家会有非常隐蔽的住所、强力的保安吧？然而，章先生就住在数学所的平房里，和一个普通研究人员毫无二致。他的门前和每家一样搭起一个油毡的小棚，那里面放的是他家过冬烧的蜂窝煤。这一点也不奇怪，因为章先生只根据截获的密码提供算法，至于破解出来的内容是苏军的摩托化师驻扎地点还是三个月的菜谱，他根本就不知道。

解放军军事科学院的一个写作班子准备写中苏密码战，提到了一个情节：他们去苏联查资料，有个原来阿穆尔军区的情报军官很配合，他说了一件事。

珍宝岛战斗后一年多，这个军官被调到阿穆尔军区。他所在的师在黑龙江以北，是前线部队，和中国军队隔江对峙，一有风吹草动双方都很紧张。他上任的第二天，有一个苏军团长请假外出时失踪，苏军担心他被人劫持，就出动直升机和军车搜索。这时候，该军官还在熟悉工作。苏军情报部门利用掌握的一条中国有线电话，截获了中国前线一个步兵连和后方的通信。他们听到大致是下面内容的对话：前线连："×部×部，对面直升机飞过我头顶了，是不是进入阵地？"

后方："不要不要，没事。"

前线连："是不是有情况？"

后方："没有没有，休息。"

……

最后，后方突然补充了一句："没事，他们丢了一个团长，已经找到了，死了。没事了。"正在这时，苏军这边拿到了搜索部队的密码电报——那个团长已经找到。他翻车掉到了沟里，因为下大雪被埋住，所以开始没有被发现。人已经死了。

这个军官当时就倒抽了一口冷气——中国人比我们还先知道啊！这是什么样的对手啊！

因为这个军官当时刚刚到远东前线，这件事让他印象极深。他说，以后每次有重要的事情发密码电报，都有一种脱光了在人前走的感觉。

那时候，中国有专门的破译中心，这件事苏联人都知道。他们工作的办公室墙上就贴着标语——"警惕中国的眼睛"。

有一次，一个美国海军的专家访问中国，提出一定要见一见"中国的眼睛"。

章先生住的是一间半的房子，房子并不好，红砖墙的一排房子而已，顶上是水泥瓦。

面对美国专家的要求，中国方面十分为难。但是盛情难却，最后，所里提出一个无奈的方案：请一位院领导暂时搬家，让章先生住进去，先应付了客人再说。就这样，章先生和美国人见了面。

见面后双方十分愉快，美国专家惊讶地发现，章先生并不是一个单纯的密码专家——他不是军人，而是个普通的儒雅的中国知识分子。双方的交流融洽而和谐。唯一让美国专家觉得有些别扭的是，在场的一个翻译无所事事却不肯走。章先生能够讲流利的英语，根本用不到他，他所能做的，也就是帮章先生把论文拿来，或者扶章先生坐到椅子上之类的事情。

于是，美国人就用英语问——章先生，我们能不能单独谈呢？我们不需要翻译。

章先生说不行，他不是翻译，他是我的朋友，而且，我新搬来这里，他不帮我，我找不到论文在哪里，也找不到椅子。美国专家不解，问："为什么呢？"

章先生说："因为我看不见。""您……看不见？""是的，"章先生慢慢地说，"我天生就几乎是个瞎子。"美国人想不到，"中国的眼睛"章照止先生，竟然是一个有先天视力障碍的半盲人。

章先生送走了美国人，还是回到自己的"一间半"，他也没有什么意见，觉得这挺正常。

但这件事后来被新华社一位正直的记者写成了内参，引起相当大的震动。因为这件事，胡耀邦在全国科技工作会议上谈到知识分子待遇的时候，说："我很惭愧。"

不久，胡耀邦就派人到科学院，把新建的一批楼封了。胡耀邦越级下令："行政干部一个也不许住进来，全部分给科技人员。"

（摘自《读者》2010 年第 24 期）

"著名女科学家"炼成记

张 茜

　　"女性著名科学家"是一个要求颇为苛刻的标签。近现代以来，中国能够当得起这个称谓的人，可谓凤毛麟角。

　　不少女性在考虑是否要走科学这条道路之前，首先要闯过性别关。

　　即使到今天，也很难说男女在各行各业中的地位是平等的。如果追溯到20世纪初期——物理学家、中国科学院院士何泽慧和石油化学家、中国科学院院士陆婉珍出生的年代，女性的社会地位则更低。

　　想成为一名科学家，她们不仅需要内心坚定，努力争取家人的理解和支持，还需要有和反对的声音据理力争的勇气。

　　开明、男女平等的家风和雄厚的财力，在当时是女性获得优良教育的重要基石。在这一点上，两位女科学家有着极为相似的家庭背景——何泽慧的父母出自官宦望族，而陆婉珍则出身书香世家。

　　尽管拥有家庭方面的天然优势，她们还是需要以异于常人的勇气去争取学习机会。例如，何泽慧在早年的求学之路上，就两次险些因为性别问题被导师拒之门外。

第一次是考大学时。1928 年清华大学开始招收女生，何泽慧于 1932 年考入清华大学物理系，与她同级的 28 个物理系新生中有 8 名女生，但当时的系主任叶企孙主张"女生一个都不要"。《何泽慧传》的作者、科学史专家刘晓推测，或许叶企孙觉得：女生学物理比较难，而且物理系的毕业生将来有可能要从事与战争相关的工作。

"但她就是不服输，努力争取，她性格中有很积极的一面。"刘晓用 3 年时间收集了与何泽慧有关的翔实资料，撰写成书。

在得知可能被劝到其他系之后，何泽慧"挺身而出"，和女同学们一起据理力争："你们为什么在考试成绩之外设立一个性别条件？招生的时候没有说啊！"最后，系里只好同意她们先试读一学期。

经过几轮淘汰，最初的 28 名新生只剩下 10 人，何泽慧是胜利者之一。没想到，相似的一幕竟然在她前往德国攻读博士学位时重演了。

从清华大学毕业后，与何泽慧同级的男同学，包括后来成为她丈夫的著名物理学家钱三强都被老师引荐到可以为"抗日报国"作贡献的南京兵工署等单位工作，但女生几乎不在考虑范围。

选择留学德国的何泽慧一定要争这口气。"兵工署不要我们，我自己去找德国军事专家的老祖宗去！"刘晓在书中解释道，这位"老祖宗"就是德国军事专家克兰茨教授——现代弹道学的开创者、"兵工署"的顾问，当时帮助中国筹建了弹道研究所。

一心想救国的何泽慧坚持要学习实验弹道学，请求克兰茨教授接收她，但被拒绝了——弹道专业此前从未收过外国学生，更没有收过女生。

何泽慧穷追不舍。她对克兰茨说："你可以到中国来当兵工署顾问，帮我们打日本侵略者；我为了打日本侵略者到这里来学习这个专业，你为什么不收我呢？"克兰茨教授被问得哑口无言，只好同意她先以旁听生的身份试试。第一学期结束后，何泽慧便转为正式学生。

她在追求女性平权的道路上又胜利了。

过了性别关之后，若还要在"科学家"之前加上"著名"二字，则是更大的挑战：一方面，需要有引领某领域科学发展方向的能力；另一方面，还需要有服务全局的胸襟。如果说前者是技术问题，后者则是意识问题。

何泽慧的父亲何澄曾亲历八国联军侵华，愤而留学日本。他曾说："若想中国不受外国欺负，必须把外国的强项学到手，我就是倾尽家资也要送你们出去。"

陆婉珍的父亲陆绍云从小目睹国家贫穷落后，加之受到爱国主义教育的影响，一早就决心走实业救国的道路，后来也远赴日本，学习纺织技术。

父辈为了民族富强、国家兴旺所作出的努力深深地印在年幼的何泽慧和陆婉珍心里。数十年后她们成为大科学家，有人问最初是什么让她们对科学产生的兴趣，陆婉珍回答："大部分是由于科学救国的思潮。"何泽慧则率真地回答说："没有兴趣，没有兴趣，那时候就是为国家……"

爱国和有社会担当是彼时成为大科学家的必备条件。但仅有爱国之心是不够的，她们还需要"静默地想救国的方法"——这是何泽慧17岁时经历日本侵华的感悟，也是诸多像她一样的救国科学家奉行一生的行为准则。

为救国，这些"不起眼的小女孩"选择去啃科研的硬骨头。

1940年何泽慧在德国克兰茨教授指导下获得博士学位，而后前往法国与丈夫钱三强会合，共同在居里夫妇的实验室工作；比何泽慧小10岁的陆婉珍在美国知名化学家希斯勒教授指导下于1951年获得博士学位，与石油化工学家闵恩泽结为伉俪，并供职于一家著名的精制玉米公司。

尽管她们已经在国外获得了相对优裕的工作和生活条件，以及良好的发展前景，但"梁园虽好，非久居之地"，救国之心从不敢忘。钱三强曾说："正是因为祖国贫穷落后，才更需要科学工作者回去改变她的面貌。"

抱着这样的信念，1948年，何泽慧和钱三强夫妇登上了从法国出发的轮船。回国后他们创建了我国首个原子学研究所，双双成为我国核物理领域的奠基人。

1955年，陆婉珍和闵恩泽夫妇也登上了从美国出发的轮船，回国后创建了我国首个石油炼制工业研究所，开了我国油品分析技术的先河。

除了白手起家、勇于创新，这两位女科学家还对科技发展趋势有着敏锐的嗅觉和准确的判断力。例如，何泽慧的研究重心从原子核物理、原子能，到中子核物理，再到宇宙线，始终站在我国核物理研究中最迫切需要，也最关键的一线。陆婉珍早年坚持研究的不被学界看好的近红外光谱油品分析技术，如今竟有愈来愈热之势。

褚小立是陆婉珍的学生，曾跟随她学习工作近20年。让褚小立印象深刻的一句话是："人不要被物降住。"

尽管陆婉珍家境殷实，但她从小恪守俭朴的习惯。加之幼时受祖母淡然生活态度的熏陶，似乎从没有什么事能够扰乱她的心绪，对于物质生活，更是要求极低。

在褚小立的记忆里，陆婉珍每年冬天的打扮都一样：一件深蓝色呢子大衣，一顶棕色的帽子和一条毛围巾。这身衣服她至少穿了20年。

听说有女学生出门不知道该穿哪双鞋时，陆婉珍说："这有什么难的，你准备两双鞋，在家穿一双，出门穿一双不就行了？人不能被物降住，物应该为人所用。"

陆婉珍认为人生在世要处理好三级关系：最低级别的是人与物的关系，中级的是人与人的关系，而最高级的是人与自我的关系——"我们最终要学会与自己和解"。

她非常清楚自己的追求。不管外界有什么声音，陆婉珍向来都在自己的路上走得平静而坚定。

在那个特殊的年代，陆婉珍和何泽慧单纯、平和地度过了干校时光。

传记中写道，谈及挑煤的活儿，陆婉珍总会骄傲地说："我很有本事，我个儿大，有力气，会掌握平衡。修厕所是项技术活，我做得也可以。"

何泽慧似乎比陆婉珍还要乐观，由于"身体老弱"，她只领取了敲钟、看场等任务，她竟然像在科学实验室测算数据一样将敲钟时间计算得分秒不差，最后所有人都用这个时间来对表。其间，她还顺便用自制仪器在荒郊野地里完成了对贝内特彗星的观测。

在刘晓看来，这些科学家早期完整的、长期的教育和科研经历，已经使她们获得了饱满而坚定的世界观和价值观。她们心中的追求，多大的风雨都难以撼动。

事实上，她们的人生信条早已被锁定，正如居里夫人给何泽慧和钱三强的临别赠言所说："要为科学服务，科学要为人民服务。"

（摘自《读者》2018 年第 11 期）

美丽"蝴蝶"的艰难起飞

陈鲁民

1959年5月27日下午，小提琴协奏曲《梁祝》在上海首演，一下子就轰动了中国乐坛，进而震惊世界。屈指数来，至今已整整50年了。半个世纪以来，《梁祝》久演不衰，已成为世界音乐经典曲目，被称为"中国的《罗密欧与朱丽叶》"。因为小提琴协奏曲《梁祝》，我们知道了作曲家陈钢、何占豪，知道了小提琴演奏家俞丽拿，还有一个人也是无论如何不能忘记的，那就是《梁祝》的"总策划"孟波。

1958年冬，上海音乐学院党委办公室，党委书记孟波打开一封学生来信，这是学院管弦系一年级小提琴民族化实验小组关于为庆祝新中国成立10周年献礼的3个创作意向的选题：1.全民皆兵；2.大炼钢铁；3.梁祝。此时，窗外炼钢小高炉的呛人气味一阵阵袭来，报喜、祝捷、"放卫星"的锣鼓声此起彼伏。沉思许久，他毅然在"3"上画了一个圈，然后长出了一口气，揉了揉有些发木的太阳穴。

　　1958年，正是"大炼钢铁"的"大跃进"年代，从上到下，大家都头脑极端发热，急着"赶英超美"，"跑步进入共产主义"。可以说，就当时的形势而言，有一千种力量，有一千个理由，会把选题定在"大炼钢铁"或"全民皆兵"上；有一万种力量，有一万个理由，会把《梁祝》扼杀在萌芽状态。可是历史偏偏就在这里发生了奇迹，《梁祝》就是在这偶然得不能再偶然的机遇中孕育了，在这狭小得不能再狭小的历史夹缝中诞生了，因为这里有一个睿智而果敢的"催产士"孟波。

　　回头想想，真叫人有些后怕。倘若当时音乐学院的党委书记不是孟波，随便换一个人，肯定会毫不犹豫地把圈画在"1"或"2"上，因为这既赶时髦又出自本能，既贴近"时代精神"又与献礼合拍，而且绝对是"政治正确"，即使在今天看来，也在情理之中，无可厚非。如果真是这样，经典名曲《梁祝》就会胎死腹中，美丽的"蝴蝶"就不可能问世，这将成为永远无法弥补的遗憾。

　　即使是最早提出"梁祝"选题的何占豪、俞丽拿、丁芷诺等人，当时的本意也是要搞"全民皆兵"或"大炼钢铁"，"梁祝"不过是拿来凑数的。因为他们也觉得，在那个"火热"的年代，搞卿卿我我的爱情曲目似乎不大合"时宜"，根本不可能通过。可没想到，他们遇到的领导是孟波，一个独具慧眼的人，一个极具艺术鉴赏力的人，一个头脑异常冷静的人。这个党委书记既是老革命，也是著名作曲家；既有丰富的工作经验，同时又有着深厚的音乐造诣。他创作的抗战歌曲《牺牲已到最后关头》曾风靡一时，《高举革命大旗》更是广为流行。于是，在孟波的大力支持下，这首世界级名曲的诞生便有了一个柔软温暖的"产床"。

　　不仅如此，《梁祝》的初稿完成后，首次试奏时曲中还没有"化蝶"一节，只写到"英台哭坟"与"投坟殉情"为止。一曲终了，大家都觉得憋屈极了，非常压抑，总感到有些不对劲。孟波及时提出：要让梁山伯与祝英台的形象再美些、再亮些，就应该写"化蝶"，这是爱情的升华，也是一种浪漫的、更为强烈的中国式反抗。有人觉得"化蝶"可能有宣传封建迷信的嫌疑，孟波解释说："艺术中的浪漫主义是人们对美好的向往，不能把它与迷信等同起来。"听了这个意见，大家不由得眼睛一亮，马上着手修改，很快就增加了明快而婉转的"化蝶"一节。这样，在音乐结构上也可以首尾呼应。后来，作曲家陈钢高度评价说："孟波的这一圈一点，对《梁祝》的诞生起到了决定性作用。"

其实，陈钢说得并不全面，孟波还有非常重要的"一争"。在决定当时还是作曲系四年级学生的陈钢能否参加《梁祝》创作组时，就有几个人提出措辞激烈的批评意见，说陈钢的父亲有"历史问题"，向庆祝新中国成立10周年献礼这样的重点创作，怎么可以让他参加？在院党委会上，孟波据理力争，力排众议："老子不等于儿子，看人关键要看个人表现。"毫不夸张地说，如果没有孟波这一争，被称为有"四只音乐眼睛"的高才生陈钢就不可能进入《梁祝》创作组，《梁祝》就不一定能问世，即便勉强问世，也未必是今天这样的华丽、缠绵、隽永。

孟波对《梁祝》的贡献，放在今天也许稀松平常，然而不要忘了那是在几乎人人头脑发热的"大跃进"年代。他作为一个主管音乐创作的领导干部，在一首"不合时宜"的曲目上画了一个圈，出了个有迷信嫌疑的"化蝶"的点子，大胆起用一个父亲有"历史问题"的年轻人，这些既需要超人的慧眼与卓识，更需要过人的勇气和胆略，甚至还需要有承担风险和压力的坚强脊梁。果然，在"文革"时，小提琴协奏曲《梁祝》被诬为宣扬"封资修"的大毒草，孟波也被打成"授意炮制大毒草，毒害青年学生"的"反党分子"、"反对三面红旗"的"右倾机会主义分子"、重用"问题学生"的"阶级异己分子"，到处挨斗、戴高帽、蹲牛棚，受尽屈辱，差点儿送命。

"青山依旧在，几度夕阳红。"不经意间，小提琴协奏曲《梁祝》已问世50个春秋，成为蜚声世界的名曲，与它的诞生相关的人都在一个个老去、逝去，而《梁祝》却永远年轻。它那如泣如诉的美妙旋律将与我们的民族共存，美丽的"爱情蝴蝶"将永远在我们身边翩翩起舞。

（摘自《读者》2009 年第 11 期）

亲历开国大典

谷文娟　蒋　庆

　　多少年了，每一次我到北京，哪怕只是路过，我都要去一趟天安门广场，就站在城楼东侧墙根下，在那个距离金水桥不足 5 米的地方看看城楼，看看广场。但是，看着啊，总觉得陌生，人民大会堂、人民英雄纪念碑、毛主席纪念堂……我第一次，也是这辈子印象最深刻的天安门记忆中，还没有这些东西呢。

　　所以，我站在这里的时候，更喜欢闭上眼睛，那熟悉的景象就一下子在身边涌现，比我眼睛看着的还要清晰。旗帜、口号、人群，共和国诞生第一天从早上到深夜发生在这里的每一个点滴，都铭刻在我心里，涂抹不去，历久弥新。有时候，好心的路人会把我从回忆中拉回现实，"老太太，你哪里不舒服吗？"他们看我闭着眼睛，担心我呢。我笑着解释，1949 年 10 月 1 日，我就站在这里呀，我看着国旗在广场上第一次升起。

老伴羡慕了一辈子

你才当兵几天啊

就参加了开国大典

1948 年年底，我所在的四野十三兵团辅训师就在北平城外的昌平驻扎，为解放北平做最后准备。过了没多久，北平和平解放。解放之初，故宫并没有对外开放，但近水楼台先得月，我和老伴在 1949 年 2 月被安排去见见世面，参观故宫。

这是我第一次进大城市，没想到就是去故宫，从昌平到北京城的路很差，坐了两个多小时的车才到，那时候没有从天安门城门下经过，而是从东华门进午门到故宫。说是参观，其实也是走马观花地看一看，也没有人讲解。那些宝贝，我不懂也根本不知道是什么，参观完了就赶紧回去。

这一年 4 月，我们进城搬到了铁狮子胡同处，我也调到兵团驻北京留守处家属学校工作，像我这样有小孩的妇女，当时就没有再随部队南下作战。虽说是住在城里，还是不太习惯，我们那时候，虽说革命胜利了，可生活还是很艰苦，身上没有钱，也没有津贴，每人每天就是一斤口粮，一半是细粮，一半是粗粮。一个月能吃一次素馅饺子，要两个多月才能吃一次肉。后来，司令部发了一部分打天津时缴获的罐头，有点像今天的午餐肉吧，大概一个有一公斤，有小孩的就一家发一桶，我家发了一桶，我给我儿子断断续续吃了一个月。

我们很少到街上逛，一是因为没有钱，二来觉得自己挺土的，我们这些家属，衣服是五花八门的，什么颜色、款式都有，我就一身黑色列宁装，连中国人民解放军的胸标都没有。所以最开始听到说司令部给留守处 7 个参加开国大典的名额时，大家觉得最大的困难是实在凑不够 7 套款式和颜色一致的服装。到 9 月 28 日，司令部给我们送来 7 套棉布干部军服和 7 双黄色胶鞋，才算解决了这个大难题。

我获得参加开国大典的名额，真的很幸运，按说我是没资格的，但我们兵团的司令员兼任卫戍区的司令员，对我们这些留守人员也有点小小的特殊照顾。我老伴后来说，你才当兵几天啊，就参加了开国大典，我11岁参加红军，爬雪山、过草地，都没参加呢。他羡慕了我一辈子。但我当时也打退堂鼓，因为当时已经有6个月的身孕了，只是因为个子高，不明显而已。想一想要在天安门广场待这么久，心里很忐忑。我悄悄跟师长的爱人说这个事情，她赶紧让我打住，说这样的机会太难得了，不去肯定要后悔。

铁狮子胡同离天安门并不远，但因为交通管制，我们需要绕一大截路，因此我们在10月1日凌晨4点半就起床，洗漱和检查着装。5点半，我们带好全天的干粮：每人3个馒头、两个煮鸡蛋、一块咸菜、一壶水，从驻地铁狮子胡同出发了。司令部参谋说："你们算是代表兵团在前方作战的指战员参加开国大典的，在整个庆典活动中一定要服从命令听指挥。"

因为我们不是正式代表，不能上观礼台，又不能加入到广场有组织的群众队伍中，我们7人被安排在天安门城楼东侧墙根下、距东侧简易观礼台之间5米宽的一个通道口上。恰恰是这个位置，让我们7个"散兵游勇"距金水桥不足5米，前方无任何遮挡，是个便于观看阅兵和游行的绝佳位置。

我们不是最早到天安门广场的人，甚至可以说，我们是比较晚到的那一拨，因为就位的时候，30万观礼的群众已经都到广场上了。清晨的天安门广场热闹非凡，彩旗飞扬、锣鼓震天，四周不时响起歌声、口号声。每个人都很兴奋，距离下午的开国大典还早着呢，可是革命胜利的喜悦让大家激情满怀，这股子劲头，从进广场开始就没有消退过。

单位同志等我转述

我到现在

还记得广场上的细节呢

是啊，等到这一天，是多么不容易，这是千百万人流血牺牲换来的。我的入党介绍人，承德隆化县的妇联主任，为了掩护同志们撤退，用手榴弹和敌人同归于尽。记得在1946年，我在隆化县一个区的妇联里，县大队路过我们区的时候，我们才知道国民党军队已经进入承德，离我们这里只有 100 多里路，那个时候没有电话、电报，消息闭塞，县政府早撤退了，可没人通知我们撤退。

我们妇联有 5 个人跟县大队先撤退，中途有 3 位同志跟我们分开去张家口方向找已经撤退的县政府，我和另外一位女同志则跟着县大队一起走。新中国成立后，我们才知道，当天下午，妇联的政委就牺牲了，而往张家口方向的 3 位同志则下落不明。

我记得是 1946 年的 9 月 18 日，我们第二天要过敌人的封锁线，我们有枪的同志只有 25 人，敌人则是整整一个排的兵力。撤退的时候，队伍里就我们两个女同志，而我身体不是很好，正闹肚子疼。那天早上，县大队的副政委找到我说，马上就要过敌人的封锁线了，前方的情况还不清楚，可能会很困难，“谷文娟，你身体不好，我们决定你跟何指导员结婚，下午开会宣布。”

我当时还不到 19 岁呢，这么大的事情，没征求意见，也不问我同意不同意，我当时就懵了，但也找不到人商量。哭了一上午，下午还是硬着头皮去开会。当天参加会议的就 9 个人，谈完穿越封锁线的事情后，主持会议的人就宣布:“今天谷文娟和何指导员结婚!”然后对我说:“谷文娟，这是何指导员。”连他完整的名字都没有告诉我!

第二天我才知道，这个何指导员叫何芝伍。副政委后来说，晚上就要过敌人的封锁线，情况会怎样，谁也不清楚，我老是肚子疼，总得有人照顾我。但在当时的情况下，我连结婚对象的年龄、是哪里的人、什么职务都不知道，居然就这样结婚了，而且我们还相濡以沫过了几十年。我们是在凌晨 1 时开始穿过敌人封锁线的，我爱人见我鞋不行，就把他的鞋帮子拆下给我做鞋底。当晚我们急行军，走了 130 多里路，鞋底都磨破完了，不过总算有惊无险地穿过了封锁线。

我后来想，要是说我这一辈子真有什么难以忘记的事情，值得骄傲的事情，第一个想到的肯定是开国大典了，那时候连收音机都没有，单位的同志就在家里等着我们几个人回去给他们讲开国大典，听别人转述也觉得很过瘾啊。还有一些人，就在天安门广场外面老远的地方，哪怕根本看不见广场，可是听听声音就觉得很满足了。而我，到现在还记得广场上的细节呢。

林伯渠激动地宣布升国旗

请毛主席升旗

请毛主席升国旗

大概是 14 时 45 分，天安门广场响起雄伟嘹亮的《东方红》乐曲，这是在告诉人们，共和国第一代领袖们登上了天安门城楼。15 时，担任开国大典主持的林伯渠宣布："开国大典现在开始，请毛主席致辞！"

毛主席稳步走到麦克风前，挺起胸膛，用他那浓重的湖南乡音，代表 4 亿 7500 万中国人民，向全世界庄严宣布："中华人民共和国中央人民政府已于本日成立了！"广场上顿时沸腾了，锣鼓声、口号声响彻云霄。

紧接着，林伯渠宣布，"请毛主席升旗"，但他马上意识到由于太激动未说对时，立刻补充："请毛主席升国旗！"在礼炮声中，毛主席在天安门城楼上按动电钮，升起了第一面五星红旗。当五星红旗冉冉升起的时候，在场的人无不热泪盈眶。

16 时整，阅兵式开始。阅兵司令员朱德同志在总指挥聂荣臻的陪同下，首先驱车检阅了各兵种。然后登上天安门城楼，向中国人民解放军下达了迅速肃清国民党反动派残余军队，解放全中国的命令！

阅兵式过后，是身着盛装的群众队伍开始游行。群众游行的场面，尤为壮观，30 万人通过天安门前，个个激情澎湃，人流滚滚如潮，红旗漫天飞舞，经过天安门城楼的主席台前时，人们情不自禁地放慢脚步，有的停下脚步，不少人甚至涌向金水桥边，想把毛主席看得更清楚一点，多看上几眼。

18 时许，受阅的群众队列才完全走过天安门。19 时，毛主席和其他领导人又来到天安门城楼和数十万人民群众一起观看礼花。21 时，联欢晚会结束后，我们才回到驻地。

现在回想起 1949 年 10 月 1 日，毛主席那浓重的湖南乡音仍在我耳畔回萦，威武的人民解放军接受检阅的情形仍记忆犹新，30 万人民群众在天安门广场联欢的场景仍历历在目。这，就是我永生难忘的开国大典。

如今 88 岁的我，已走过了 1949 年后风风雨雨的 65 年，经历了艰难困苦与曲折，也见证了我们国家翻天覆地的变化，人民生活水平提高了。相信我们国家在不久的将来，一定会实现国家富强、民族复兴、人民幸福；一定会实现中华民族伟大复兴的中国梦！

（摘自《成都商报》2014 年 10 月 1 日，有删节）

"五星红旗什么样?"

——1949 年 10 月 1 日在征途

梁 信

1949 年 10 月 1 日,我所在的部队即第四野战军 49 军 146 师,按计划正向湖南省衡阳之南的宝庆挺进。大约在 11 点,从行军队伍前进的方向疾驶而来一名骑兵。很远,我就看出来了:这是我的小老乡骑兵通信班长小石头飞骑的英姿。他也是出生在松花江北大草甸子上擅骑的汉族,16 岁参军的老兵了。因为事急,我俩又是朋友,所以他也没按礼节下马,只在马上敬了礼,急急道:

"郭队长!快!主任在前边等你!"("郭",是我的原姓。)他又加上一句,"快上马!"

宣传队的马夫连跑带颠拉过马来,我翻身上马。起步就是高速,快马加鞭。用草原上的话讲:"一哈腰"已超过师直属队的行军行列。远远就看到师政治部齐渭川主任、宣教科长魏骥站在路边上。他俩身后是警卫员和马匹。魏科长急招手叫我过去。

我站在齐主任面前听指示，却是魏科长前跨一步，打开电报记录本。对我这个下级还照本宣科，我感到一定是传达一件大事。

魏科长道："刚刚收到军部发来的电报。你记一下。"

我赶紧掏出我那用白纸自制的小本子与铅笔。听他念道："10 月 1 日于北京。新中国成立。国家名称：中华人民共和国。定首都于北平，改北平为北京。决定《义勇军进行曲》为代国歌。国旗为五星红旗。"

这电文当然是由军部简化而成的。因为当时我们只能用手摇发电机一字一字地打电报。

齐主任的指示是：因部队连续急行军，很疲劳，因此，上午不能召集干部开会了。要宣传队马上把电报内容传达到正在行军的全体指战员。

我不知道怎样形容自己当时的心情：乐懵了！从辛亥革命、北伐、十年闹红军、八年抗日、实际上从 1945 年就已拉开序幕的解放战争，几十年的流血，无数人的伤亡，老百姓终于盼到了这一天！

不容我多想，我这个宣传队长要争分夺秒把这天大的喜事传达到全师每一个人的耳朵里。那就是组织宣传队百余名男女队员，敞开喉咙向行军中的队伍喊出去。

终于，在一个小时之内，在部队中午吃饭之前，传达完毕。

我哑着嗓子向魏科长报告："完成任务。"实际上我已经发不出声音了。队员们也个个成了豆沙喉。

但是，"五星红旗"什么样呢？人家若是问我怎么回答？对，画一画看。巴掌大的笔记本舍不得用，就往我"天天练"的书皮上画。本人因家贫，只念过五年半小学，自知文化水儿浅，多年来行军作战总要背上一本书，从《诗经》到《马寡妇开店》，抓到啥算啥，都是从地主书房里逮来的。看一页，记住了，就撕一页卷旱烟叶子抽（那时我有抽烟的恶习）。年年月月，天天如此。今天口袋里装着一本《曾文正公家训》，是从长沙抓来的。先画在封皮上的是一颗星。

不对呀，说的是"五星"，是五颗星吧？又画了五颗星，上边一颗，下边四颗。

还不妥。没法解释它的意义。再画：将五颗星排列成一个圆。

有点意思。人民大团结。汉、满、蒙、回、藏……且慢，这不成了老民国五族共和了吗？再说这也像美军的五星上将肩章。算了，别瞎画了。等后方……

小石头比我更热心。他等不了啦。送信归来又催马来找我。他在马上喊："喂！老乡！你这个队长不是天天啃书本吗？五星红旗什么样啊？"

我说："我也不知道。"

他又道："你画一个呗！咱开开眼。"

我说："不行。不能瞎画。国旗，那不知道是多少专家熬心血设计出来的呢！横宽比例、五星大小、排列图案，都要很严格，我憋不出来。等等吧，等后方送来标准旗，报纸上也可能公布。"

他很遗憾、很失望。叨咕着："多想看看。"扬鞭走了。

但是，这以后又是连续强行军。这一路部队太多了！作为基层干部，我无从知道到底有多少支部队，但估计不少于10个师。后方的一切物资都很难运上来，整个公路被人压满了。有人开玩笑说："踩着人的脑瓜顶，两脚不落地就可以走到宝庆。"

日夜连轴转。过度的疲劳、饥饿，也搞不清时光流逝了多少。还没等到达宝庆，战斗就打响了。

我师与众多友邻部队参战的战场，在一个叫黄土铺的地方。这小山区夹道，竟成了仅次于淮海、辽沈、平津三大战役的第四大战役，即衡宝战役的大战场。全军上下，谁也没料到：在百万雄师占领南京之后，还有衡宝这一场恶战！5天5夜没断过枪炮声，而且5天5夜下大雨。下到第三天，已经方圆百里无干地。以后的两天泥水淹没脚。战士们只能找那泥水浅的地方背靠背坐着打个盹。敌人一方，是桂系军起家的老本：七军和另一个军（已忘记它的番号）。他们装备精良，重机枪都是一米高的特制枪架，适于山地战。士兵们非常顽强，是蒋军中罕见的善战部队。打了4天，我们还没见一个俘虏。敌人宁死不降。怪不得白崇禧扬言要建立大西南防线，看来"小诸葛"（白崇禧的外号）还有点本钱。50年了，我还记得对方的前线指挥官名叫凌云尚（或上），是白崇禧的王牌将领。打到第5天，敌人的两个军全垮了。残兵败将退守到高山密林之中。

第5天中午过后，我军开始搜山。入夜后，砍竹子蘸上汽油当火把，还是搜山，所搜到的敌人官兵，十有八九还都趴在山石后手握武器准备迎战，但是饿得手抬不起来了。看见我军指战员后第一句话就是"给点……吃的"。其实我们也饿得头昏眼花了，只是胜利之师，还能打起精神来。我领着男队员参加了搜山。因为搜山的部队铺开20多里，面积太大，没见到小石头。

衡宝战役结束了。后方送来了报纸印制的国旗图案，并注有尺寸比例。同时几面标准国旗也送到前线各部队。宣传队先按照标准图案制作一些小型纸旗，准备庆功大会上用。在布置会场时，司令部送来了在衡宝战役中立功指战员的名单。我和会写美术字的佟副队长用大红纸亲自抄写功臣榜。哈！第二名就是我小老乡小石头的大名：石来福。而且是大功！功臣榜上有名者百余人，但立大功的只有8名！小石头以前已经立过两次大功，这是第三次大功，庆功会上该授予战斗英雄称号！

我乐得闭不上嘴，翻身上马去找小石头，并给他带去一面小的纸国旗。

小石头在本次战役中，在负了伤的情况下，多次完成送信任务。在搜山已接近尾声时，听说他随尖刀排深入密林去搜寻凌云尚的指挥部，不幸，中了敌军一名军官的冷枪，他为刚刚成立的共和国献出了18岁的年轻生命。

半个世纪过去了。至今，每当我看到国旗的时候，耳边似乎又听到小石头的声音："五星红旗什么样？多想看看……"

（摘自《读者》2000年第1期）

致谢

　　早春三月，北国大地上虽然还没有呈现出"春暖花开，柳絮飘飞"的景象，但晨曦中南来北往的沸腾人流却能让人感觉到春潮的阵阵涌动。新的生活就在此间迸发，返校、返城、返队、返程的人们怀揣着新的梦想，迈开新的步伐，向着明媚的春天出发。而此刻的我们也正是这沸腾人流中的一员，开启了我们新的征程。

　　今年我们将喜迎共和国的70华诞。这是一个让人感受温暖与幸福的时刻，作为一名出版人，从去年开始我们就想以出版人的独特方式来表达对伟大祖国的真诚赞美和衷心祝福，为此特意策划了《读者丛书·国家记忆读本》。这是继《社会主义核心价值观读本》《中国梦读本》成功出版发行之后，甘肃人民出版社策划的第三辑"读者丛书"。丛书以时代为主线，以与人民最密切相关的衣食住行等生活变迁为切入点，以朴素而温情的独特记忆去回望和见证共和国 70 年的历史风云、发展变迁,让读者既能重温共和国成立初期虽然物质匮乏但理想崇高的激情岁月,又能感受到改革开放的春天到来以后,祖国大地生机盎然、蓬勃向上的巨大变化,更能体会到新时代以来追梦路上人民的新气象和新面貌。

和以往出版的两辑读者丛书一样,《国家记忆读本》在策划、编辑出版过程中,得到了中共甘肃省委宣传部、甘肃省新闻出版局以及读者出版集团、读者杂志社等多方的指导和帮助,在此深表谢意!与此同时,丛书的编选也得到了绝大多数作者的理解和支持,他们对作品的授权选编和对丛书的一致认可使我们消除了后顾之忧,对此我们表示诚挚的谢意!虽然我们尽力想把工作做得更细致更扎实些,但因为种种原因依然未能联系到部分作者,对此我们深表歉意,也请这些作者见到图书后与我们联系。我们的联系方式是:甘肃人民出版社(甘肃省兰州市读者大道 568 号,730030,联系人:袁尚,13993120717)。

在这春潮涌动、春天的脚步越来越近的时刻,《读者丛书·国家记忆读本》的出版发行,既是我们送给祖国母亲 70 华诞的一份献礼,也是我们出版人和读者人的一份责任与担当。我们带着对祖国母亲的祝福在新的一年里出发,追寻更加精彩纷呈的人生,迎接春的到来!

读者丛书编辑组

2019 年 3 月